Bernard Clavel

Brutus

ROMAN

Albin Michel

IL A ÉTÉ TIRÉ DE CET OUVRAGE

Vingt exemplaires sur vergé blanc chiffon, filigrané,
des Papeteries Royales Van Gelder Zonen, de Hollande,
dont dix exemplaires numérotés de 1 à 10,
et dix exemplaires, hors commerce, numérotés de I à X ;

dix exemplaires sur vélin bouffant des Papeteries Salzer
numérotés de 11 à 20,

LE TOUT CONSTITUANT L'ÉDITION ORIGINALE.

© Éditions Albin Michel S.A.,
Bernard Clavel et Josette Pratte, 2001
22, rue Huyghens, 75014 Paris

www.albin-michel.fr

ISBN broché 2-226-12205-2
ISBN luxe Hollande 2-226-12230-3
ISBN luxe vélin bouffant 2-226-12231-1

À Jean Wertheimer.

Fraternellement,
B. C.

« L'homme une fois déchaîné est pire que
l'animal. Et tous les hommes se valent, une
fois qu'ils sont des bêtes. »

Romain ROLLAND

Première partie

1

L'aube se devine à peine. Un temps immobile sur ces terres vouées aux grands vents. Vents de mer chargés de sables et de sels, vents du nord : fleuve qui déferle sur le fleuve avant de malmener les arbres et les herbes de cette Camargue où les terres se mêlent à l'eau du Rhône et à celle du grand large.

Une végétation épaisse entremêle ses branchages et noue ses lianes. Survivance des époques bouleversées, du temps d'après glaciers, les espèces du Nord se mêlent à celles du Sud. Le saule, l'aulne, le peuplier côtoient le pin noir. Dans les espaces où nul arbre ne pousse, c'est la salicorne et le tamaris qui dominent. Des touffes de joncs et de roseaux s'accrochent aux rives des bras de fleuve qui divisent cet espace en une multitude d'îles et d'îlots.

La première lueur couleur d'eau trouble brosse à peine les feuillages que les taureaux noirs se lèvent. Ils émergent lentement de leur sommeil et leurs premiers beuglements dérangent quelques échassiers dont le vol mal réveillé rase le sol pour aller plonger dans l'eau grise.

Parmi les taureaux : Brutus. Seigneur de la manade. Le plus beau de tous les taureaux de la Narbonnaise, cette vaste province de la Gaule qui comprend toutes les terres du Languedoc et de la Provence.

À six ans ce mâle aux épaules lourdes, au cou épais, aux longues cornes pointues très relevées règne sur plus de trente sujets. Tous aussi noirs et lustrés que lui. Des vaches, bien sûr, mais d'autres taureaux aussi qui tous lui sont soumis.

Brutus ne s'est jamais battu sans raison. Toujours parce qu'on l'attaquait ou pour conquérir une femelle. Mais tous ceux qui ont osé l'affronter ont payé cher leur audace.

Comme tous les animaux de sa race, Brutus descend de l'aurochs qui peuplait les vastes forêts du nord et de l'est. L'aurochs partit jadis pour venir vers le sud en même temps que son éternel compagnon le cheval. Domestiqués, l'un et l'autre ont été attelés à l'araire.

Brutus, lui, n'a jamais labouré. Il est ami avec les hommes qui le gardent et lui donnent du grain quand l'herbe vient à manquer. Sans doute aurait-il accepté de travailler, mais nul n'a jamais voulu lui imposer pareille corvée. Parce qu'il est le plus beau et le plus fort, on ne lui demande que de procréer.

La plupart des jeunes qui sont là sont ses fils et ses filles.

Brutus est un animal d'amour et de violence. Ses gardians l'ont surnommé la brute amoureuse.

À plusieurs reprises, Brutus a connu les arènes de Nîmes avec le hurlement des joules. On l'a aiguillonné de traits et de torches enflammées pour qu'il se lance contre d'autres taureaux. Il a tué par rage de douleur. On l'a même fait combattre un tigre amené d'Afrique à grands frais. L'empereur Marc Aurèle assistait au spectacle. Jamais Brutus n'avait entendu pareil vacarme. Le félin s'est approché lentement. Presque en rampant. Il a tenté de prendre son adversaire par le flanc, mais l'autre a fait front. Le tigre a bondi pour planter ses griffes et ses crocs dans la nuque du taureau, pas assez vite. Levant la tête d'un coup, Brutus lui a planté une corne en pleine poitrine. Il l'a lancé en l'air et s'est précipité pour l'embrocher encore au moment où il roulait dans la poussière. Déjà, le félin avait cessé de vivre. Brutus, immobile, le contemplait sans haine.

Et la foule en délire hurlait son nom à faire trembler le sol et les murailles des arènes.

De ce jour-là, Brutus n'a plus combattu. Des cavaliers romains accompagnés par ses gardians sont venus le contempler d'assez loin. Ils sont revenus trois fois. Ils l'ont bien regardé puis ils ont repris le chemin de la ville.

Ce matin, l'aube est triste. Des flamants volent presque lourdement, au ras de l'eau, comme écrasés par le poids du ciel où la clarté ne grandit que très lentement. Les sternes rasent les salicornes, chassent des insectes puis montent d'un coup avec des cris très durs. Elles semblent un instant collées aux nuées immobiles.

De la mer, viennent de grands goélands argentés dont le cri rauque effraie les guifettes qui plongent vers les roubines. Tout près des vaches et des taureaux volent tels des papillons les avocettes noires et blanches au long bec menaçant.

Brutus marche lentement en direction du marais. Le reste du troupeau le suit. Devant eux, rongeurs et couleuvres s'en vont et disparaissent absorbés par la terre et les eaux plus ternes encore que le ciel.

Rien n'est violent. Pourtant, on dirait que ce matin gris sent la mort.

2

Le plomb du ciel écrase le fleuve. Une aube boueuse stagne sur les terres gorgées d'eau. Les clartés incertaines qui suintent du levant couchent des reflets timides entre les touffes de joncs, les roseaux et la masse plus lourde des saules nains. Le Rhône en légère décrue est encore partout. Sur cette partie de la rive droite où commence la Camargue, des chevaux et des bovins pataugent. Ils cherchent les levées du sol où une herbe maigre sort lentement d'une terre encore froide. L'hiver s'est attardé longtemps pour se terminer par un coup de vent du sud. Le souffle chaud s'est hissé au flanc des Alpes pour faire fondre trop vite les neiges des hautes cimes. Ce flot glacial s'ajoute à un déluge de plusieurs jours.

Sur le fleuve terreux, Vitalis a pu décizer à gré d'eau depuis Condate avec sa lourde barge en cinq journées tant le courant était violent. Il s'est amarré en aval de Trinquetaille.

Debout dès les primes lueurs, il se tient à côté de son prouvier, le gros Novellis. Il annonce :

— La remonte va être très dure. Et je me suis engagé à être rendu au milieu de juillet !

Le prouvier hoche sa lourde tête au visage cuivré et aux cheveux blonds presque blancs. Il ébauche une grimace et bougonne :

— Soixante journées... Pas possible... Pas possible...

— Je pouvais pas prévoir pareille crue.

Un moment passe. Un moment de fleuve avec, sous le ciel de deuil, le frôlement de l'eau et le clapotis contre le bordage. Cette voix s'unit à celle du vent miaulant dans le fouillis détrempé et boueux des buissons. Le prouvier dit :

— Avec seulement dix haleurs de plus, on aurait une chance d'y arriver, mais...

— Pas la peine d'en parler, jamais il voudra payer.

La voix est ferme. Vitalis domine son second d'au moins deux têtes. Lui aussi est blond, mais moins clair et avec des cheveux moins fournis sur le devant. Son regard bleu scrute les lointains en direction du couchant.

Le prouvier grogne encore :

— Veut pas payer. Pourtant, à travailler pour le compte des Romains, il doit gagner gros.

Après un long silence il ajoute :

— Il risque de venir encore de l'eau.

– C'est possible. Tout de même, à cette saison, ça peut pas durer des lunes et des lunes.

Leur barge est amarrée à l'extrémité d'une sorte de digue massive, empilement de gros blocs sur lequel on a amené de la terre. Le sommet forme une chaussée très irrégulière, qui s'en va à peu près droit, et sans trop de bosses, en direction d'un bouquet d'arbres derrière lesquels on devine une toiture. Çà et là sur la vaste étendue, de petits arbres rabougris, au feuillage argenté, déjà bien fournis, semblent pleurer des larmes de ciel. De chaque côté de cette digue jusqu'à un horizon de grisailles, l'alternance de terres maigres et de flaques d'eau semble un monde d'une infinie pauvreté où les manades errent vainement.

– Sont pas tellement pressés d'arriver, ces bougres-là, grogne le gros.

Comme le pont du bateau se trouve un peu plus bas que la digue, Vitalis se lève sur la pointe des pieds et scrute en direction de la bâtisse.

– J'crois bien que je les vois pas trop loin.

Le prouvier empoigne le court mât fixé au tiers avant de la barge et grimpe avec une surprenante agilité. Son ventre lourd ne le gêne pas. Retombant sur le pont qui sonne sourd, il dit :

– C'est sûrement ça.

Puis tourné vers l'arrière, il crie :

— Allez, tout le monde en place et sortez-moi ce fourbi en vitesse !

Un garçon d'une douzaine d'années arrive en courant pieds nus sur le bordage. C'est Florent, le mousse, qui en est à son premier voyage.

— Toi, lui ordonne Vitalis, reste à l'écart.

Aux hommes qui avancent plus lentement il explique :

— Dès que cette caisse sera sur la digue, vous vous écartez un peu. Si les autres ont besoin d'aide, qu'ils demandent... Ils sont payés pour embarquer cette bête, nous autres, on fait la remonte... C'est déjà pas mal. Et ce sera pas du miel, avec un fleuve pareil !

Ils aident les vingt-trois haleurs à pousser sur une large passerelle posée entre le bateau et le bout de la digue une caisse à claire-voie sans couvercle plus haute qu'un homme. Le plancher du fond porte sur des rondins de bois où elle roule en cahotant. Sauf deux à peu près de la taille du patron, tous ces hommes sont trapus et larges d'épaules. Plus ou moins voûtés, avec des mains énormes qui doivent peser lourd.

Sur la digue, s'avancent sur des chevaux blancs des cavaliers entourant un troupeau d'une bonne dizaine de vaches et de taureaux noirs. Ces hommes semblent armés de lances. Ils avancent au petit trot.

Soudain, l'un d'eux prend le galop et approche en criant :

– Foutez le camp ! Laissez-nous travailler... Vous montrez pas. C'est déjà pas facile !

Tous les haleurs regagnent le bateau en courant et s'accroupissent le long du bordage.

– Bon Dieu, grogne le prouvier, c'est un sacré troupeau qu'ils nous amènent.

– T'inquiète pas, le rassure Vitalis, y en a qu'un pour nous, les autres, c'est pour le tromper. Tu vas voir ça !

La troupe ralentit en approchant de la haute caisse dont l'extrémité donnant vers les terres est ouverte. Les chevaux passent encadrant les bovins dont le pelage noir luit comme huilé. À mesure qu'ils débordent la caisse, les cavaliers les poussent de leurs lances à double pointe pour les faire dévaler au flanc de la digue. Ces lourdes bêtes arrivent dans l'eau et dans la vase qui giclent autour d'elles. Deux cavaliers plantés sur la passerelle leur barrent le passage. Bientôt, un taureau énorme se trouve pris dans la caisse où il se met tout de suite à cogner du front. Deux hommes sautent de leur monture et, très vite, ils relèvent derrière lui la porte qu'ils fixent avec des tiges de métal fichées dans des anneaux.

Déjà, le taureau prisonnier bat le plancher de ses sabots et cogne dans les planches à grands coups de corne.

Un des hommes court jusqu'au-devant de la

prison de bois. D'une voix forte, mais sans dureté, il se met à parler à la bête :

– Brutus, du calme !... Arrête un peu.

Il glisse la main entre deux planches et tape sur la tête de l'animal qui cesse de cogner des cornes mais continue de battre des sabots en beuglant fort.

– Allez, crie un cavalier. On l'embarque !

Les haleurs remontent et, avec les gardians qui ont mis pied à terre, poussent la caisse. Il faut toute la force de ces hommes pour la retenir sur la passe-relle inclinée. Quand elle est sur le pont, ils doivent la soulever légèrement pour retirer les rouleaux. La bête beugle toujours. D'autres lui répondent qu'on voit patauger dans le marécage.

Le mousse qui vient de grimper au mât paraît fasciné par cet énorme animal dont le pelage est habité d'autant de remous gris que la surface du fleuve en colère.

Déjà les gardians regagnent la digue où ils enfour-chent leurs chevaux. Avant de tourner bride, leur chef crie :

– Plus il aura de fourrage, plus y se tiendra tran-quille ! Et n'oubliez pas que cette bête est pour les Romains. C'est un envoyé de l'empereur Marc Aurèle qui est venu l'acheter. Si vous tenez à votre peau, arrangez-vous pour qu'il arrive en bonne forme !

Puis il dévale le flanc de la digue et rejoint les

autres qui chassent le troupeau à grands coups de gueule et de pique.

Le ciel lourd semble vouloir étirer l'aube jusqu'au crépuscule du soir. Vers ces grisailles monte un long beuglement douloureux. Adieu déchirant de Brutus à son pays.

3

Quand l'ombre envahit la vallée et que monte des vorgines le silence habité du ululement des nocturnes, les haleurs, les nautes, les passeurs épuisés se couchent à même la rive pour écouter gronder le fleuve. Aux plus jeunes, les anciens demandent :

– Tu l'entends ?

– Non... Rien.

– Colle bien ton oreille contre cette roche. On ne peut pas l'entendre partout. Mais ici, oui. C'est une roche qui porte le son... Tu entends ?

– Oui, comme une bête qui creuse.

– Pas une bête. Le Rhône. Celui qui marche dessous les eaux... Un fleuve de cailloux. Un qu'on ne voit jamais. Si tu peux le voir, c'est que les eaux sont maigres. Alors, il ne bouge pas. Il tient ! Et il ne gronde pas.

Les vieux le savent : le maître, c'est le fleuve. De l'ancien pays des Helvètes devenu la Rhétie jusqu'à la mer du sud dont son courant trouble très loin le

24

bleu limpide, il roule son flot tumultueux et changeant. Du Léman au delta et bien au-delà des rivages, toute la vallée redoute ses colères. Il est la puissance incarnée. En un mot : le Dieu. Ou, pour certains, le diable. Non seulement il charrie une eau glacée habitée de colère sourde même par les plus belles journées, mais cette eau pousse un fleuve plus lent. Un fleuve plus lourd. Pierres, sables, limons et mille déchets arrachés aux rives. Mille et mille choses volées aux terres d'alentour et même aux maisons.

Les galets usés par le frottement roulent et se heurtent les uns les autres. Leur grondement est la voix mystérieuse et profonde du Rhône. Un fleuve que les hommes redoutent mais dont ils sont amoureux. Cette voix qui vient du cœur du fleuve les fait trembler.

Cœur de rage et de démence.

Ces galets doux au toucher comme du velours mais durs comme fer au choc, ils les retrouvent partout. Même assez loin du bord, on en a pavé les rues et les chemins, on les appelle des têtes de chats. On voit leurs rondeurs au mur des maisons. Ainsi, le Rhône sort de son lit pour bâtir avec les hommes. Il se dresse. Il édifie. Il sculpte sa statue.

Depuis des millénaires, son lit a cent fois changé de place. Glacier avant d'être fleuve, il a creusé la roche, labouré les terres. Ouvrant des chemins pour les abandonner très vite. Très vite, c'est-à-dire après des siècles.

Certains de ces chemins sont encore là. Cachés. Enfouis sous les sables et les mousses. D'autres sont devenus ces lônes où stagne une eau morte. D'autres encore sont devenus prairies ou labours ou vignobles.

Le Rhône continue de scintiller au soleil, de s'étoiler au cours des nuits. Il bondit à chaque seuil de pierre et son chant berce le sommeil des riverains. Il endort pour mieux surprendre quand le ciel le pousse vers la colère. Car c'est toujours du ciel que lui vient sa rage. Averses, vent du sud et soleil qui font transpirer les glaciers et fondre les neiges.

Chaque nuée qui passe, chaque souffle nouveau, chaque saute d'humeur du vent provoque l'inquiétude.

La peur du fleuve habite les hommes comme les habite un amour fou.

Des hommes qui, depuis l'enfance, ont pris l'habitude de s'abreuver de sa vie. De lui voler un peu de sa force. Buvant son eau, ils espèrent toujours devenir comme lui. Ils demandent à sa puissance qu'elle se mette à couler en eux. Ils le croient. Pourtant, la peur demeure. Elle s'accroche à eux. Une sorte de vertige.

Lui, le Dieu terrible. La divinité démoniaque continue de marcher son train sans que nul obstacle jamais ne fasse plier sa volonté. Quand il tord ou dénoue un remous, une de ces meuilles dont il a le secret, celui qui ne le connaît pas peut croire qu'il va renoncer. S'arrêter un moment. Peut-être rebrousser chemin. Non : il gonfle ses muscles pour prendre un meilleur élan.

Son flot rugueux creuse la partie concave des méandres où s'ouvrent des profondeurs que certains disent insondables. Traîtresses parce que sans cesse métamorphosées.

À l'opposé, la vague amasse des sables et des cailloux, des bois pourrissants et des paquets d'herbes qui finissent par créer des hauts-fonds. Ainsi se modifie sans trêve son lit imprévisible. Durant les fortes crues, ce travail secret s'amplifie encore. Il s'accélère. Et quand le fleuve maigrit, c'est pour tendre aux nautes des pièges nouveaux.

Nul ne saurait prévoir ce qu'il va faire. Où il a décidé de se déplacer. De porter son caprice qui peut briser des vies.

Les plus âgés, les plus expérimentés, ceux qui ont fini par affiner un sens particulier très aigu prétendent lire à sa surface. Deviner chaque ride, chaque grimace du fond. Mais le Rhône a mille tours dans ses filets. Il saisit une poignée de vent violent, il en pare sa surface couleur de ciel, il froisse l'argent et la cendre noire des nuées et plus rien n'est visible. Tout se brouille, tout devient colère, ou rire, ou frisson. C'est alors le piège où peuvent se laisser prendre les plus forts. Ceux qui se croient les plus rusés.

Chaque saison voit mourir ainsi des nautes et des pêcheurs qui ont cru que leur route était très lisible à la surface des eaux. Un nuage les a trompés. Un éclat de soleil ou de lune leur a ouvert une tombe dans l'eau glacée.

Vieillard plus retors que les hommes, le Rhône sait dissimuler une ruse dans chacune de ses rides. Sa surface de lumière peut éblouir les meilleurs et troubler les esprits les plus solides. Ce mâle terrible a des sourires de jolie femme.

Fleuve assoiffé de clarté, il court comme un fou vers cette mer bleue où passe la route du soleil. Cette mer est la seule puissance à laquelle il ne résiste pas.

Torrent dont toutes les vagues se saoulent de reflets, il sait à merveille éblouir l'homme de barre ou le plus fin prouvier, le temps de fracasser la barge contre un rocher. Pour lui, le corps d'un homme ne pèse pas davantage qu'un galet, qu'un arbre arraché à une saulaie, qu'une poignée de paille dérobée à la meule oubliée sur la rive.

La venue des Romains n'a rien changé, même s'ils ont fait de lui un Dieu, même s'ils savent bâtir des digues et des ponts de pierre, ils ne peuvent pas briser sa force. Les plus terribles légions comme les humbles pêcheurs ne peuvent que s'incliner devant sa toute-puissance. Rien jamais ne l'empêchera de pousser les eaux des glaciers jusqu'à la mer bleue qui va baigner au loin les terres de Rome.

Oui, le Rhône est le plus fort. Et chacune de ses colères déchaîne la colère des hommes. Si une crue survient qui dévaste tout, si les récoltes sont perdues et les routes emportées, comme on ne peut rien contre lui, on se met à crier :

— Les chrétiens aux tortures ! Les chrétiens au bûcher !

Et on s'en prend à eux que l'on accuse d'avoir incité leur Dieu à déclencher la colère des eaux.

Les chrétiens souffrent en silence. De temps en temps, il arrive que l'un d'eux s'en prenne à une des idoles dressées sur les rives. La frappant à coups de trique il crie :

— Alors, il n'y a pas un de vos dieux pour défendre ces pierres sans âme ?

4

Une longue maille de chanvre très solide est attachée au petit mât qui se trouve à peu près au tiers
avant du bateau. Vingt-trois haleurs ont passé cette
corde sur leur épaule. Portant seulement les uns une
courte tunique de toile rêche, les autres des braies
nouées aux genoux. Tous pieds nus, les hommes
attelés tirent de toutes leurs forces. Le corps penché
en avant, le cou tendu, les mains crispées sur la
maille, ils vont le front bas, ne fixant que le sol
devant eux. Un sol inégal qui leur tend un piège à
chaque pas.

Sur le bateau, Vitalis et son second manœuvrent
les longues rames de gouverne. Ils maintiennent
l'embarcation à quelques brasses de la rive. À l'avant,
tenant un long grappin, le mousse veille à ce que
charrient les eaux. Il écarte les troncs d'arbres, les
branchages, les paquets d'herbes.

La lourde barque monte lentement. Très lentement. Le chef des haleurs qui marche en tête lance de temps en temps :

– Tirez... Tirez...

Sa voix est rauque. Son souffle court.

Parce que c'est l'habitude de le faire, il se met à chanter :

Allez, haleurs
Tirez tirez
Vie de malheur
Tirez tirez
Quand viendra l'heure
Vous tomberez
Ce n'est pas l'heure
Tirez tirez.

Les hommes tentent de chanter avec lui, mais le travail est si dur que tous manquent déjà de souffle et le chant s'éteint. Il n'y a plus que des « han » arrachés du fond des poitrines. Les doigts crispés sur la grosse corde qui scie les épaules, le visage et le corps déjà ruisselants de sueur, ils progressent avec peine. Chaque pas est un arrachement. Le sol gluant glisse sous les pieds. Des ronces tendent des pièges épineux.

Ils sont ainsi depuis près d'une heure quand leur meneur lance :

– Attention au trou.

Le quatrième de la file, un vieux à barbe blanche qui entend mal et dont les yeux sont brûlés par la sueur, ne voit pas cette fondrière que recouvrent en partie de longues filasses. Son pied droit porte sur le bord visqueux et part dans le vide. L'homme pousse un juron. Voulant se retenir, il serre plus fort la corde. Son poids entraîne le haleur qui le précède. Tous deux tombent et ceux qui viennent derrière vacillent. Il y a des hurlements et des insultes.

Un instant, le fleuve semble devoir être le maître. Vitalis crie :

— Le saule ! Le saule ! Bloquez la maille !

Le haleur de tête a déjà repéré un saule énorme. Bondissant, il lance :

— Lâchez tout !

Les hommes lâchent la lourde maille qu'il tire seul en fonçant vers cet arbre. Il passe derrière et, avec une incroyable agilité, il en fait le tour à toute vitesse deux fois et ordonne :

— Aidez-moi !

Les autres viennent à lui et l'aident à tenir ferme. Le gros arbre frémit. On peut croire un instant que ses racines d'amont vont sortir de terre, mais elles ne font que soulever à peine le sol moussu. La maille se tend. Le patron et le second se portent sur bâbord. Ils ont abandonné leurs rames de gouverne pour saisir de fortes harpies. Piquant ces perches armées de crocs en métal, ils appuient de toute leur vigueur pour amortir le choc du bordage contre la rive. Emprunté, le mousse se tient derrière eux. Ne sachant que faire. Son regard où se lit la peur scrute le fleuve.

– Ça tient ? crie Novellis.

– Ça va tenir, répond le premier haleur.

Plus bas, le patron demande à son second :

– Comment c'est, son nom ?

– Lui, c'est Minthas.

Marchant vers la proue, Vitalis demande :

– Alors ? Y vont le sortir ?

Les hommes aident le vieux à monter. Celui qui est tombé sur lui le pousse. Le vieux crie :

– Ma jambe !

Ils réussissent à le hisser et à l'allonger sur le sol. Minthas prend son pied gauche dans la main et le soulève. Le barbu hurle :

– T'es fou ! Tu me fais mal !

La sueur coule à ruisseaux sur son visage cuivré et tout strié de rides profondes. Son regard noir semble habité d'une grande fureur.

– J'suis foutu, grogne-t-il. Foutu.

– Tais-toi. T'as un os cassé.

Vitalis qui vient de bondir sur la rive approche et se penche sur le membre brisé.

– Sûr, fait-il. C'est cassé... Ça se voit gros comme une barge.

Au bord des larmes, le blessé gémit :

– Pourrai plus jamais tirer.

– Tais-toi, dit Vitalis. On va te monter à bord. D'où es-tu ?

– Arles.

– On y sera bientôt.

– J'suis foutu... C'est que j'ai une femme qui est pas vaillante... Deux filles...

– Elles vont te soigner.

– J'pourrai plus tirer.

– Tu feras autre chose... Allez, vous autres, montez-le à bord.

Se tournant vers son bateau, il crie :

– Préparez de la paille. Et une bâche.

– Autre chose, chouine le vieux, j'sais rien faire d'autre... Foutez-moi au Rhône.

– Vous occupez pas de ce qu'il raconte. Allez, hâtez-vous de le monter. Et le bousculez pas.

L'opération n'est pas aisée sur cette rive limoneuse très glissante. Les pieds y enfoncent à la recherche d'une assise. Vitalis se hisse le premier. Il crie au mousse :

– Passe-nous des lanières.

Le gamin court vers la poupe et revient très vite en portant deux larges sangles de cuir roux noircies par endroits. Le patron en prend une et son second empoigne l'autre. À genoux sur le bordage, ils laissent pendre les lanières que les haleurs passent l'une sous le dos de leur camarade et l'autre sous ses reins.

– Vous avez juste à lui tenir les pattes, dit Vitalis. On lève doucement.

Ils tirent sur les courroies et le blessé crie :

– Misère !... Malheur de moi !... Tuez-moi donc !

Comme si son cri déchirant eût été compris par Brutus, un mugissement terrible lui répond. Il y a des rires et un haleur dit :

– Mettez-le avec lui. Y va le soigner !

– Rigolez pas, mille dieux. J'ai mal !

Le patron et son second portent le blessé au milieu du bateau. Le mousse y a éventré deux bottes de paille. Il a étendu une bâche grise où ils allongent l'homme dont le visage toujours ruisselant est à présent très pâle. Son souffle est court.

– T'inquiète pas, l'encourage le patron. Tu seras bien soigné.

L'homme n'a plus la force de répondre. Quand ils replient la bâche pour l'en couvrir, ses grosses mains aux veines saillantes empoignent la toile rêche. Elles se crispent. Les veines semblent prêtes à éclater. Les paupières closes, le blessé gémit doucement. Vitalis dit au mousse :

– Tu essaieras de lui donner à boire.

Le vent apporte les premières gouttes d'une averse rageuse. Sur la rive gauche, une troupe de cavaliers romains passe au grand galop. Les casques et les armes luisent et semblent éclairer le feuillage ruisselant des arbres qui s'inclinent vers la route.

5

Dans sa cage, les flancs serrés contre les planches, Brutus a cessé de lutter. Il hume le vent mouillé. Cherche les parfums de sa terre mais ce vent ne porte que des odeurs inconnues. De loin en loin quelques effluves de vase font frémir son mufle. Il lève la tête, puis il la baisse et cherche l'interstice entre deux de ces dosses rugueuses. Il glisse un regard et fouille les lointains.

Du fond de lui, monte un remuement d'images. L'eau, le sel qui blanchit la terre, les herbes savoureuses d'où coule la sève. Rien de tout cela n'est plus là. Rien à sa portée. Il pousse du front contre ce qui l'empêche d'avancer. Cette cage semble vouloir freiner même le vent. Le vent qui en passant se charge d'une odeur de bois que Brutus ne reconnaît pas. Il pousse plus fort. Rien ne bouge. Il tente d'engager une de ses cornes dans cette fente et essaie de secouer fort pour ébranler ce qui lui paraît moins solide que bien des obstacles qu'il lui est arrivé de briser. Mais les hommes ont pensé à sa force. Sa prison est solide. Des barres de métal clouées à l'extérieur soutiennent les planches.

Brutus essaie encore puis il renonce. Il tente en vain de se retourner dans la cage trop étroite. Ses sabots cognent de nouveau et font sonner le plancher qui vibre tout habité de la vie du fleuve. La paille vole, mais le sol ici est plus solide encore que les murs. Là-dessous, c'est le Rhône. L'eau aussi musclée que lui qui l'emporterait vers sa Camargue s'il parvenait à plonger. Dans son fleuve, Brutus serait libre. Nul ne viendrait le capturer. Le courant est si puissant par moments qu'il arrête la barge. Le courant va dominer les hommes. Il va retourner cette embarcation prison et projeter Brutus vers la liberté.

Les haleurs sont finalement les plus forts. La barge reprend sa lente marche vers l'inconnu.

Par la fente entre les planches, le taureau ne voit plus que des arbres, des murs, des piquets. Mais il a encore en lui le souvenir de sa dernière vision de Camargue : une immensité de ciel gris, de terre et d'eau. Et, tout au fond, une ligne noire ondulante. Une ligne noire vivante qui s'éloignait : une manade de vaches et de taureaux broutant la sauvagine gorgée de jus salé.

À présent, la route s'approche de la berge. Brutus

frémit en entendant galoper des chevaux. Un regard entre les planches : non, ce ne sont pas les cavaliers de la Camargue qui viennent le délivrer. Ce sont des soldats romains dont les cuirasses brillent sous une nouvelle averse.

6

Quand la nuit monte des marécages pour repousser très loin les dernières lueurs sales, la pluie a cessé depuis un moment, mais tout est trempé, le pays comme les hommes. Des haleurs épuisés. Un patron sombre et rogneux qui gronde :

— On n'a pas fait la moitié du chemin qu'on aurait dû faire aujourd'hui.

Tandis que le mousse balance du foin à Brutus, des hommes achèvent l'amarrage. D'autres montent sur le pont arrière une longue tente qu'ils posent sur des mâts très courts et fixent au bordage. Sur la rive, Novellis et trois haleurs viennent d'allumer un feu. Ils ont descendu du bateau un peu de bois sec. Juste ce qu'il faut pour commencer. À présent, ils coupent des branches vertes qui fument en crachant leur sève. À un gros trépied de métal, ils suspendent une énorme marmite qui contient une soupe déjà cuite.

— Après ce qu'on a reçu sur le dos toute la journée, faut pouvoir se foutre du chaud dans le ventre.

— Et le vieux, comment il est ?

— Y dort, dit le second.

— T'es sûr qu'il est pas mort ?

— Sûr. Y ronfle.

— Faudra tout de même qu'y boive du chaud.

L'homme hésite un instant avant d'ajouter comme pour lui :

— C'est mon cousin... Pas chanceux. Son garçon noyé l'hiver dernier en voulant sauver une gamine.

L'amarrage terminé, des haleurs approchent. Chacun porte une écuelle profonde et une cuillère en bois. Minthas emplit aux trois quarts les écuelles et chaque homme s'en va manger cette soupe tiède où ont cuit des fèves et des raves. L'huile d'olive donne du goût. Il y en a aussi dans l'épaisse galette de sarrasin dont ils tiennent une grosse tranche. Tous les haleurs montent sur le bateau et vont s'asseoir sur le bordage mouillé. Tous ont quitté, pour les tordre, leurs braies, ces pantalons serrés aux genoux, et leurs courtes tuniques de laine. Certains les ont remises tout de suite, d'autres les ont laissées sur des branches, à proximité du foyer. Ceux-là sont nus. Les corps respirent la force, mais une force maigre. Sèche. Avec des os qui pointent, des côtes qu'on peut compter. Les visages, les bras, les mains et les jambes sont bruns, les corps sont blancs. Certains qui frissonnent se lèvent pour se chauffer près du foyer. Le vent a fraîchi. Il apporte des marécages une odeur forte, un mélange d'herbes sauvages, de poisson et de pourriture. D'une rive à l'autre du fleuve, des nocturnes se répondent. Leurs cris semblent glisser à la surface des eaux.

La fatigue des haleurs est telle que nul ne parle. Dès que l'un d'eux a vidé son écuelle, il va s'allonger sur la paille que le mousse a étendue sous la bâche. Le blessé ne dort pas. Il gémit. Quand Minthas monte à son tour, il s'agenouille à côté du vieux. D'une voix douce, il demande :

— T'as toujours aussi mal ?

— De plus en plus.

La nuit est déjà épaisse, sous cette toile.

— Je peux pas regarder ta jambe, laisse-moi toucher.

— Non, j'ai assez mal comme ça.

Les mains de Minthas s'avancent lentement et se glissent comme deux bêtes souples sous la toile qui couvre le blessé. Le vieux serre ses gencives édentées pour ne pas hurler. Un cri étouffé lui échappe cependant :

— Non... non... arrête !

Les mains se retirent.

— C'est chaud... puis c'est gonflé.

Le vieillard geint encore :

— C'est chaud, pourtant, j'suis glacé partout.

— Le mousse t'a bien donné de la soupe ?

— J'ai pas faim... Faut que je me soulage.

41

– Fais, on enlèvera la paille.

Minthas se retire un peu. Une odeur se répand sous la tente où, déjà, de nombreux haleurs ronflent.

Au cours de la nuit, il y a encore de violentes averses. Et le nombre de moustiques et de mouches qui bourdonnaient sous la tente augmente. Mais la fatigue écrase tout le monde. Vers le milieu de la nuit, presque tous sont tirés de leur sommeil par des coups sourds qui ébranlent le bateau. Plusieurs voix demandent :

– Qu'est-ce que c'est ?

Novellis répond :

– Ça doit être Brutus.

– C'est sûr. Y cogne du sabot.

Le mousse n'a pas été réveillé. Son voisin le secoue :

– Va donner du foin à ta bête.

– Quoi ?

– Ta bête, t'entends pas ?

– Ma bête ?

La voix est pâteuse de sommeil. Plusieurs haleurs crient :

– Va nourrir ton taureau !

– Allez, bouge !

– Grouille-toi, c'est ton travail !

Le garçon se lève. Il est nu. Dès qu'il sort de la tente le vent froid et mouillé le saisit. Il frissonne et éternue. L'obscurité est épaisse. À tâtons il atteint la cage de bois. Le taureau mugit très fort.

— J'arrive.

Le mousse empoigne des brassées de foin qu'il fait basculer par-dessus la barrière. L'herbe trempée lui glace les bras, la poitrine, le sexe et les jambes. Il éternue encore et se hâte de regagner la cadole de toile où il se coule. Il retrouve sa place tiède, mais le froid est entré en lui et il se remet à éternuer. Proche de lui, une grosse voix grogne :

— À présent, c'est toi qui vas nous empêcher de roupiller !

— J'ai froid, souffle le gamin.

— Ta gueule !

Les ronflements reprennent. Sur les rives et dans les marais, les nocturnes continuent de s'appeler. Pas très loin, des vaches et des taureaux meuglent et Brutus leur répond. Il cogne des cornes contre les planches de sa prison et le choc se répercute dans le plancher. Des hommes réveillés jurent. L'un d'eux crie :

— Dis donc, le mousse, tu pourrais pas aller le faire taire, cet abruti !

La voix forte mais posée du patron s'élève :

— Foutez la paix à ce gamin. Et bouclez-la, c'est les gueulards qui empêchent les autres de dormir !

À plusieurs reprises au cours de la nuit, Brutus

les réveille encore, mais tous se contentent de grogner sourdement.

Dès que les premières lueurs de l'aube dessinent les fentes de la cadole, Minthas se lève sans bruit et va toucher l'épaule du mousse. À voix basse, il dit :

– Viens... C'est le moment.

Sans un mot, poussant seulement un énorme soupir, le garçon s'extirpe avec regret de sa paille sèche. À tâtons, il cherche sa tunique et ses braies encore humides et glacées qu'il enfile en claquant des dents, puis il suit le chef des haleurs qui se baisse, soulève un coin de la bâche recouvrant une partie du foin. Il en arrache une grosse poignée à une botte et ordonne :

– Prends du bois sec.

Le gamin tire quelques branches d'un fagot et suit Minthas qui saute sur la rive boueuse. Ils gagnent la place de feu. Le haleur prend une branche et remue la cendre. Rien. Pas une lueur.

– Je m'en doutais, avec ce qui est tombé cette nuit !

Il s'accroupit et se met à battre le briquet contre la paille que tient le mousse. Dès qu'une brindille accroche une étincelle et se met à se consumer, Minthas souffle. Doucement pour commencer, puis plus fort. Bientôt, une petite flamme naît. Elle hésite, vacille, accroche une autre brindille.

– C'est bon, dit le haleur.

Brutus

Le mousse pose la paille enflammée et, tout de suite, il lui donne des brindilles. La flamme grandit et la fumée monte pour se coucher vers les terres.

– C'est le vent du levant, sourit le haleur.

Et il se relève en montrant une large trouée d'avant-jour qui dessine le contour des Alpilles.

7

L'aube sur l'immensité des marécages prolonge la vie de la nuit. Le vent pétrit les vapeurs où la lumière naissante caresse de jaune et d'ocre les ombres mauves. Le castor plonge et continue son travail. Le flamant rose se lève et part en chasse sur ses longues échasses frêles. La couleuvre le fuit. D'un Rhône à l'autre un univers qui n'a rien de commun avec le reste du monde étire ses langues de terre molle, ses eaux dormantes, ses roselières où grouille une vie secrète. Des myriades d'insectes rampants, nageants, volants, peuplent les fonds de vase, les eaux, le ciel.

Et puis, sur ces vastitudes où stagne le mystère, des millions d'oiseaux. Les uns nichant à même le sol, les autres sur les boqueteaux ou les arbres tourmentés de vent qui s'accrochent à ces terres mouvantes.

Le sel de la mer bleue monte jusque-là. Il nourrit le sol. De la mer, montent aussi les mouettes voraces, les goélands argentés. De grandes batailles les opposent au sterne qui file comme une flèche, à l'avocette élégante et précieuse dans sa robe de cérémonie noire et blanche.

Dans les salicornes, se multiplient les nids des canards siffleurs. Colverts et chipeaux fouinent dans les ronciers et cherchent pour s'installer des cavités dans les talus ou quelques trous sur des saules têtards.

Dérangée par un busard harpaye, une colonie de guifettes noires farouches se disperse en poussant des « kieu » rageurs.

Les Alpilles sont proches. Le soleil qui monte ourle d'or pâle et d'argent leur contour de roches et de résineux sombres. Le circaète jean-le-blanc qui niche sous un surplomb déploie ses grandes ailes et s'immobilise sur la lumière. Paresseux, il laisse le vent le porter. Et le vent venu du levant le pousse vers le fleuve. Son œil voit tout. Il repère le moindre mouvement. Le circaète sait qu'il est le roi et que nul ne saurait lui résister. Il n'est jamais pressé. Il choisit longuement sa proie. S'il ne la trouve pas sur la rive gauche il la découvrira en Camargue. Dans ces marécages, il n'a que l'embarras du choix. Et c'est une couleuvre qu'il repère. Son mets préféré. Il la suit du regard. Elle nage lentement et s'approche d'une levée de terre où elle espère se repaître d'une grenouille. Le grand oiseau attend qu'elle soit vraiment sortie de l'eau. Et là, repliant ses ailes, il plonge. Il se laisse tomber le col tendu pour mieux fendre l'air.

Son ombre arrive et la couleuvre la voit. Elle veut fuir. S'enfoncer sous l'eau et les algues : trop tard. Les griffes terribles du grand rapace l'ont déjà empoignée par le milieu du corps. Elle a beau se tortiller, elle est perdue. Elle finira sa vie loin de l'eau qu'elle aime, dans un trou de rocher où la femelle du circaète couve son œuf unique.

Le plongeon fulgurant du rapace a fait fuir dans un éclaboussement de soleil, au triple galop, une famille de chevaux sauvages et deux taureaux énormes qui n'ont pourtant peur de rien.

La plaine de Camargue, c'est l'île du delta. La terre prise entre les eaux. Étreinte par deux bras du Rhône. Une création du fleuve, de la houle marine et des vents. Des milliers d'années d'un travail constant. Depuis les grandes glaciations, couche après couche les alluvions et les sédiments salins ont fait ce pays. Un combat. Une lutte acharnée entre l'eau venue des montagnes et celle venue du large. Loin, très loin vers le sud se sent encore la présence du fleuve. Loin, très loin vers l'amont, se sent encore la présence de la mer.

Même le golfe s'est mille et mille fois métamorphosé.

Et sur tout ce travail : celui de l'homme. L'homme qui veut toujours davantage d'espace, un peu plus de terre. Qui va édifier des digues, d'énormes aqueducs, des jetées, des enrochements.

Admirables constructeurs que rien ne rebute, les architectes romains, les ingénieurs ont mis au travail des esclaves gaulois et d'autres amenés de contrées lointaines pour creuser des canaux, charrier et tailler des pierres et édifier des digues.

Tout le long des rives du Rhône, ils ont élevé des temples dédiés à leurs dieux. Ils ont érigé des statues. Celles de Marc Aurèle, leur Dieu vivant, sont nombreuses. Du fleuve, les nautes voient souvent s'arrêter des cavaliers qui mettent pied à terre et se prosternent. Ils prient un moment avant de reprendre leur route. D'autres sacrifient là une génisse en offrande.

Avec, par-dessus ces travaux, la besogne de la nature infatigable. Les vents du désert apportent du sable venu de l'autre rive de la mer. Les vents du nord, de l'est et de l'ouest sèment des graines qui germeront. Certaines vont trouver là un sol à leur convenance. Elles deviendront herbe ou arbre qui devront s'accrocher ferme pour résister aux vents que rien ne freine. Aux vents dont la violence n'a d'égales que celle du fleuve et celle de la mer.

La Camargue : une terre de batailles sous l'immensité d'un ciel en démence. Une démesure.

8

Le soleil est encore derrière les monts quand la lourde barque reprend son combat contre le courant. Le ciel est limpide. Les nuées chargées d'eau ont été repoussées vers l'océan lointain par le vent d'est qui chante clair dans les buissons.

Mais le fleuve reste d'une extrême violence. Son niveau n'a pas baissé et son eau toujours trouble charrie quelques branchages.

Les haleurs sont attelés à leur besogne harassante. Leur chef se met à chanter et tous, avec lui, reprennent ces couplets que la plupart d'entre eux connaissaient depuis l'enfance. Le sol de la rive est un peu ressuyé, mais, à plusieurs reprises, ils sont obligés de s'arrêter, de bondir pour glisser la maille autour d'un tronc ou d'une grosse roche car le passage est obstrué par des arbres que le fleuve a déracinés en amont pour venir les drosser là, contre la berge où leur branchage barre le sentier.

À la hache, les haleurs doivent cogner un long

moment avant de repartir. Et c'est chaque fois beaucoup de peine ajoutée à la peine, car il faut forcer davantage pour ébranler de nouveau la lourde masse de la barge.

À bord, le mousse profite de ces haltes pour nourrir Brutus. Il ne lui donne que quelques poignées de foin.

— Je t'en donne pas trop, mon gros. Comme ça, j'viens te voir plus souvent. Ça te fait de la compagnie.

La matinée est déjà bien avancée quand, profitant lui aussi d'une halte forcée, Vitalis qui va voir le blessé passe près de la cage.

— Qu'est-ce que tu racontes à cette bête ?

— Je lui parle.

— Ça m'étonnerait qu'il te réponde.

— Ça lui fait plaisir.

— Méfie-toi de lui.

Le patron va continuer son chemin, mais le garçon le retient :

— Regardez, je le caresse. Il est tout content.

Passant sa main entre deux planches, Florent frotte le front du taureau qui continue de mâchouiller son foin tout tranquillement.

— Fais tout de même attention, c'est pas un chat. Un éclopé à bord, ça suffit largement !

Vitalis est tout de suite près du blessé qui semble un peu moins abattu que la veille et qui lui dit :

– C'est au petit, que tu causais ?

– Oui.

– Je t'ai entendu. C'est rapport au taureau ?

– Vaut mieux pas chercher le mal. Vous voyez bien qu'il arrive assez vite tout seul.

Le vieux fait, pour se soulever sur un coude, un effort qui lui arrache une grimace et un gémissement.

– Faut que je te dise. J'avais un oncle qui était sur la Camargue. Avec une belle manade. Les taureaux, y prétendait que c'est des bêtes comme bien d'autres... Pas méchants de nature. C'est l'homme qui les rend méchants. Pour s'en amuser... Paraît qu'on leur fait tout un tas de vacheries pour les rendre hargneux.

– T'as peut-être raison, mais je voudrais pas que ce gamin se fasse esquinter...

– Y se fera pas esquinter, assure le blessé qui a du mal à parler.

– Cause pas trop, dit le patron.

Le vieux fait un signe de la main.

– Approche-toi, ça me fera parler moins fort.

Vitalis se penche et met un genou à terre.

– Qu'est-ce que tu veux me dire ?

– Cette nuit, il a gueulé et battu du sabot.

– Oui, y en a qui étaient pas contents.

– Le gamin, il lui donne du foin, mais est-ce que vous lui donnez à boire, à cette bête ?

Vitalis lève la tête vers le mousse qui reconnaît :

— C'est vrai, j'y ai pas pensé.

Le blessé trouve la force d'un petit rire :

— Essaie de manger du foin sans boire une goutte, tu verras.

— Comment y faut faire ?

— Va puiser dans une seille, attachée à un bout de maille, tu la passes par-dessus et tu laisses descendre devant lui. Tu verras, il doit crever de soif, cet animal.

Tandis que le mousse sort, Vitalis dit au haleur :

— Montre-moi ta jambe.

Le vieux réussit à s'asseoir à moitié. Il peine beaucoup. Il commence à peine à soulever la bâche qui le recouvre quand le second crie :

— On repart !

Le patron se redresse. Se hâtant de sortir, il lance :

— C'est bon. Tout à l'heure, je reviendrai. Surtout, tu bouges pas.

— Ça risque pas, fait le vieux en se recouvrant.

Vitalis court à sa rame de gouverne. Au passage il lance au mousse :

— Allez, petit, à l'harpie. Et que ça saute !

Florent court jusqu'à la proue et reprend la longue perche à croc de métal. Debout sur l'avant, il fixe le flot hargneux. Chaque fois qu'une branche ou une bille de bois arrive, il l'écarte vers le large. Quand il

53

la juge à sa mesure, il l'accroche et la monte à bord où il la débitera plus tard, pour faire du bois de feu.

La clarté sur le fleuve est éblouissante.

De temps en temps, le mousse se retourne et regarde en direction de la cage où est enfermé Brutus. Croisant son regard, le second qui tient une rame de gouverne sur bâbord lui lance :

– T'inquiète pas pour ton pensionnaire, y risque pas de se sauver ! La barrière est solide, va !

Le garçon ne répond pas. Il fixe de nouveau la surface de l'eau à l'avant de la proue. Il ne peut s'empêcher d'imaginer Brutus libre et se promenant sur la barge. Il se voit descendant avec lui sur la rive où l'herbe est verte et drue entre les buissons.

Mais sur cette rive, il n'y a que les haleurs tirant de toutes leurs forces sur la maille qui leur scie l'épaule. Ils vont lentement, le corps incliné en avant, portant tout leur poids sur ce cordage qui vibre. Chaque pas est un arrachement. De loin en loin, un pied glisse dans la boue. L'homme se rattrape comme il peut. Parfois l'un tombe à genoux pour se relever très vite avant que ne vienne le cogner le pied du suivant.

Tout à fait en queue de la file, se trouvent un jeune qui ne doit guère avoir que deux ou trois ans de plus que Florent et un vieux très ramassé sur lui-même, court de partout, épais et large dont les jambes arquées sont gonflées de varices. Les muscles semblent devoir faire éclater la peau. Sa tunique déchirée en deux endroits est trempée de sueur. Sous le tissu, les muscles du dos et des épaules roulent. À plusieurs reprises, le vieux glisse. Il doit même, par deux fois, lâcher la corde pour ne pas s'y suspendre. Il tombe de toute sa masse dans la vase et se relève péniblement. Sur les genoux d'abord. Puis, essuyant ses mains à sa tunique, il court quelques foulées en titubant et reprend sa place.

Le second qui le voit peiner ainsi souffle :

– Tiendra pas ! J'suis sûr qu'on ira pas au bout avec une équipe pareille ! C'est pas possible. Et reste gros à charger.

Ils atteignent bientôt une sorte de crique assez large et profonde dans la berge. Sans doute un petit estuaire. Le chef des haleurs qui l'a évaluée d'un regard et qui en connaît le fond pour l'avoir pratiqué par eaux basses entre sans hésiter dans le flot boueux. Le fond est glissant. Vitalis qui ne quitte pas des yeux ses hommes grogne :

– Si y en a un qui tombe...

Et, tout de suite, le second crie :

– Si y en a un qui tombe, qu'il lâche la maille. Que les autres continuent !

Mais les hommes tiennent bon. Ils ont à peine ralenti l'allure. Seul leur chant s'est arrêté. Au plus profond, l'eau leur arrive à peu près à mi-cuisses. La barge avance toujours. Le patron et son prouvier aident à la rame dès qu'ils peuvent le faire. Quand ils sortent de l'eau, les haleurs reprennent leur chant qui rythme à peu près leur marche. Le bas des courtes tuniques dégouline jaune. Les pieds luisent de boue. Les visages et les épaules luisent de sueur. À mesure que monte le soleil, la chaleur devient plus lourde. Le vent d'est n'est plus qu'une faible respiration, à peine de quoi faire blanchir le feuillage argenté des saules nains. Souvent, les hommes du bord comme ceux de terre lèvent le regard et scrutent l'amont. Tous espèrent voir bientôt se dessiner sur le bleu du ciel la blancheur des pierres. Pourtant, tous savent qu'Arles et Trinquetaille ne peuvent pas encore être en vue.

Une brume de chaleur trouble les lointains. Les Alpilles vibrent comme un rideau bleuâtre tout habité de vent. À mesure que progresse la journée, l'air se fait plus lourd, plus épais, d'une immobilité de craie. Même sur le bateau, les hommes transpirent au fil.

Sous la cadole, le blessé somnole. Son souffle est court et bruyant. À plusieurs reprises, voyant que le Rhône ne charrie rien, le mousse court lui donner un peu d'eau. Au passage, il jette à Brutus une poignée de foin. Une fois, il s'arrête et approche son visage d'une fente. Son regard étreint celui du taureau. Il dit :

— Toi, tu m'as pas l'air d'un mauvais bougre. Pas du tout.

Il sent couler en lui une belle joie chaude tandis qu'il se hâte pour reprendre son harpic.

9

Brutus était à peine sevré quand le propriétaire de la manade a vendu sa mère, une belle vache noire de sept ans. Des étrangers l'ont emmenée et Brutus, enfermé dans un enclos, l'a regardée s'éloigner, piquée par les hommes montés sur leurs petits chevaux blancs. Elle n'était pas seule. C'était tout un troupeau qu'on conduisait jusqu'à un bac.

Le bac a traversé le Rhône. Le long de l'autre rive, tiré par des haleurs, il a remonté le fleuve durant deux longues journées. Puis il a pris rive sur une terre inconnue. Là, d'autres hommes armés de piques ont fait descendre le troupeau pour le pousser vers un enclos. Toutes les bêtes l'une derrière l'autre ont franchi ces barrières.

Toutes, excepté la mère de Brutus. Cette vache qui souffrait tant d'être séparée de son petit, soudain rendue folle par la douleur, plus forte d'un coup que bien des mâles de sa race, cette mère a chargé. Blessant deux chevaux et un homme, elle s'est élancée au galop vers le rivage.

Comme le reste du troupeau menaçait de se débander, les gardians ont voulu, avant de la poursuivre, faire entrer toutes les bêtes et fermer les barrières. Quand ils se sont retournés, la vache nageait ferme en direction de l'autre rive.

On a renoncé à la poursuivre.

Deux jours plus tard, elle retrouvait la Camargue et Brutus.

Son aventure est connue de tous les gardians très loin à la ronde. Et tous aiment à répéter aux étrangers à leur monde :

– C'est certain, Brutus n'est pas un taureau comme les autres. Le fils d'une mère pareille ne peut pas être un taureau ordinaire. À vrai dire, on ne sait pas ce qu'il a en plus. Mais il a quelque chose. Une force inconnue qui l'habite. Une belle force qui fait qu'on le redoute, mais aussi qu'on le sent tout proche de l'homme.

10

Le soleil a disparu depuis longtemps quand les hommes de bord arrivent au grand pont de bois reliant Arles à Trinquetaille. Le second crie :

— Courage, les haleurs, on arrive !

Mais le plus dur reste à faire, et tous le savent bien. Au sortir de la boucle, la lourde barge fait face à un courant plus violent qui menace de la drosser contre la berge où se trouvent des roches dangereuses. La rage du fleuve vient de son étranglement d'amont. Les fleuves comme les hommes, quand ils échappent à la strangulation, ont besoin de respirer un grand coup. Tandis que Vitalis reste vers le large et aide de toute sa vigueur avec le long aviron de gouverne, le second crie :

— Avec moi, petit !

Le mousse accourt. Tous deux armés de harpies solides veillent au rivage.

— Et quand faut pousser, petit, pousse vers l'amont. Le peu que tu fais les soulage.

Le sentier de rive est extrêmement pénible. Des boues mal séchées dont la croûte craque sous le pied alternent avec des cailloux coupants que l'approche de la nuit dérobe à la vue. Plusieurs hommes ont les pieds en sang. Mais ils vont toujours, le cou tendu, les épaules tellement meurtries que la brûlure du milieu du jour s'est muée en une douleur sourde dont les élancements vont loin dans le corps et dans les bras.

Leur chant n'est plus qu'une plainte monotone. La sueur ruisselle toujours. La faim taraude les estomacs.

– Allez ! crie Novellis, la soupe approche !

Mais la nuit aussi s'avance. Le fleuve longtemps frotté d'or et de sang est devenu d'un mauve qui, par moments, tourne à un violet presque noir. Des remous et de courtes vagues accrochent encore çà et là un éclat d'émeraude. Déjà la lune et les étoiles piquent des étincelles tout au long du courant.

Loin devant, sur les deux rives, des feux se sont allumés. La masse des bâtiments romains semble écraser ces lueurs fragiles. Très vite, cette masse n'est plus qu'une ombre parmi les ombres de la nuit. Au flanc des collines quelques feux rougeoient. Les voyant, le second dit d'une voix hachée par l'effort :

– Les bergers rôtissent le mouton.

Vitalis ne répond pas. Il pense aux haleurs. Eux

aussi doivent voir ces lumières qui témoignent du repos des hommes.

Longtemps encore ils peinent et la nuit est presque noire quand le patron ordonne :

— La maille de trait à une grosse roche !

Le chef des haleurs a des yeux de chat. Il repère très vite un bloc presque aussi haut qu'un homme et dont la base semble porter sur un sol solide. Il passe derrière, fait un tour complet avec les deux haleurs qui le suivaient puis il lance en direction du bateau :

— C'est bon !

Tandis qu'il termine l'attache, les autres haleurs partent vers l'aval pour empoigner les mailles d'amarrage que le patron et le second leur lancent. Vitalis crie au mousse :

— Attention, ça va bronquer...

Il ne le dit pas assez vite. Surpris par le choc du bordage contre la rive, le garçon pique en avant. Il bat l'air de ses bras. Un haleur qui se trouve juste dessous tend ses poignes énormes et reçoit à bout de bras le garçon qu'il dépose sur le sol en disant :

— T'es pas plus lourd qu'un poulet, mon pauvre petit. T'as besoin de bouffer des bonnes soupes.

Il y a quelques rires, mais la fatigue écrase la joie. Un jeune qui doit haler pour la première fois sur ce tronçon du fleuve demande :

— On n'est pas à Trinquetaille ?

Un aîné explique :

— On est juste à l'entrée.

Un autre trouve la force de plaisanter :

— Même qu'on est près d'une auberge où tu vas bouffer des cailles et baiser une servante.

Tous se sont déjà mis à préparer le feu. Les uns descendent du bateau un peu de paille et de bois sec, les autres en coupent sur la rive. Le mousse donne à manger au taureau. Vitalis est près du blessé et dit :

— On peut pas te descendre ce soir. Mais demain matin t'es chez toi.

Le vieux de nouveau épuisé murmure :

— Ma pauvre femme... Ma pauvre femme.

Déjà le patron s'éloigne en ordonnant au second :

— Tout le monde est crevé, mais on mettra tout de même deux hommes de veille. Si l'eau baisse, faudra détendre l'amarrage.

— Un seul homme suffirait, tout de même.

— Tout seul, y peut s'endormir.

Le gros soupire :

— C'est bon, je prendrai le premier, avec le mousse... Mais c'est plus une vie ce métier-là !

11

L'aube les tire de leur sommeil alors que la nuit ne les a pas lavés de leur fatigue. Le fleuve a baissé et, par deux fois, les hommes de veille ont dû allonger les mailles. Le ciel promet la chaleur, pourtant le vent du nord qui se lève avec le jour est encore frais. Les haleurs constatent :

— Non seulement on aura le fleuve contre nous, mais aussi le vent.

— Y va forcir dans la journée et il risque de durer neuf jours.

Ils le connaissent bien, ce vent qui dévale vers la mer et vous prend de plein front en hurlant. Il leur arrive souvent de le combattre en hiver, quand les doigts gourds bleuissent à force de serrer la lourde corde glacée. Même en cette saison, ils redoutent ses lames et ses aiguilles. Ils en parlent en mangeant la soupe où ils ont fait tremper des morceaux de ce pain d'épeautre grossièrement moulu qui tient au ventre. Ce matin, le second leur a distribué à chacun un fromage de chèvre qu'il est allé acheter chez une marchande de sa connaissance, dans une ruelle proche du port.

— Pouvez toujours en chercher du pareil, y vient de chez une vieille qui mène ses chèvres en haut des Alpilles. Vous trouverez pas plus parfumé.

Le mousse qui n'est jamais venu jusque-là contemple ces deux villes énormes. Les colonnes du théâtre, les thermes émergeant des remparts de pierre blonde. Sur les deux rives du fleuve, les constructions respirent le luxe et la richesse.

Le patron est parti dès les premières lueurs. Il a passé le pont de pierre pour s'enfoncer dans le cœur d'Arles. Derrière les grandes arènes, il a trouvé l'homme qui, dans cette ville d'où part une bonne partie du trafic, représente l'armateur. Quand il atteint le porche de l'importante villa où habite ce nommé Marnis, un esclave lui interdit l'entrée.

— Le maître dort.

— Va le réveiller.

— Tu es fou. Pour me faire fouetter ?

— Dis-lui que le patron d'un de ses bateaux a besoin de lui. Je t'assure qu'il te remerciera.

L'homme, un vieux au visage tanné et au corps rabougri, émet un ricanement. Baissant la voix, il réplique :

— Le maître ne remercie que les puissants. Il punit les faibles.

Élevant le ton, Vitalis crie :

– Va, ou laisse-moi passer, c'est pressé.

Le vieux semble terrorisé. Mais la peur de son maître est plus forte que la crainte qu'il peut éprouver face à cet homme jeune deux fois plus grand et dix fois plus fort que lui mais qui est un Gaulois de condition modeste. Il paraît soulagé quand une voix tombe d'une fenêtre :

– Qu'est-ce que c'est ?

– Vitalis patron de barge. Je dois voir Maître Marnis tout de suite.

– Je descends.

Tandis que l'homme se retire, le vieil esclave précise en baissant la voix :

– C'est pas mon maître, c'est Julius Helvius, un de ses secrétaires... C'est lui qui fouette. C'est un Gaulois mais il s'est donné un nom romain.

Julius Helvius arrive. Grand échalas au nez en bec de rapace et au crâne presque complètement dégarni. Vitalis l'a déjà aperçu suivant son maître pour noter des listes de fret, mais jamais il ne lui a parlé. L'homme a une voix grave et légèrement éraillée. Un débit rapide avec un accent du Sud très prononcé.

– Qu'est-ce que tu veux à pareille heure, Vitalis ? Tu aurais dû être là hier au milieu du jour.

Vitalis donne les raisons de ce retard. Comme il parle du vieux haleur accidenté, le grand sec émet une sorte de grincement qui doit être sa manière de rire :

— Hein ! On va te le changer pour un jeune. Tu as de la chance.

— Mais le vieux n'en a pas.

— Fais-le porter chez lui, sa femme le soignera.

Il grince de nouveau pour ajouter :

— Si elle peut pas le soigner, elle l'enterrera.

Vitalis serre les poings. Il se borne à soupirer, puis il dit :

— Le remplacer, bien sûr, mais avec le courant qu'il y a, avec la charge que je dois embarquer ici, c'est le double de haleurs qu'il me faut, sinon je ne serai jamais à Condate à la date fixée.

— Doubler, es-tu fou ? C'est pas toi qui payes !

Il a crié et Marnis paraît derrière lui. Gros homme court sur pattes, voix douce, très posée.

— J'ai entendu, dit-il. Tu dois être rendu à la date. Tu auras les hommes qu'il te faut.

— Et le blessé ? demande timidement Vitalis.

— Fais-le porter chez lui, mon médecin ira voir sa jambe. Il la réparera.

Il lance à son secrétaire un regard dur pour dire, toujours de sa voix douce :

— Je n'ai jamais laissé mourir même un esclave usé jusqu'à la trame sans avoir fait ce qu'il fallait pour l'aider à vivre. Ce n'est pas parce qu'on travaille pour des Romains qu'il faut se comporter comme une

67

brute. D'ailleurs, ceux pour qui je travaille sont des gens très humains.

Il marque une pause pour reprendre :

— Toi... tu vas aller avec Vitalis pour être responsable de la cargaison, puis tu iras avec lui jusqu'à Lugdunum pour faire ce que je t'ai ordonné de faire sur place.

Se tournant vers Vitalis, il demande :

— Tu as bien embarqué le taureau ?

— Il est à bord.

Marnis explique encore à son secrétaire quels hommes il doit donner à Vitalis puis, sans ajouter un mot, il tourne les talons et s'éloigne. Vitalis voit son long vêtement blanc traverser l'atrium baigné de lumière vive puis disparaître dans l'ombre d'un porche. Cet homme doit posséder au moins trois ou quatre villas avec des jardins où l'eau chante dans des bassins.

Flanqué de Julius que bien des gens saluent, Vitalis traverse de nouveau la basse ville qui s'anime. Le marché s'ouvre où l'on vend tous les produits de la Provence. On voit là tout ce qui vient d'Arabie, gens et marchandises. Le naute salue des bateliers de la Durance qu'il connaît. L'ombre des énormes monuments romains semble vouloir écraser ces quartiers. On passe le pont. La lumière grandit dans un ciel d'émail où le vent aiguise sa faucille en miaulant. On le voit courir à la surface du fleuve qui clapote dur contre les quais de pierre. Une fois sur la rive droite, le secrétaire dit :

— Le chargement que tu dois prendre est à l'entrepôt. Je vais chercher des hommes. Monte ta barge sur place.

— Non, dit Vitalis, le plus dur, c'est le pont. Je vais pas prendre de risque, j'attendrai tes haleurs.

L'autre lui lance un regard de feu et s'éloigne en grommelant des propos que le naute ne peut saisir mais où il sent des menaces.

Assez vite, le secrétaire revient avec dix hommes solides en déclarant d'un ton très dur :

— Pas pu en avoir plus ! Mais c'est du bon bétail. Et je me charge de les faire avancer. T'inquiète pas, tu seras rendu au jour dit.

On allonge la maille de traction et les dix nouveaux prennent place à la suite des autres. La barge libérée, la remonte commence. Le passage du pont qui provoque un étranglement où le fleuve se rue avec une extrême violence est très pénible. Un bon moment, la force du courant et celle des haleurs se neutralisent. Julius Helvius, resté à terre, se tient légèrement en retrait, à hauteur des premiers haleurs, et beugle de sa voix la plus rêche :

— Oh ! Hisse ! Oh ! Hisse !

Le second qui force sur son aviron de gouverne grogne :

— Ferait mieux de tirer, cet abruti...

Le seuil du pont franchi, la barge monte plus vite pour atteindre bientôt le quai où des portefaix ont commencé d'amener des tonneaux de vin, des amphores d'huile d'olive, des sacs de céréales, des bottes de foin et des jarres pleines de sel.

– À part le fourrage, grogne le second, c'est tout du lourd qu'on nous monte à bord !

Dès que le chargement est terminé et qu'il a vérifié et pointé les listes, Julius embarque et va s'asseoir sur le bordage pour surveiller le halage.

– C'est tout de même pas lui qui va commander, fait Novellis.

Comme Julius crie aux haleurs de se dépêcher de prendre place, Vitalis s'approche de lui et dit calmement mais d'un ton ferme :

– À bord de cette barge, le patron, c'est moi. Toi, tu es là pour t'occuper de tes écritures.

L'autre laisse aller son grincement :

– Et pour te donner des hommes de renfort.

Incapable de tenir sa langue, le second s'avance et lance :

– Et même pour aller tirer avec eux si t'as des fourmis dans les pattes et pas trop de poil dans les paluches !

Le grand maigrelet ne répond pas, mais son regard en dit assez pour qu'on sente le fond de sa pensée.

12

Ils ont descendu le blessé qui pleurait tandis que deux portefaix le prenaient pour le porter chez lui. Une fois le bateau parti, pensant à ce malheureux, Vitalis dit :

– Tout de même, pleurer sa place à la maille, c'est quelque chose !

Julius Helvius qui l'a entendu se met à rire.

– Tu vois, faut croire que c'est pas si pénible que ça ! Ils sont trop payés, tes haleurs !

Le second s'approche, presque menaçant :

– Toi, Clinquet, j'tai déjà dit que si tu trouves le temps long à bord, y a encore de la place à la maille de trait.

Tremblant de rage, le secrétaire bégaie :

– Com... comment m'as-tu appelé... Je... Je...

– J't'ai appelé Clinquet. Ça te va très bien. T'es tellement maigre que quand tu bouges, tes os clinquent de partout.

Le grand échalas part furibond en parlant de son

patron et de punitions. Le mousse qui a assisté de loin à l'accrochage s'approche en disant :

— Le vieux haleur, ça m'embête qu'il soit plus là. C'était le seul qui disait jamais du mal de mon ami Brutus.

Le patron achève un mouvement puissant, puis, ayant replongé vers l'amont son aviron de gouverne, il répond :

— Moi non plus, je t'en dirai pas de mal, de ton copain, je te conseille simplement de te méfier de lui. Il te coincerait un bras contre les planches que tes os n'y résisteraient pas.

— Mais il est pas méchant.

— C'est ça, c'est un agneau. Seulement, y connaît pas sa force !

Le garçon s'éloigne en direction du tas de foin. Il en arrache une grosse poignée et, au lieu de la lancer par-dessus la barrière, il passe la main entre deux planches, juste devant l'énorme museau luisant. L'animal prend le fourrage qu'il se met à mâcher en hochant lentement la tête. Le mousse avance la main et caresse le front noir du taureau.

— T'es pas méchant, hein ?... Tu m'aimes bien. C'est moi qui te donne à boire et à manger. Je serais pas là, t'aurais rien.

L'animal continue de mâchouiller. Ses gros yeux semblent vouloir dire que ces caresses lui plaisent beaucoup.

— Je te garderai une croûte de mon pain. Et puis ce soir, j'irai à terre. Je te couperai de l'herbe fraî-che... Et des feuilles de saule. Les lapins, ils aiment ça. Tu dois les aimer aussi.

Le taureau paraît approuver. De loin, le patron lance :

— Dis donc ! t'as que ça à faire, Florent ?

Le mousse se précipite tandis que Vitalis ajoute :

— Je t'ai dit de te méfier de cet animal.

— Mais, patron, y me regarde. Il a des bons gros yeux, je vous jure.

— Oui. Et puis il a aussi des bonnes grosses cor-nes... Allez, saute !

Le mousse gagne la cadole où il doit procéder au nettoyage. Il commence par la place où le blessé a dormi et où il s'est soulagé dans la paille. L'odeur le prend à la gorge. Il grogne :

— Dégueulasse !

Puis, étant allé lancer sa fourchée de paille souillée au Rhône, il soupire :

— Tout de même, pauvre vieux !

Il continue son travail sous la cadole de toile, puis, quand il en sort, il passe près de la cage du taureau et dit :

— Pauvre Brutus, t'es pas au large... Puis chez toi aussi, ça commence à puer.

Le soleil est haut et, malgré le vent qui souffle frais du nord, la chaleur monte. Le garçon s'approche du

73

patron toujours à l'aviron de gouverne du côté du rivage. Tout en travaillant, Vitalis surveille les haleurs. Leur longue file peine sur la berge dont le sol, à présent, est moins boueux. Les pieds glissent moins, mais, déjà, plusieurs sont en sang. Car les ronciers alternent avec des blocs de rocher. À quatre reprises, ils doivent de nouveau s'arrêter pour couper des arbres que la crue a laissés en travers. Chaque fois, le mousse bondit à terre pour faire provision de bois mort.

Comme il remonte avec une brassée de tiges de saule, le second lui demande :

— C'est tout de même pas avec ça que tu comptes allumer du feu ?

— Non, c'est pour Brutus, j'lui ai promis.

— Ça finira mal.

— Non, non, c'est une bonne bête.

Comme le mousse approche de la cage, il voit le secrétaire qui sort d'une espèce d'abri en planches que le patron a monté derrière la cadole. Il y a là quelques outils et des morceaux de bois. Le grand Clinquet tient une croix. Sur la croix, Jésus et sa couronne d'épines, une lance, un marteau. Le secrétaire attend que la barge ait repris sa marche, puis il s'approche de Vitalis en demandant :

— Qui est-ce qui a fait ça ?

— C'est moi. Qui t'a permis d'y toucher ?

— Ce bateau est à mon maître, tout ce qui se trouve dessus...

Vitalis ne peut lâcher son aviron de gouverne, mais le regard qu'il décoche au fifrelin doit avoir la force d'un coup de poing, car l'homme a une sorte de haut-le-corps et bredouille :

— Te... te fâche pas. T'es chrétien... je... j'ai rien contre... Je suis pour la liberté, moi. Je travaille pour des Romains, mais je suis Gaulois comme toi. Et au fond, toi aussi tu travailles pour eux.

— C'est une chance, lance le patron. Va me remettre cette croix où tu l'as prise. Elle est pas finie. La casse pas !

Le mousse attend que le secrétaire se soit éloigné puis il demande :

— Et Brutus, ça sent pas bon, comment je peux nettoyer ?

— Tu n'as pas vu ? Derrière, il y a une des planches du bas qui est prise dans des crochets. Elle se lève. Tu prends la fourche en bois et tu tires le fumier. Tu lui remets de la paille fraîche. Et tu essaies de pas lui toucher les pattes avec ta fourche. Il aimerait pas ça. Et y pourrait cogner fort !

Le mousse va prendre sa fourche. Il fait le tour de la cage et découvre cette planche qui n'est pas clouée mais simplement maintenue par quatre forts crochets de métal. Il l'enlève assez facilement. Tout en tirant la paille mouillée et la bouse, il parle au taureau qui tourne vers lui sa grosse tête et balance la queue.

75

– Tu voudrais bien pouvoir bouger plus, mon pauvre Brutus, mais j'ai pas le droit de te faire sortir, moi... Puis je sais pas comment tu ferais, si on te laissait en liberté sur ce bateau.

Au milieu du jour, ils font une halte. La barge amarrée, le garçon peut descendre et son premier soin est de couper une grande corbeille d'herbe fraîche et de la monter à bord. Il en donne tout de suite au taureau qui le remercie d'un court beuglement. Sur le rivage, les hommes assis à l'ombre et qui mangent du pain et du lard se mettent à rire.

– Tu devrais le descendre à la longe. Tu le ferais brouter près de nous.

– Tu lui ferais faire une petite promenade, histoire de lui dégourdir les pattes.

– Et peut-être qu'il pourrait nous aider à tirer !

Le garçon les écoute en souriant. Il pense aux grands yeux noirs de Brutus. Il n'ose pas répondre, mais il est persuadé que, s'il pouvait le libérer, l'animal le suivrait comme un chien ou un cheval. Il se contente de dire :

– Pouvez rigoler, moi je sais que c'est une brave bête.

Il lance un regard en direction du secrétaire et ne peut se retenir d'ajouter :

– Y a bien des hommes plus mauvais que lui en ce bas monde !

13

Le vent du nord tant redouté des bateliers du Rhône est d'une violence extrême. Il se lève de terre très loin, sur le Rhin. Il traverse en hurlant toute la Lyonnaise et s'engouffre dans la vallée de la Saône avant d'aborder le Rhône qu'il semble vouloir pousser vers la Provence comme si son eau musclée ne dévalait pas assez vite.

Vent glacial qui aime l'automne. Il bouscule octobre et novembre en direction de l'hiver. Il aime le printemps. Chasse les saisons des glaces vers le sud comme s'il redoutait la venue de l'été. C'est un vent de batailles.

Les Romains l'ont nommé *melamboreas*. Ils le redoutent comme ils redoutent la cavalerie gauloise. Quand il se rue dans certains défilés, il est capable de faire rouler des rochers. Il arrache à la terre des cailloux qui grêlent sur les hommes. Des voyageurs tombent de leur char. Des cavaliers de leur cheval. Des bateliers et des pêcheurs enlevés de leurs bateaux et précipités au fleuve se noient sous ses gifles rageuses.

Ce démon arrache aux montagnes et aux ciels du Nord des tourbillons de neige qu'il s'en va déverser jusque sur la Crau. Les bergers, les troupeaux de cette plaine dénudée s'enfuient. Mais le vent plus prompt que les plus rapides les terrasse et les tue à coups de gel. Et lorsqu'il se déchaîne par temps de sécheresse, les nuées de poussière qu'il soulève montent très haut dans le ciel. La lumière devient rouge et c'est parfois la nuit qui tombe en plein midi.

14

Le niveau du Rhône continue de baisser. Les
pluies ont cessé et le vent froid ralentit la fonte des
neiges sur les hautes cimes. Les haleurs peinent un
peu moins, mais certains passages resserrés où le
fleuve prend de la gueule demeurent très durs à
franchir. Il y a aussi les estuaires des affluents qui
obligent à des manœuvres pénibles. À plusieurs
reprises, ils doivent changer de rive. Travail long, qui
exige beaucoup d'adresse et ajoute à la fatigue.

Julius Helvius se tient toujours le plus loin possible
du patron et, surtout, du second qu'il déteste. Il reste
souvent sur le bordage de traction et ne peut se retenir
de lancer des insultes aux haleurs quand il trouve que
leur effort se ralentit. Pourtant, ces hommes solides et
courageux mènent leur tâche en donnant toutes leurs
forces. Agacés, le patron et le second crient parfois :

— Va donc tirer !

— Tu te fais traîner. Heureusement que t'as que
les os. C'est pas trop lourd !

Le mousse aide de son mieux. Il lui arrive souvent de pousser à l'harpie. Quand il s'approche du patron, celui-ci lui dit :

— Regarde bien comment on gouverne. Un jour tu le feras. Mais faut devenir costaud !

Dès qu'il en a le temps, il court rendre visite à Brutus. Il lui donne à manger au moins vingt fois par jour et à boire très souvent aussi. Un matin, alors que tout le monde est occupé par la manœuvre, il ne peut résister à l'envie qui le tenaille d'entrer dans la cage. Il a tiré le fumier et refait la litière. Il va puiser un seau d'eau et revient en s'assurant que personne ne le surveille. Au lieu de grimper sur la barrière et de faire descendre le seau au bout de la maille, il s'agenouille et se glisse par l'espace qui sert à changer la litière. Une fois dans la cage, il tire la lourde seille de bois et, se redressant, il se met à parler au taureau :

— C'est moi, Brutus... J'suis ton ami... tu le sais que je suis ton ami. T'as soif... m'en vais te donner de l'eau bien fraîche.

L'animal tourne la tête. Le mousse a tout juste assez d'espace pour se glisser entre les planches rugueuses et le flanc luisant de l'animal. Il progresse lentement. D'une main il tient le seau, de l'autre il caresse ce pelage noir frémissant.

— Tu bouges pas, hein ? Tu me fais pas de vacherie.

Je te fais pas de mal, moi... Allez, mets ta tête en avant sinon tu vas me foutre un coup de corne.

Comme le taureau ne bouge pas, le garçon prend doucement une de ses cornes et pousse.

— Me coince pas contre les planches, tu m'écraserais comme rien.

L'animal résiste un moment puis se décide à tourner la tête.

— Ben, t'as compris.

Le mousse avance encore et, soulevant le seau, il le place sous le nez de Brutus qui se met tout de suite à boire.

— Je le savais, que tu me ferais pas mal. Mais si les autres me voyaient, certain qu'ils m'engueuleraient. Y avait que le vieux qui comprenait. Seulement, le pauvre homme, il est plus avec nous.

Le mousse se sent plein d'amitié pour cet animal. Il éprouve à lui parler un grand bonheur. Lui dont le père est mort lorsqu'il avait trois ans et dont la mère ne s'est guère occupée a un peu le sentiment de se trouver près d'un ami. Un être dont la force considérable le rassure.

Il commence de baisser le seau presque vide lorsque la voix de Julius grince derrière lui et le fait sursauter. Le taureau également surpris pousse un mugissement furieux et remue dans sa cage.

— Petit con ! hurle l'échalas. Sors de là. Tu vas te faire tuer... C'est moi qui serai emmerdé !

— Vous êtes fou. Taisez-vous !

Alerté, le patron lance un ordre au second :

— Veille à la rive !

Laissant son aviron, il bondit vers la cage.

— Gueule pas comme ça, fait-il en empoignant le secrétaire par un bras pour le tirer en arrière.

— Ne me touche pas, crie l'échalas qui tente de le faire lâcher prise.

Mais la poigne de Vitalis est de fer. D'un geste il expédie Julius sur le tas de paille où il se retrouve, les quatre fers en l'air. Pendant ce temps, le mousse a sauté hors de la cage où demeure sa seille renversée. Se tournant vers lui, d'une voix plus calme, le patron gronde :

— T'es maboul ! Tu pourrais te faire écraser ou prendre un coup de corne.

— Non. Ça risque rien. Je le sais. Brutus, c'est mon ami. C'est l'autre qui est arrivé en braillant et qui lui a fait peur. Sinon, y bougeait pas.

Le secrétaire, qui s'est relevé, brosse de la main la paille piquée dans le tissu de son vêtement. Son regard lance des étincelles. Sans oser s'avancer, il crie :

— Ça va se payer cher !

Le patron s'éloigne en répliquant :

— Tâche de te tenir loin. J'ai pas de temps à perdre avec tes conneries !

Il court reprendre sa place. Le second lâche une bordée de jurons et ajoute :

— Ce grand Clinquet, je te dis qu'on n'ira pas au bout de la remonte sans que je le balance au Rhône ! C'est un dangereux, celui-là !

Déjà le mousse est retourné vers la cage. Passant sa main entre les planches, il se met à gratter le front du taureau qui cesse tout de suite de battre du sabot et de cogner de la tête contre les planches.

— Faut tout de même que je reprenne ma seille... Tu vas me laisser y aller, hein ? Sinon, je pourrai plus te donner à boire. Tu sais bien que moi je te ferai jamais de mal.

Il retourne se couler par le passage ménagé au ras du sol et, s'étant redressé lentement, il se faufile entre les planches et le flanc qu'il caresse en parlant doucement :

— T'es une bonne bête. J'sais pas pourquoi y te font monter à Condate, j'espère que c'est pas pour la boucherie. Ça me ferait mal.

Il se baisse sans crainte devant le taureau, ramasse son seau et sort.

Dans les jours qui suivent, chaque fois qu'il peut le faire, le mousse entre dans la cage. Dès qu'il le sent à côté de lui, le taureau se colle contre la planche opposée pour lui laisser plus de place. Son pelage frémit. Son gros museau émet une sorte de meuglement très doux qui fait dire au garçon :

— Tu ronronnes... T'es content que je vienne te voir.

Un soir, après l'amarrage, le patron prend le mousse à part et lui dit :

— Tu crois que je te vois pas ? T'es encore entré dans la cage. Tu finiras par te faire coincer.

— Je vous jure : il est pas méchant. Venez. Faut lui parler doucement. Y connaît bien son nom.

Vitalis suit le garçon jusque devant la cage.

— Passez la main comme moi... Bouge pas, Brutus, c'est le patron. C'est un ami aussi.

Vitalis passe le bras entre les planches et, comme le fait Florent, il se met à gratter le large front noir. Le taureau émet son petit ronflement.

— Vous entendez ? Y ronronne. Il est content.

— Sacrebleu, mais c'est vrai. Il est moins brute que je croyais ! Tout de même, c'est une masse.

— Ben oui, mais si on le tourmente pas, il est pas méchant.

Ils restent là un bon moment. Tout dort. Le vent s'est apaisé. Dans le silence d'un ciel étoilé, monte le friselis du fleuve qui glisse entre le bordage et la rive où il lèche les roches. Au large, ses remous nouent des reflets d'or. Encore accrochée aux montagnes, la lune se hausse lentement. Sa clarté pose une touche de lumière sur le pelage luisant de Brutus qui s'est remis à ruminer.

15

Brutus est triste dans sa cage de bois. Des jours et des nuits sans pouvoir marcher. Sans pouvoir courir sur une terre gorgée d'eau qui gicle et vous arrose les flancs. S'il essaie de se coucher, il est coincé. Il lève son mufle luisant et, par-dessus les planches de sa prison, il hume le vent. Il cherche l'odeur de son pays. De sa terre. Des plantes de la Camargue. Mais le vent souffle du nord et ne porte que des parfums qui lui sont étrangers.

Sur le ciel où scintillent des étoiles, il voit en transparence les arbres, les herbes, les animaux de son pays. Ils apparaissent et disparaissent très vite. Quand ils se sont effacés, le taureau noir lève la tête plus haut et pousse un long beuglement.

Des hommes hurlent sous la cadole :

— Tais-toi ! Brutus !

Et une voix amie dit plus bas :

— Il a mal. Il pleure.

Parfois, Brutus cogne du sabot sur le sol sonore

ou heurte du front la planche de sa cage. Mais la cage a été fabriquée par des gens qui connaissent la force énorme des taureaux. Alors, Brutus se résigne. Il ne comprend pas. Les vastes espaces sont loin. Les courses dans le vent porteur de sel. L'éclaboussement de l'eau dans la lumière du soleil ou la clarté de la lune.

Brutus est triste, infiniment.

16

Ils arrivent au terme de leur remonte le soir du cinquante-sixième jour. Le ciel flambe derrière les collines et découpe en masses violettes les lourdes constructions édifiées par les Romains. Le second qui connaît bien Lugdunum observe :

— Ils ont encore bâti.

La barge monte lentement le long de la rive droite. Le feu du ciel dessine chaque tourbillon du fleuve dont l'eau violente repousse contre la berge le flot plus calme de la Saône. Dans ce miroir presque sans ride, la ville et les arbres des rives se reflètent. Des mouettes griffent la surface de leur vol nerveux.

— On accoste dès qu'on est en eau calme, ordonne Vitalis.

Julius qui vient de s'approcher sans bruit reste derrière le patron pour demander avec un grincement où se sent déjà la rogne :

— On va pas au port ce soir ?

— Les haleurs sont épuisés.

87

Le grand maigre a un ricanement :

— C'est ça, une journée de plus à payer.

— C'est exactement ça, répond calmement le patron. Et j'estime qu'ils ne l'ont pas volée. Sans compter que nous arrivons en avance.

L'autre s'éloigne en grognant :

— Et avec des hommes en plus.

Le second qui vient sur bâbord pour aider à l'amarrage part d'un gros rire :

— Et de la charge en plus.

Comme piqué de ronces, le secrétaire se retourne et se dresse sur ses longues pattes pour lancer :

— Tout ce qui a été chargé était prévu.

— Sauf toi, mais faut dire que tu pèses pas si lourd que Brutus. Seulement, t'as moins bon caractère.

Julius s'éloigne en ruminant des menaces, comme toujours, et Vitalis conseille à son second :

— Arrête de l'accrocher, c'est un mauvais. Il nous fera avoir des ennuis avec son patron.

— Son patron vaut mieux que lui.

La barge sort du courant nerveux pour entrer dans l'eau plus calme de la Saône. Une eau d'un vert sombre et profond entre les reflets de lumière.

— Tu vois, constate le gros, ici, ça lui ressemble.

— Je vois pas en quoi.

— Regarde le Rhône, c'est un seigneur. La Saône, elle rampe devant lui. Il la couche contre la rive pour la violer. Eh ben, la grande ficelle se couche sûrement de la même façon devant son patron.

Vitalis se tourne vers la rive en amont et lance :

— La maille de trait à la première bitte !

Dès que le haleur de tête a contourné le gros bollard de granit dressé au bord du quai et fait un trou avec la lourde corde, le patron ordonne :

— Trois hommes à la maille de proue et trois à la maille de poupe !

En eau calme, la manœuvre d'amarrage est beaucoup plus facile. Dès que la barge est collée à la rive, le secrétaire sort de la cadole avec son rouleau de peau sous le bras et approche du bordage.

— Tu t'en vas ? demande Vitalis.

— Je serai au port demain pour le déchargement.

Il saute sur la berge et, sans se retourner, à longues enjambées, il file sur le chemin de halage. Novellis gronde :

— J'aime pas ça !

— Laisse-le. La marche va lui faire digérer sa rogne.

Sur la Saône, c'est un va-et-vient constant d'embarcations de toutes tailles. Les barques de pêcheurs rentrent vers les îles où se blottissent les unes contre les autres des demeures de bois couvertes de chaume. Des filets sont étendus sur des piquets. Les feux flambent clair. L'eau étire leur reflet jusqu'au milieu de la rivière, et ces miroitements montrent que le Rhône a commencé de mordre en amont sur le lit de la Saône. Car les îles partagent les eaux et ajoutent de larges meuilles à leur mouvement.

À l'arrière de la barge, le mousse prend deux brassées de bois sec et une poignée de paille. Il les donne aux haleurs qui attendent pour allumer le feu. Puis il se hâte vers la cage du taureau. Il lui donne du foin puis va puiser un seau d'eau. Il entre dans la cage comme il le fait toujours et Brutus se met tout de suite à boire.

— Demain, mon pauvre vieux, tu vas nous quitter. Si seulement je savais ce qui va t'arriver.

Le patron qui s'est approché sans bruit glisse sa main entre les planches et se met à caresser le gros front noir.

— Tu lui dis adieu, à ton ami ?

— Oui... Ça me peine vraiment de pas savoir ce qu'ils vont en faire. Une bête pareille, ça m'étonnerait tout de même que ce soit pour la viande.

— T'inquiète pas, il est trop jeune. Et il est trop beau. Ça doit certainement être pour la reproduction. Il va avoir la belle vie. Bien nourri et bien soigné, y va passer son temps à s'envoyer des jolies vaches.

Brutus qui a vidé son seau lève la tête. Les dernières lueurs du couchant piquent dans ses gros yeux sombres des étincelles d'or. Le mousse ne peut s'empêcher de dire :

– J'ai jamais connu une bête pareille.

À présent, la nuit vient de partout. Elle monte froide et odorante des profondeurs de l'eau. Elle sourd des collines où s'allument peu à peu quelques foyers et de nombreuses fenêtres. Des bruits arrivent de Lugdunum et d'autres de Condate. Un léger vent d'est traverse la Saône et apporte jusque-là des odeurs de fumée, de poisson et de viande grillés. Plusieurs femmes se sont approchées du foyer allumé par les haleurs. Toutes ont quelque chose à vendre. Du poisson, des œufs, des oiseaux morts, des herbes pour la cuisine. Novellis achète de gros brochets pour le repas du lendemain. Il discute le prix un long moment. La marchande assure que ses poissons viennent du Rhône et le gros, les flairant comme un chien, dit :

– C'est pas vrai. Ils ont été pêchés dans la Saône. Y sentent la vase, tes brochets. Faut les vendre à des Romains.

La femme jure que tout ce qu'elle a vient du Rhône. Le gros finit par payer le prix demandé et la femme s'éloigne tandis que les hommes prennent place pour manger. La soupe qu'ils servent sent bon. La viande et les raves ont cuit longuement la veille. Les deux haleurs chargés de la cuisine y ont ajouté de ces herbes de garrigue qui fleurent l'été bien avant qu'il n'arrive.

À présent, la clarté du foyer est beaucoup plus

vive que les dernières lueurs du crépuscule. Au flanc des deux collines, de nombreux nocturnes ululent. Dans les vorgines qui couvrent une partie de l'île la plus proche, d'autres oiseaux leur répondent. Leurs appels semblent courir à la surface de l'eau où ne vivent plus que quelques lueurs venues des feux allumés entre les cabanes des pêcheurs. La fatigue impose silence aux haleurs et aux mariniers. Durant un long moment, on entend pleurer des enfants. Puis le silence se fait, habité seulement d'une musique de vent à peine perceptible et du crépitement du foyer.

Les hommes mangent lentement. Le pain conservé depuis le départ de la Camargue est très dur. On doit le laisser tremper longtemps dans la soupe chaude pour pouvoir le manger.

Le silence s'est tellement épaissi qu'on perçoit le très léger clapotis de l'eau contre la barge. On sent que le sommeil s'installe déjà.

Et puis, soudain, le calme est déchiré par le meuglement d'une vache qui doit se trouver sur l'île des pêcheurs. Aussitôt, plus proche et énorme, la réponse de Brutus ébranle la nuit. On l'entend aussi battre plusieurs fois des sabots et cogner du front contre sa cage. Il y a quelques rires.

Pensant qu'il l'entend peut-être pour la dernière fois, le mousse sent sa gorge se nouer sur un sanglot.

Deuxième partie

17

Lugdunum est là : deux villes.

La vieille, celle du confluent. Condate des nautes et des pêcheurs. Des îles sur les deux flancs et, sur la rive du levant, une terre de marécages et de vorgines souvent inextricables. Le paradis pour la vermine et pour les humbles qui veulent se cacher.

L'autre. La haute. Bâtie par les Romains et leurs esclaves. Beaucoup de sueur, de sang, de cadavres. Mais une cité somptueuse. Toute la grandeur de l'Empire est là. Les temples, les théâtres, les sols de mosaïques multicolores, les arènes, les monuments, les statues, les escaliers immenses. Une vaste cité qui reçoit l'eau pure des montagnes du Centre par d'interminables aqueducs en brique rouge. Un univers de pierres admirablement taillées, construit selon des plans établis avec art. Au centre, la vaste place. Sur cet espace se croisent les deux avenues principales. Ni l'une ni l'autre orientées du nord au sud ou de l'est à l'ouest. Les Romains connaissent trop bien les astres et les vents. Dans toutes les villes, ils tracent les avenues selon ce qu'ils tiennent pour l'axe du globe terrestre. On s'éloigne de quelques degrés du méridien pour éviter d'offrir au vent glacial un couloir où il puisse s'engouffrer, et un autre où le soleil écraserait la vie sans offrir aucune ombre.

Lugdunum est sur les hauteurs. L'occupant a laissé aux gens du pays les basses terres où stagnent les brouillards, où grouillent des myriades d'insectes. Ils ont creusé des fossés, enterré des poteries de drainage pour chasser vers le bras toutes les impuretés. Pour éviter l'humidité et les pestilences qui engendrent des fièvres mortelles, il a su s'éloigner des marécages.

C'est pourtant, en grande partie, le bas pays qui le nourrit. Le petit peuple des rives cultive les terres grasses et monte sur les marchés les fruits, les légumes, les graines, les poissons du Rhône et de la Saône.

Sur ces marchés, on voit les Romains suivis par un ou deux esclaves chargés de corbeilles qui s'emplissent peu à peu. Là, on trouve aussi les poteries, les vaisselles, tout ce qui se fabrique en terre cuite ou en métal. Les tissus pour les tentures comme pour les vêtements. Et les serviteurs, souvent des gens des pays du Sud, maigres, à moitié nus, se chargent de ce qui nourrira et habillera les maîtres. Certains de ces malheureux ont dans leurs paniers des verges destinées à leur cingler le dos s'ils n'obéissent pas assez vite. Et bien des dos nus portent la trace de ces sévices que plus personne ne remarque.

La Voie impériale et les *decumani* de la cité romaine sont toujours propres. Les esclaves sont là pour les nettoyer à longueur de journées.

Voici plus de cent vingt ans que Muniatus Plancus a fondé cette colonie. Depuis, Lugdunum n'a cessé de grandir. De se peupler. Claude, le futur empereur, y est né. La cité a connu de vastes incendies, des batailles, des sièges. Le sang a déjà arrosé les dalles de son avenue, mais rien ne semble devoir atteindre sa grandeur. Elle est faite pour la joie, la musique, les fêtes, les réjouissances de toutes sortes. Les banquets fabuleux.

Pour la souffrance aussi de ceux que l'on écrase. Que l'on méprise. Car de Rome déferle sur Lugdunum le fleuve d'un immense orgueil.

Qui décide un jour de fonder ici une ville ? Nul ne le sait. Nul ne le saura jamais. Les savants continueront en vain de s'interroger et d'interroger la terre. De fouiller les ruines.

Est-ce que Jules César s'arrête un soir et fait dresser son camp sur la colline qui regarde le levant ? On l'imagine à l'aube, contemplant les fleuves et les lointains jusqu'aux Alpes. La Narbonnaise est déjà sous son talon. Il veut soumettre cette Gaule barbare. Sur ces hauteurs une cité peut naître. Son génie dominateur y voit une capitale.

César fait-il part de sa vision à l'un de ses capitaines ?

Le jour où Lucius Munatius Plancus envoyé par les sénateurs de Rome trace l'enceinte d'une cité à naître, il se déroule quelque chose de très important. Mais nul ne sait rien de certain – Lug est-il un dieu de la lumière ? Un dieu du soleil levant ? Pour les Celtes aussi Lug était un dieu. Il était même le patron des forgerons et des charpentiers. Des constructeurs, en quelque sorte.

Là encore, il faut imaginer. Un matin d'octobre, quarante-trois ans avant la naissance de Jésus. Le 10 octobre exactement. À l'heure où le soleil sort de terre et frappe la colline de ses premiers rayons, Plancus a fait atteler un bœuf blanc et une mule à une charrue. Et, tenant ferme les mancherons, il pique droit sur le point d'où le soleil vient de sortir de terre. Entre lui et les montagnes bleues c'est la plaine immense, puis un vallonnement. Le tout noyé d'une belle brume dorée. Plancus (qu'on appelait ainsi – paraît-il – parce qu'il avait les pieds plats) tire un beau sillon bien droit qui marquera l'axe principal de la cité. Il ne reste plus qu'à en tracer les limites et, là, c'est le sol qui commande. La configuration de la colline indique très clairement le chemin à suivre. Mais Lug, ce n'est pas un nom pour une ville. C'est ce que pense Plancus en poussant son araire. Il va toujours vers l'est. Et c'est de l'est que reviennent les corbeaux freux qui ont passé l'été quelque part en Sibérie. Et voici que le premier vol de ces migrateurs arrive à tire-d'aile avec la lumière. Il pique droit sur la colline où travaille Plancus et vient se poser sur les arbres. Les oiseaux noirs contemplent cet étrange laboureur, et ce laboureur qui les observe vient de trouver un nom à la future cité : Colonia Copia Lugdunum. Il n'en restera que Lugdunum. Et la Sarra qui veut dire : soir ; vaste plateau incliné et houleux qui se trouve au soir de la ville. Mais c'est toujours vers le matin que sera l'essentiel. Vers ce levant qui domine le long miroir mouvant des fleuves. Vers ce mont des corbeaux et du soleil levant.

Aujourd'hui, c'est Marc Aurèle qui est maître de Rome et de toutes les provinces qui lui sont soumises. De cet empereur, on dit qu'il est un sage profondément humain. Et pourtant, on sait aussi qu'il est terriblement superstitieux. Comprendra-t-il jamais la doctrine évangélique ? Il ne peut pas l'admettre puisqu'il se prétend Dieu lui-même et que les chrétiens n'admettent qu'un seul Dieu qui n'est pas l'empereur des Romains. Un Dieu qui ne se trouve pas à Rome mais au ciel.

Mais Marc Aurèle est à Rome. Comment peut-il savoir de quelle manière s'exerce la justice sur son empire qui couvre une grande partie du continent ?

18

Une aube glauque transpire sur la cadole. Vitalis en devine la couleur par l'entrebâillement de la toile. L'humidité vient de le réveiller et il s'étonne que la bâche soit si mal fermée. Il se lève sans bruit, enjambe son second puis se baisse pour tâter la paille. Le mousse est levé. La patron va jusqu'à l'ouverture :

— Sûr qu'il est allé voir son ami.

Il sort et laisse retomber la toile trempée. Le plancher aussi est mouillé et froid sous ses pieds nus. Une brume déjà lumineuse monte derrière les arbres de la longue île qu'on devine à peine dans des vapeurs cendrées. Des fumées se mêlent à la brume. Leur odeur vient jusque-là en traînant sur l'eau à peine visible.

Sans bruit, Vitalis approche de l'enclos de Brutus. Il s'immobilise avant de contourner le tas de paille et de foin. L'oreille tendue, il retient son souffle. Au bout d'un moment, il murmure :

— Y pleure !

Le mousse qui s'est glissé dans l'enclos sanglote en parlant tout bas. Vitalis hésite un moment. Il redoute de peiner davantage encore le gamin s'il va lui parler. Il respire plusieurs fois longuement l'air froid et humide que tiédit l'odeur du fumier, avant de se décider. Sans bruit, il approche de la prison de planches. Quand il est tout près, Brutus qui l'a éventé souffle fort en faisant vibrer ses lèvres. Vitalis dit à mi-voix :

— Florent, c'est moi. Bouge pas, mon petit.

Le garçon ne répond pas, mais étrangle un sanglot qu'il ne peut retenir complètement.

— Faut pas pleurer. J'suis certain qu'ils vont pas le tuer. Il est trop beau. Ils ont besoin de bêtes pareilles pour avoir des jeunes.

— Mais y sera plus avec nous.

— Qu'est-ce que tu veux, on peut pas garder une bête comme ça sur un bateau. Et puis, il est pas à nous.

— J'sais bien, mais ça me fait peine tout de même de savoir que je le verrai plus.

— Tu le reverras quand on viendra ici.

Le mousse se tient debout dans l'angle de la cage et sa main caresse doucement l'encolure du taureau qui ne bouge pas.

— Vous voyez, il vous connaît. Quand vous êtes venu, il vous a senti et il a pas battu du sabot. Tout à l'heure, y avait des gens sur le halage. Il les a entendus, je peux vous dire qu'il était pas content.

Un moment d'aube mouillée et veloutée passe avec sa traîne de silence et de lumière naissante, puis le garçon reprend :

— Ça devait être des Romains. Y parlaient pas comme nous et je pense qu'ils portaient des armes.

Un bruit de rames vient de l'amont. Puis le plouf d'un filet tombant dans l'eau. En face, il y a des appels et des bruits de barques.

— Allons, petit, faut sortir de là. C'est l'heure de faire le feu.

Le garçon caresse encore l'encolure et promet d'une voix douce :

— Je vais revenir, mon Brutus.

Une fois hors de l'enclos, il empoigne du foin et va le donner au taureau qui ronfle de plaisir et se met à mâcher tandis que Florent s'en va vers la réserve de bois sec.

Le patron lève les pans de toile fermant la cadole et crie :

— Allez ! Debout. Au travail !

Le second se lève d'un bond en lançant :

— Allez, les hommes, faut pas faire attendre le grand Clinquet, sinon il va être en rogne !

Dans le jour naissant, la route s'anime. Des cavaliers, des chars, des litières et des gens à pied passent dans les deux sens. Le rivage porte de nombreuses traces de la crue. Sur la longue langue de terre séparant les deux cours d'eau, des cabanes ont été emportées par le flot. On en voit des restes : quelques piquets çà et là où demeurent accrochés des débris de claies. Des femmes, des hommes et des enfants sont en train de reconstruire. Partout on coupe du bois, on taille des pieux qu'on enfoncera dans la terre encore meuble. Des femmes en font durcir la pointe au feu. Des arbres arrachés dressent leur couronne de racines dans la lumière qui grandit très vite. En amont, au flanc des collines, la ville romaine toute blanche sort des cendres de la nuit.

Le vent a viré à l'est et le chef des haleurs regrette :

— À présent qu'on est rendus, la bise s'est cassé la gueule.

Le feu allumé, les hommes mettent de l'eau à chauffer pour faire une soupe de farine. Vitalis vient de remonter à bord quand arrive une barque de l'amont. Elle va s'amarrer contre la poupe de sa barge. Ayant reconnu un pêcheur ami, il se dirige vers lui.

— Salut, mon frère. Tu n'es donc pas à la pêche ?

— Je voulais te voir.

— Monte.

— Non. Approche-toi.

Vitalis s'agenouille sur le plancher et se penche vers l'homme qui se tient des deux mains au bordage et scrute la berge d'un œil inquiet.

— Qu'est-ce que tu as, Bassus, tu m'as l'air tourmenté.

— Est-ce que tu n'as pas eu des mots avec un certain Julius ?

— Et alors ?

— Les choses vont très mal pour nous autres chrétiens. Il y a eu des arrestations. On ne sait pas ce que les Romains veulent faire, mais tu devrais te méfier. Laisse ta barge au gros. Viens avec moi, je te traverse et tu t'en vas te cacher dans les marécages, de l'autre côté du Rhône... moi j'irai aussi mais je veux aller chercher ma femme et mes deux filles.

Vitalis fait lentement non de la tête.

— Tu as tort, mon frère, dit le pêcheur.

— Je suis responsable de cette barge et de sa cargaison. Je ne veux pas...

— Mais le gros n'est pas chrétien. Il ne risque rien.

— C'est lui surtout qui s'est accroché avec cette fripouille de secrétaire. Il risque autant que moi.

— Les Romains se foutent de ces querelles. Ils n'en veulent qu'aux chrétiens qui refusent de tenir leur empereur Marc Aurèle pour un Dieu.

— Écoute-moi, Bassus. Mon mousse est un enfant. Mais lui aussi est des nôtres. Tu vas l'embarquer. Et...

Il hésite un instant.

— Et quoi ?

— Je vais te confier une croix que j'ai commencé de sculpter. Tu la cacheras en lieu sûr.

Il va chercher la croix et appelle le mousse qui arrive en courant.

— Tu vas partir avec Bassus et tu iras où il te dira d'aller.

Le garçon semble effrayé. Se tournant vers la cage où est le taureau, il demande :

— Et Brutus ?

— T'inquiète pas, je lui donnerai du foin. De toute manière, il va bientôt débarquer.

— Mais... mais...

Le gamin semble au bord des larmes.

— Cours lui dire au revoir. Et ne traîne pas, Bassus est pressé.

Le garçon part en courant et les deux hommes le voient qui entre dans la cage.

— Mais il est fou ! dit le pêcheur.

— Non, il aime cette bête qui est comme un mouton avec lui.

— Ça alors... Ça alors... Jamais vu pareille chose !

Comme le mousse ne revient pas, le patron doit aller le chercher. Quand le garçon sort de la cage, son visage ruisselle de larmes. Entre deux sanglots, il crie d'une voix brisée :

— Brutus... Brutus... T'es mon ami.

Vitalis l'empoigne par le bras et l'entraîne.

— Je te promets que tu le reverras... Traîne pas.

Le soulevant de terre, Vitalis l'embrasse en murmurant :

– N'oublie pas de prier.

Il le passe par-dessus le bordage et le pêcheur le dépose dans la barque, puis pousse au large en disant :

– Que Notre Seigneur veille sur toi, mon frère !

Puis il prend les rames et se met à souquer ferme. Vitalis regarde la barque s'éloigner en laissant derrière elle un chemin de lumière.

19

Assis au cul de la barque qui s'en va vers le soleil levant, Florent se retourne pour chercher son ami du regard. La lumière claque sur la cage, mais c'est à peine s'il peut deviner par endroits, entre les planches, un peu de noir luisant. Il voit son patron qui prend du foin et le lance par-dessus les planches. Il murmure sans desserrer les lèvres :

— Pourvu qu'il lui donne à boire.

Sa vue se brouille. Il passe le dos de sa main sur ses paupières et se tourne vers l'avant pour voir approcher le rivage où la masse des saules et des peupliers trembles écrase les restes de petites cabanes. L'odeur des feux et celle du poisson grillé glissent sur l'eau où stagnent des lambeaux de brumes. Dans les recoins d'ombre les plus sombres, un peu de nuit meurt lentement. Sans cesser de ramer et de se retourner de temps à autre, le pêcheur dit :

— Tout de même, c'est curieux, ce taureau si tranquille.

— C'est une bonne bête.

Et pour lui seul, le mousse ajoute :

— C'est mon ami.

Il se rend compte que personne ne peut comprendre. Seuls ceux qui, sur la barge, l'ont vu dans la cage savent ce qui s'est passé entre Brutus et lui. Un instant, il est visité par une sorte de vision qu'il ne commande pas. Un rêve éveillé qui ne dure que le temps d'un éclair. Mais un éclair à la fois merveilleux et douloureux : il se lève d'un bond, plonge depuis la barque et nage ferme en direction de la barge. Là-bas, Brutus d'un grand coup de corne fait voler en éclats les planches de sa cage. Il fonce vers le bordage et plonge lui aussi. Ils se rejoignent et partent tous les deux au fil du courant.

La barque entre dans l'ombre d'un bouquet de peupliers frémissants de lumière et de vent frais. L'homme couche les avirons dans le fond et, se levant, ordonne :

— Viens... Et prends la croix.

Il empoigne lui-même un paquet de filets qu'il lance sur son épaule. Le mousse soulève avec précaution la croix couchée le long du bordage, à l'avant de la barque. Entre les arbres, sur une hauteur, une cabane apparaît. Une femme s'avance, petite et très maigre. Des cheveux gris encadrent son visage osseux et tombent sur ses épaules. Elle demande :

— Qui c'est ?

— Le mousse de Vitalis. Il va partir avec nous.

— Ah !

— Oui, il est des nôtres.

La femme se signe et s'avance pour embrasser le garçon un peu gêné par la croix qu'il tient dans ses bras.

— Qu'est-ce que c'est ? demande la femme.

C'est le mousse qui répond :

— Vitalis l'a faite avec du bois d'olivier. C'est du bois très dur. Il dit que tous les nautes qui vénèrent Jésus devraient en sculpter une pour la planter à la proue de leur bateau.

Il dresse la croix que la femme examine avec une grande attention avant de se signer en disant :

— Oui, ce serait bien.

— Mais elle n'est pas finie.

— Je vois. Seulement, pour le moment, il vaut mieux ne pas montrer aux Romains que nous croyons en notre Dieu qui est le seul.

Un chien roux sort des vorgines et vient grogner à deux pas du mousse. La femme le fait taire :

— C'est un ami. Tais-toi, Chien.

Florent le caresse en demandant :

— Comment il s'appelle ?

— Il s'appelle Chien. Il est très bon pour tuer les rats. Même les gros. Il a même tué des castors. Mais il n'est pas à nous. Il n'est à personne. Il habite cette île et va chez tout le monde.

109

Une fille arrive qui porte une brassée de bois. Une autre sort de la cabane en disant :

— C'est tout de même quelque chose...

Elle s'interrompt en voyant le mousse, s'approche de lui d'un air méfiant. Elle a de petits yeux noirs au regard perçant. Elle examine le garçon comme une marchandise à acheter et demande :

— Qui tu es ?

— Florent.

Le pêcheur qui vient de poser ses filets ajoute :

— Il est chrétien comme nous, mousse sur une barge.

La fille paraît rassurée. Son visage se détend et s'éclaire d'un sourire.

— Moi, je suis Aurélia. T'as quel âge ?

— Onze ans.

— Moi, douze. D'où tu viens ?

— Nîmes.

— Tes parents sont pêcheurs ?

— J'ai plus mon père. Ma mère, elle a des chèvres.

Comme le chien roux se dresse sur ses pattes de derrière pour lécher le visage du garçon, celui-ci se baisse et se met à le caresser.

— T'as pas de chien ? demande Aurélia.

— Non.

— C'est bien, tu sais. C'est un ami. Je voudrais qu'il soit à nous.

Le pêcheur s'approche de sa fille et dit en riant :

– Lui aussi, il avait un ami à quatre pattes, mais tu devineras jamais ce que c'est.

– Un chat ?

– Oh non. Bien plus gros.

– Un cheval ?

– Non.

– Alors, je vois pas.

– Eh bien, c'est un énorme taureau.

La deuxième fille qui s'est avancée se joint à sa sœur pour un grand éclat de rire.

– Un taureau... tu rigoles !

Florent fait un effort énorme pour ne pas pleurer devant ces filles. Comme il tient toujours la croix, il la lève et la fait passer de son bras droit à son bras gauche en demandant :

– Où on va la cacher ?

– Viens avec moi, fait Bassus.

Ils montent au flanc d'une butte et, quand ils sont près de la cabane, le pêcheur explique :

– Tu vois, ici, les fleuves sont pas montés. C'est très rare qu'ils viennent jusque-là. Seulement, j'ai peur que les Romains arrivent pour tout saccager par ici. Ils l'ont fait de l'autre côté il y a deux jours. Ils ont même bouté le feu à plus de vingt maisons. Alors, on va la cacher à un endroit où ils ne risquent pas d'aller mettre leur nez.

Ils contournent la petite maison faite de troncs d'arbres, de branchages et de torchis, descendent en direction de l'autre rive où la vorgine est beaucoup plus épaisse. Juste avant d'atteindre la limite où la crue a laissé son limon jaune, le pêcheur se met à quatre pattes et se glisse sous des broussailles. Un énorme saule se penche du côté du Rhône qu'on voit miroiter entre les feuillages. Florent suit Bassus qui se retourne :

— Passe-moi la croix.

Il la prend et avance jusqu'en contrebas du saule. Là, le fleuve est venu. Tout est encore boueux mais une mince croûte commence à se former. Le pêcheur se met à plat ventre et pousse la croix dans une sorte de cavité creusée sous les racines. Le garçon approche et regarde. L'ombre est épaisse et règne une forte odeur d'eau.

— Tu vois, faudrait qu'ils entrent là-dessous pour la trouver. Ça risque pas qu'ils y viennent.

Le mousse observe encore ce trou noir quand il sent qu'on lui touche l'épaule. Il sursaute et se retourne. Chien les a suivis. Il vient de poser sa patte sur lui.

— Te voilà déjà ami avec lui, constate le pêcheur en riant. Décidément, toi, t'as une tête qui plaît aux animaux. Mais tu sais, je te l'ai dit, il n'est pas à nous. On ne le gardera pas.

Le mousse se tourne sur le côté pour caresser Chien.

20

Sur toutes les terres des deux vallées, les eaux en crue ont mené grand train. Elles ont ravagé des villages et recouvert d'immenses étendues. Des milliers de gens ont dû fuir en abandonnant une bonne partie de leur pauvre avoir. Car ce ne sont pas les demeures des Romains que la Saône et le Rhône ont envahies. Tout ce qui est riche se trouve sur les hauteurs. La longue presqu'île menant jusqu'au confluent n'est guère habitée que par des pêcheurs, des passeurs et quelques nautes. Certains cultivent aussi cette terre engraissée d'alluvions.

Ainsi les deux fleuves viennent-ils déposer de l'humus sur les prés, les champs et les potagers. Cadeau du ciel que sa colère se plaît à reprendre deux ou trois fois chaque année en emportant ce que les hommes ont eu tant de peine à cultiver. Mais les mêmes hommes s'obstinent à recommencer toujours. À rebâtir leurs demeures, à semer, à planter. Les mêmes femmes et les mêmes hommes qui aiment ces fleuves les maudissent pour les aimer de nouveau. Car si c'est de la colère des eaux qu'ils vivent, c'est cette colère qui les fait trembler.

Pour bon nombre d'entre eux, le Rhône demeure un Dieu. Le seul dont l'image leur apparaît nettement. Le seul dont ils savent lire les signes, déchiffrer le langage, scruter le regard de lumière et de nuit.

Pour toutes les familles qui vivent sur la presqu'île, sur les îles ou sur les terres basses de la rive gauche du Rhône, rien ne compte autant que ces eaux d'amour et de haine. Même les humbles qui ont fini par admettre que le ciel n'est qu'à un Dieu et que Jésus le Galiléen peut ouvrir la porte de l'éternité gardent au fond secret de leur cœur une grande vénération pour ces fleuves à la fois dieux et démons. Et inlassablement ils recommencent leurs travaux épuisants.

Sur la rive gauche, les terres basses s'étalent très loin. À perte de vue, plantées seulement d'une maigre végétation. D'innombrables trous d'eau morte qu'on appelle des lônes miroitent au soleil ou grésillent sous la pluie. Le fleuve en ses crues les emplit. Il y amène du poisson. Le ciel en ses journées de grande chaleur les vide aux trois quarts. Les fonds et les rives se craquellent. Dans ce qui reste d'eau, une vie nombreuse s'installe. Des millions de larves, des têtards, des grenouilles, des couleuvres et des poissons restés prisonniers grouillent sous les algues et les larges feuilles des nymphéas. Ces grosses fleurs blanches sont comme des touches de pureté posées sur ce croupissement. Le bourdonnement des mouches et des moustiques se réfugie, durant le plus chaud du jour, sous le couvert des arbres. Toutes sortes d'oiseaux brisent de leur vol zigzagant et de leurs cris aigus ce calme lumineux aux ombres secrètes.

Le soleil plonge vers les lônes, mais certains sousbois sont si denses que jamais son regard de feu ne peut en percer le mystère.

Seuls les êtres qui connaissent ce monde pour l'avoir exploré dès leur enfance peuvent y pénétrer sans danger. Car, en certains lieux, l'eau et la terre mêlées tendent des pièges où l'étranger risque de rester pris. De s'enfoncer sans aucune chance de s'en sortir.

Et cet univers qui commence très haut en amont du confluent se prolonge jusqu'aux confins des terres d'Isère. Un monde où nul conquérant, jamais, n'a osé se risquer.

Les conquérants ont choisi les hauteurs. Ils s'y sont installés et ils y ont installé leurs dieux, leurs temples, leurs lieux de prière comme leurs bains publics. Ils ont implanté là leur civilisation. Des manières de vivre que bien des Gaulois leur envient et qu'ils tentent d'imiter.

Nombreux sont les gens d'ici qui ont accepté

d'adorer les dieux des Romains. Et ceux-là ne sont pas les derniers à maudire les chrétiens. À leur reprocher leur sectarisme. À se moquer de ce Dieu unique qui ne laisse nulle place pour les autres. Ils rient de Celui que son père tout-puissant a laissé mettre en croix et mourir sans secours.

Ces Gaulois se sentent plus civilisés que ceux qui ont opté pour la religion du Christ. Ils en trouvent d'ailleurs la preuve dans le fait que bien des chrétiens sont des gens venus d'Orient. Des vagabonds sans fortune.

De nombreux Gaulois qui ont opté pour la religion pratiquée par les Romains ont pu travailler pour eux et se sont enrichis. N'est-ce pas la preuve que leurs dieux tout-puissants sont là pour les aider ?

21

La barge tirée par les haleurs arrive le long de la rive dominée par la cité romaine après deux heures de marche. Il y a là un grand nombre de bateaux et Vitalis est étonné de ne pas voir, sur ces embarcations, des mariniers amis venus le saluer et l'aider à l'amarrage. Sur le quai où s'alignent des tonneaux, des piles de bois, un grand nombre d'amphores toutes neuves et des blocs de pierre, le patron remarque tout de suite une vingtaine de soldats romains. Légèrement en retrait de leur troupe, le grand Julius se tient adossé à une façade de maison. D'autres Gaulois sont là que le naute ne connaît pas. Beaucoup plus loin et se dissimulant derrière les empilements de marchandises, des gens en assez grand nombre. Mais il n'y a pas, sur le port, l'habituel va-et-vient des colporteurs et des marchands.

Dès que la barge touche le bord, avant même que l'on ait avancé une passerelle, les soldats bondissent sur le pont de rondins qui sonne sous leurs pas.

Dans sa cage, Brutus pousse un terrible beuglement. Depuis son embarquement, jamais il n'a beuglé aussi fort.

Sans hésiter, ces hommes se précipitent vers Vitalis. Le centurion qui porte une cuirasse de poitrine et un casque tire son épée dont il dirige la pointe vers la poitrine du naute.

— Es-tu Vitalis ?

— Oui, c'est moi.

— Est-il vrai que tu te réclames du Crucifié ?

— Oui. Je crois en Lui.

Vitalis, dont la gorge s'est serrée au moment où il a vu les Romains sur le quai, se sent à présent habité d'un grand calme.

Le centurion hésite un instant, fouillant le pont du regard, puis demande :

— Où est le mousse ?

— Il n'y a pas de mousse sur cette barge.

— Où est-il ?

— Je n'en sais rien.

Le Romain pique de la pointe de son épée la large poitrine du patron qui recule d'un pas. Un filet de sang coule jusqu'à ses braies. D'une voix plus dure, l'autre crie :

— Où est-il ?

— Je n'en sais rien. Sans doute reparti chez lui.

— Où est sa demeure ?

— Très loin d'ici, presque à la mer bleue.

— Tu te moques de moi mais tu te moqueras moins de ceux qui vont te questionner.

Le Romain semble hésiter quelques instants puis, se tournant vers Novellis qui est resté à distance, il marche jusqu'à lui en faisant sonner sa ferraille et lance :

— Et toi, sais-tu où est le mousse ?

— Je ne savais même pas qu'il avait quitté le bord.

— Es-tu chrétien ?

Le gros fait aller sa tête de droite à gauche plusieurs fois avant de dire calmement :

— Non, je ne suis pas chrétien.

L'homme en armes revient vers Vitalis pour demander :

— Tu as sculpté une croix. Va la chercher.

— Elle n'est plus à bord.

— Où est-elle ?

— Je l'ai confiée à un ami pour que des gens comme toi ne puissent pas la salir.

Le pied du Romain vise le ventre mais Vitalis très maître de lui et très leste fait un écart. Il évite le coup et le Romain ne peut rétablir que de justesse son équilibre. Son regard lance des flammes. Sans doute a-t-il reçu l'ordre d'amener les prisonniers indemnes devant les juges.

Une nouvelle fois, Brutus meugle très fort. Puis il se met à battre du sabot.

Se tournant vers ses hommes, le Romain ordonne dans sa langue :

— Fouillez partout.

Puis, s'approchant de Vitalis et posant de nouveau la pointe de son arme contre sa poitrine, il dit d'une voix qui siffle :

— Je peux t'annoncer que tu vas chanter et que tu cracheras sur ton Dieu... Où est cette croix ?

— Je n'en sais rien.

Avec un ricanement, le Romain lance :

— Tu en as honte ! Tu as peur de la montrer !

— Je n'ai ni peur ni honte. Tu peux aller voir à la proue de cette barge. J'y ai gravé un poisson qui est le signe des chrétiens. Je ne cherche pas à le cacher. Je suis fier d'être chrétien.

Lui mettant dans les reins la pointe de son arme, le soldat rugit :

— Marche vers cette gravure. Je sais que le poisson est un signe de reconnaissance des chrétiens.

Vitalis marche vers l'avant de sa barge. Au passage, il peut voir que son second est blême. Presque sans remuer les lèvres, celui-ci souffle :

— Julius !

Vitalis fait oui de la tête et dit calmement :

— Oui, c'est cette ordure.

Puis, sur le même ton tranquille, il ajoute :

— N'oublie pas de donner du foin et de l'eau à Brutus.

— Qu'est-ce que tu dis ? demande le Romain qui ne doit pas saisir très bien la langue celte quand on parle vite.

— Des choses qui ne te regardent pas.

La pointe de l'épée pique le dos du naute qui fait un pas plus rapide tandis que le Romain grogne :

— Tu chanteras… tu chanteras.

Vitalis regarde en direction de l'aval. Il sait que, là-bas, sur l'autre rive sont cachés ses amis avec sa croix. Un instant, il est habité par l'envie de bondir, de plonger et de traverser très vite à la nage. Les Romains ne le suivront pas sans s'être débarrassés de leur fourniment pesant. Non, il n'est pas de la race des gens qui s'enfuient. Partir, ce serait une manière de dire qu'il a honte d'être chrétien. Il pense au mousse et éprouve une grande joie à le savoir en sécurité. Qu'aurait fait cet enfant face à ces brutes ?

Arrivé devant le poisson qu'il a gravé dans le bordage, il se signe.

— Prends une hache et fais disparaître ça !

— Si j'avais une hache, c'est toi que je frapperais.

L'autre a une affreuse grimace. Toutes ses rides semblent suer la haine et son regard noir foudroie le naute.

— Tu vas souffrir. Tu vas gueuler de douleur. Tu vas renier ton Dieu et cracher sur sa croix !

Se retournant, de trois grands coups d'épée il fait disparaître la gravure. Puis, il se met à rire en criant :

121

— Allez ! Vite. Je veux jouir en t'entendant gueuler.

Comme on le pousse vers la rive, Vitalis voit tous les haleurs immobiles qui regardent et écoutent. Il sait que quatre d'entre eux sont chrétiens. Il s'efforce de sourire quand son regard croise le leur.

Toujours poussé par les Romains, il descend de sa barge. Son cœur se serre quand il enjambe le bordage. Au moment où ses pieds touchent le sol du rivage, il entend Brutus qui meugle et bat du sabot. Il soupire :

— Pauvre Brutus, qu'est-ce qu'ils vont te faire ?

Les Romains le poussent vers l'amont. Il lance un regard chargé de haine à Julius et il crache dans sa direction. Puis il s'efforce de ne plus regarder que l'eau de la Saône étincelante de soleil. Au passage, des gens lui lancent des insultes. Il reçoit même quelques pierres et qui ne sont pas expédiées par des Romains.

Ils marchent ainsi jusqu'à une lourde barque traversière. Les quatre passeurs sont d'anciens nautes qu'il connaît. Il lit dans leur regard un mélange de compassion et de peur. Et c'est la peur qui doit dominer car aucun d'entre eux ne lui adresse le moindre signe, ne prononce un mot qui risquerait de laisser entendre qu'ils se connaissent.

Le fleuve est beau et le soleil déjà chaud. La ville de la rive gauche comme celle de la rive droite sont

blanches sous un ciel très pur. Les ombres des maisons et des arbres sont lourdes de bonne fraîcheur.
Là encore Vitalis est un instant tenté de plonger,
mais c'est très bref. Il ignore où on le conduit. Il
sent toujours en lui le calme infini que lui procure
sa foi. Il pense à ses parents. Il est heureux de n'être
pas marié et de ne pas avoir d'enfant.

La vue de cette rivière tranquille l'aide beaucoup
à laisser entrer en lui la certitude de sa mort. Ce ciel
bleu sur lequel navigue la lourde barque des passeurs
semble l'appeler vers le paradis annoncé.

22

Brutus a vu passer ces inconnus et cet homme qui est souvent venu lui parler, lui donner du foin et lui caresser le front. Il l'a appelé, mais l'homme n'est pas venu vers sa cage. Il a frappé du sabot. Rien. Et le mousse non plus ne vient pas. Le beau taureau prisonnier n'a pas pu voir le naute s'en aller sur le rivage poussé par les soldats romains, mais il sait qu'il est parti.

Il y a au fond de lui quelque chose qui n'a pas de nom. Une sorte de fluide très fort ignoré des humains et qui lui parle. Une force mystérieuse qui lui apprend ce qui survient aux êtres qui lui ont accordé leur amitié.

Brutus sent la souffrance et la mort des autres à distance. Il sait ce que nul homme ne sait.

Une force inconnue des humains lui permet des voyages dans le temps futur comme dans le temps passé.

Son énorme corps, ses muscles si puissants sont

prisonniers de planches renforcées de métal, mais la force qui l'habite n'est prisonnière de rien.

Elle s'évade. Elle suit les êtres aimés et même les précède. Et Brutus souffre de ce qu'ils vont endurer. Alors, monte du fond de lui un souffle puissant qui gonfle sa poitrine et brûle sa gorge. Et, une fois de plus, il pousse un énorme beuglement qui court sur l'eau des fleuves et s'élève vers le ciel dans la lumière neuve. Le cri d'une grande douleur.

23

Après avoir débarqué, le centurion et ses hommes ont poussé Vitalis vers les ruelles pentues qui grimpent au flanc de la colline séparant les deux cours d'eau. Très vite, le naute a pu voir le Rhône de son enfance avec lequel il a toujours mené un combat loyal. Jamais encore il ne l'avait contemplé depuis ces hauteurs. Il est là, éclatant de lumière, roulant sa force et tordant ses meuilles. Vitalis, dont ce fleuve est toute la vie, le reçoit en plein visage comme un signe. Le naute ne connaît qu'un seul Dieu mais il lui semble un instant que le Rhône est peut-être un regard de celui qui, torturé et mort sur la croix, l'observe du haut du ciel. Si le soleil se trouve là, juste en face, et s'il pique sa flamme vers cette eau pleine de vie, c'est que Jésus le veut ainsi pour lui dire qu'il est avec lui. Qu'il le sait fort et qu'il ne l'abandonnera pas.

Le centurion part d'un gros rire.

— Tu regardes le soleil, t'as raison. Tu risques de

pas le voir longtemps... Et le Rhône non plus. Il va emporter tes restes !

Vitalis ne répond pas. Il ne tourne même pas la tête vers ce soldat. Il ne veut pas perdre un instant de son fleuve. Il espère de toutes ses forces le retrouver un jour et, pourtant, quelque chose en lui annonce qu'il ne naviguera plus jamais. Le retrouver mort ? Mais il n'y a pas de mort. Il y a une autre vie. Alors...

Tant qu'ils sont dans le raidillon, ils ne croisent que quelques passants solitaires qui se bornent à regarder le prisonnier avec plus d'étonnement que de haine. Une fois sur le replat c'est bien différent. Dès que les premiers qu'ils rencontrent comprennent qu'on amène un chrétien, ils se mettent à appeler les autres. Un maigrelet que Vitalis écraserait d'une chiquenaude s'il était libre s'avance et lui crache au visage avant de hurler :

— C'est encore un de ces fous... Venez vite, son Dieu tout-puissant va le délivrer !

Et il part d'un rire forcé qui enlaidit encore sa face décharnée. Des femmes, des hommes et des enfants accourent. Il en sort de toutes les maisons. Vitalis reçoit des pierres. On lui lance le contenu d'un vase d'excréments. Le centurion en est éclaboussé et hurle :

— Faites attention !

Des soldats reçoivent aussi des pierres et l'un

d'eux court en direction d'un groupe d'enfants qu'il menace de son épée. Plus il avance vers la haine de ce peuple auquel il appartient, plus Vitalis se réjouit que le mousse ait échappé à l'arrestation. Le naute n'est pas d'un naturel violent, il sait que Jésus refusait la violence, pourtant il doit lutter contre une image qui, depuis un moment, lui revient souvent : il parvient à échapper aux Romains, il retrouve Julius et il lui enfonce la tête dans l'eau de la Saône en un point de la rive où la vase est épaisse et gluante.

Ils atteignent bientôt l'entrée d'une lourde construction en pierre de grand appareil. Un portail de bois sombre gardé par quatre soldats est ouvert. Ils pénètrent sous une voûte où les pas sonnent. La foule reste au-dehors mais ses cris viennent jusque-là. Vitalis est mené dans une grande salle au sol couvert de larges dalles. Plusieurs portent des anneaux de métal. Le centurion pousse Vitalis près de l'anneau qui se trouve au centre et deux soldats se précipitent pour lui fixer aux chevilles une chaîne qu'ils attachent à l'anneau.

— À présent, ricane le centurion, tu vas chanter. Et tu peux appeler ta mère, elle viendra pas te délivrer. Et le Crucifié non plus !

Tous les Romains se mettent à rire. Un moment s'écoule puis trois vieillards vêtus de longues robes blanches entrent et vont tout de suite prendre place sur trois sièges de pierre où sont posés des coussins rouges. Le juge qui se trouve au centre s'adresse au centurion :

— Où est l'autre ?

Le centurion explique en latin ce qui s'est passé. Le juge réclame aussi la croix et Vitalis comprend que les trois juges sont furieux. Celui du centre qui parle fort bien la langue celte demande :

— Vitalis, patron naute, c'est bien toi ?

— C'est moi.

— Es-tu chrétien ?

— Je suis chrétien.

— Et tu veux le rester ?

— Je veux le rester et rejoindre mon Dieu en son royaume après ma mort.

— C'est ce que nous allons voir.

Le juge fait un signe. Un petit homme trapu au visage très rouge sort de derrière une colonne de pierre et s'avance en se dandinant gauchement sur ses jambes tordues et velues. Il ne porte pour tout vêtement qu'une sorte de jupe très courte en tissu marron tenue à sa taille par une large ceinture à grosse boucle de bronze. Il tient un fouet à courtes lanières. Tout de suite, il le lève et cingle la poitrine de Vitalis.

Mains liées derrière le dos, pieds rivés au sol, le naute ne peut que frémir sous le choc. La toile de son vêtement se colore tout de suite de rouge. Le juge aboie un ordre et, sans lâcher son fouet, le

tortionnaire empoigne de la main gauche le vêtement du naute qu'il déchire. Le juge aboie encore
et la main du tordu empoigne les braies à hauteur
de ceinture. Comme il tire, Vitalis se baisse et, d'un
terrible coup de tête, il envoie le bourreau rouler sur
les dalles.

Il y a quelques rires parmi les soldats. Vitalis réussit à ne pas tomber. Le petit homme se relève. Sa
face est hideuse. Du sang coule de son nez. Il ramasse
son fouet et se met à frapper avec une violence
inouïe. Les coups pleuvent. Le visage, le dos, les
bras, la poitrine, partout le sang ruisselle. Le juge
crie. Le gnome frappe encore deux fois et s'arrête.
Il a le souffle court. Dans la langue celte, il grogne :

– Tu finiras bien par gueuler. Tu demanderas
grâce !... Tu chialeras !

Vitalis comprend que cet homme est gaulois
comme lui. Un immense dégoût l'envahit. Voyant
l'homme à bonne portée, il crache de toutes ses
forces. La joue gauche du tortionnaire s'étoile de
salive sanglante. Comme il avance en levant son
fouet, le juge l'arrête. Puis, s'adressant à Vitalis, il
demande :

– Es-tu disposé à renier ton Dieu pour adorer
notre empereur ?

– Ton empereur n'est pas un Dieu.

– Tu persistes à te déclarer chrétien ?

— Oui. Je l'ai dit. Tu me fais torturer pour que je te le dise. Je l'ai dit et tu continues.

— Tu seras torturé jusqu'à ce que tu te décides à reconnaître ton erreur.

Il adresse un signe au bourreau qui s'éloigne, disparaît derrière le pilier d'où sort un peu de fumée. Il revient bientôt avec une sorte de glaive rougi dont il pose la pointe sur le ventre de Vitalis. Le haut de ses braies se consume. La morsure du feu sur sa peau est atroce. Il serre les dents mais ne laisse pas aller la moindre plainte. La main libre du gnome arrache les braies qui tombent, dénudant le sexe du prisonnier. Le juge lance un ordre et le fer incandescent se pose sur les parties les plus sensibles. Vitalis ferme les yeux mais, dans un effort inouï, il réussit à retenir le hurlement de douleur qui lui brûle la gorge. L'odeur de chair rôtie est atroce. La sueur et les larmes ruissellent sur son visage.

Des lambeaux de sa chair sont restés collés au métal qui fume. Le juge répète sa question et, de toutes ses forces, Vitalis hurle :

— Non ! Je suis chrétien ! Et je vous emmerde !

Comme le gnome s'avance à nouveau, il se laisse tomber sur lui. Le fer rouge lui brûle la poitrine mais brûle aussi la gorge du bourreau qui pousse un hurlement de fauve.

24

Une fois Vitalis parti, les hommes du port et les haleurs ont procédé au déchargement des marchandises. Novellis a donné du foin et de l'eau à Brutus en lui disant :

– Mon pauvre vieux, les deux que tu aimais le plus sont partis. Je me demande ce que tu vas devenir.

Le déchargement est presque terminé quand arrive un homme d'une trentaine d'années, grand et mince, vêtu à la romaine mais dont le regard bleu est celui d'un être du Nord.

Il fait signe à Julius d'approcher et se dirige vers le second à qui il lance d'une voix claire :

– Salut, Novellis. Tu ne me connais pas. Je suis ton maître. Cette barge m'appartient comme bon nombre d'autres bateaux. Tu connais seulement Marnis qui est mon représentant pour le Sud.

Novellis regarde les barges dans la direction que l'homme indique de son long bras en poursuivant :

— Il y a peu de chances qu'on retrouve ton patron. Es-tu capable de piloter sur le Rhône ?

— C'est mon métier.

La gorge du naute est nouée. Il aimerait demander à cet homme s'il ne peut rien pour Vitalis, mais il sait que ce serait inutile.

— Alors, si tu sais piloter, je te nomme patron. Je te trouverai un second. D'ici trois jours, tu auras une cargaison et tu prendras la décize.

Novellis a envie de dire qu'il n'a plus non plus de mousse, mais la présence du grand Julius l'en dissuade. Le propriétaire s'est approché de la cage où se tient Brutus.

— Reste cet animal à débarquer, mais il y a des spécialistes pour ça.

— Mes haleurs peuvent toujours descendre la cage, propose Novellis.

— Tu as raison. Et il y a du monde sur le port pour aider.

L'homme se met à rire et ajoute :

— Je crois que tu seras un bon patron de barge. Un jour que j'aurai à me rendre en aval, je prendrai place à ton bord.

— J'en serai très honoré.

Novellis parle et agit d'instinct, mais sa tête est ailleurs. Il ne cesse de penser à son patron qui est aussi son ami. Sans doute le plus cher. Celui avec qui il a partagé le bon pain comme les journées de disette, avec qui il a vécu les heures de joie des belles décizes libres et violentes comme la peine des remontes et les risques face à la colère du Rhône.

À présent, où est-il, cet homme pareil à lui ? Ce bon naute honnête et franc ! Mais quelle folie aussi que d'avoir épousé cette religion et de s'en être glorifié !

Et le mousse entraîné par lui dans ces folies, va-t-il vraiment pouvoir se cacher ? Échapper aux Romains assoiffés de sang ?

Les haleurs viennent de monter à bord avec une dizaine de débardeurs que Julius a embauchés sur le quai. Quand tout ce monde entoure la cage, Brutus se met à beugler, à cogner des cornes dans la planche et à battre très fort du sabot. Novellis s'approche de la caisse et vient lui parler :

– Allons, Brutus, tiens-toi tranquille. Y va revenir, ton ami...

Rien ne semble pouvoir apaiser l'animal et les hommes rient en se félicitant de la solidité des planches.

Ils font glisser la lourde caisse sur un plan incliné jusqu'au quai. À peine est-elle là qu'arrive un char très bas, tiré par deux bœufs, et accompagné par une dizaine de cavaliers romains. Tous ces hommes ont vite fait de hisser la cage sur le plateau du char. Brutus beugle toujours, mais il a cessé de battre des sabots et de cogner dans les planches. Ses meuglements sont un appel d'une grande tristesse. En l'écoutant, Novellis a le cœur serré. Il pense à son ami et il souffle :

— On dirait que cette bête sait qu'on lui veut du mal.

Déjà Julius a entraîné les haleurs vers l'amont où une autre barge attend qui va sans doute remonter la Saône. D'un coup, Novellis réalise qu'il est seul. Il va se diriger vers la cadole quand quatre soldats arrivent sur le quai. L'un d'eux crie :

— Novellis ?

— Oui, c'est moi.

Sa poitrine se serre d'un coup.

— Viens.

Il hésite. Que faire ? Sauter à l'eau et nager ?

— Qu'est-ce que vous me voulez ?

— Viens, on te le dira.

Il fait trois pas dans leur direction, prêt à bondir et à fuir s'il le faut. Presque malgré lui, il crie :

— Je suis pas chrétien. Vous ne pouvez pas m'arrêter. Je suis patron de cette barge, je ne peux pas la laisser sans personne à bord.

Celui qui l'a hélé se met à rire. Il parle bien la langue celte :

— Ne crains rien, Novellis. Je ne viens pas t'arrêter. Et je laisse deux de mes hommes pour garder ta barge.

— Mais où faut-il aller ?

Le soldat se met à rire :

— Voir tes amis.

Ils se mettent à marcher vite et les soldats refusent de répondre aux questions du naute. Ils prennent le même bac et empruntent les mêmes raidillons que Vitalis a suivis. Quand ils arrivent où le Rhône apparaît, le soleil est déjà haut mais le fleuve, en aval, miroite, éblouissant. En amont, son eau est d'un vert un peu glauque.

Comme des curieux lancent des insultes en direction de Novellis, les soldats les menacent de leurs épées et leur chef crie dans la langue celte :

— Laissez-le. Pas prisonnier. Pas chrétien !

Des gens suivent tout de même et ne sont refoulés qu'au moment de franchir le portail.

Comme le groupe traverse une cour, un autre groupe jaillit d'un porche. Des soldats poussent devant eux Vitalis couvert de sang dont les mains sont attachées derrière son dos. Tout de suite après lui, arrivent trois Romains qui portent un homme hurlant. C'est le bourreau brûlé à la gorge qui se tord de douleur.

Dès qu'il voit son second, Vitalis crie de toute sa voix :

— Regarde, ils ont fait de moi un eunuque, mais regarde leur bourreau comme je l'ai arrangé... Tu l'entends gueuler, ce porc ! Et c'est un Gaulois !

Les coups de fouet et de plat d'épée se mettent à

136

pleuvoir sur le dos et les membres de Vitalis qui hurle toujours :

— Ce sont des monstres. Méfie-toi ! Méfie-toi, mais je suis pas encore crevé. Ils me...

Un coup derrière la tête le fait chanceler. Il tombe de tout son long. Les Romains le frappent pour l'obliger à se relever, mais il reste comme mort sur le sol. Celui que les autres soldats emportent continue de gémir et de se tordre en se tenant la gorge à deux mains.

Entraîné vers une porte ouverte, Novellis se trouve bientôt dans la salle où a souffert son ami. L'odeur de feu et de chair brûlée prend à la gorge. Un instant, à cause de l'ombre, le naute ne voit que des formes vagues. Puis son regard habitué distingue deux hommes. L'un d'eux lui dit d'une voix forte mais calme :

— Ne tremble pas, nautonier d'eau douce ! Nous savons que tu n'es pas chrétien. Le confirmes-tu ?

— Non, je ne suis pas chrétien.

— Où se trouve l'autre chrétien qui était à ton bord ?

— Il s'est enfui.

— Où ?

— Il a descendu le fleuve sur une barque.

— Si tu nous trompes, tu seras traité comme les chrétiens car il est interdit de les protéger.

— Je ne vous trompe pas. Ce garçon est parti vers l'aval. Mais je ne sais pas où il ira aborder.

137

— Et la croix ?

— Il l'a emportée avec lui.

Les juges parlent entre eux dans leur langue et à voix basse, puis celui qui a interrogé ordonne :

— Retourne sur ta barge. Tu ne dois pas la quitter avant trois jours. Tu seras surveillé. Dans trois jours on te dira ce que tu dois faire.

Les soldats poussent Novellis vers la porte. Quand il sort, il est plus ruisselant qu'après avoir traversé le fleuve à la nage. La cour est vide. Au passage, il voit que des mouches en grand nombre boivent sur les dalles le sang de son ami.

25

Ce tortionnaire n'est pas le seul Gaulois au service des Romains. Ils sont quelques-uns à se livrer ainsi aux plus basses besognes. Ils gardent les esclaves, les prisonniers et prennent grand plaisir à les torturer.

Le jour, ils mènent les esclaves dans les carrières où ces hommes mal nourris, nus sous la pluie, le soleil ou dans la froidure, doivent de l'aube à la nuit cogner sur la roche. Les dos sont noirs de coups, les pieds et les mains saignent dans la poussière, dans la boue, sur les cailloux tranchants et tout au long des manches des outils.

Quand l'un de ces hommes à bout de forces se laisse tomber, les coups de fouet et de trique pleuvent plus fort encore. Si le malheureux se relève, il devra trimer plus vite et toujours sous les coups. S'il n'a plus la force de se relever, il mourra là. Son corps décharné sera jeté aux ordures. Les rapaces et les rats viendront se repaître de sa carcasse. Maigre pitance car il n'y a souvent plus que les os à ronger sur ces corps devenus squelettes avant même que la mort ne les empoigne. La nuit, on enferme les esclaves enchaînés dans des soues où un fermier hésiterait à loger des porcs.

Ils sont nombreux ceux qui se sont mis au service de l'occupant par soif d'argent, par servilité, par peur ou simplement parce que la cruauté leur coule dans le sang. Et ceux-là prennent un atroce plaisir à torturer, à dominer des êtres souvent plus forts qu'eux.

Avec les chrétiens, ils ont la tâche facile. Car très rares sont ceux qui osent tenter quoi que ce soit pour se défendre. Presque tous ont retenu que Dieu enseigne la charité, la douceur, et que c'est à lui que le martyr doit offrir sa souffrance.

Ces bourreaux, qui n'hésitent pas à lancer des fauves contre des prisonniers enchaînés, jouissent de dominer, de faire couler le sang, la sueur et les larmes des femmes, des hommes et même des enfants. Ils les font souffrir durant des journées entières pour la plus grande joie de leurs maîtres et pour le plaisir des foules qui viennent assister au spectacle de la douleur et de la mort.

La terre des Gaules est par endroits gorgée du sang de milliers d'innocents.

Les Romains et les spectateurs gaulois prennent un plaisir sadique à crier à leurs victimes :

– Alors, ton Dieu tout-puissant, qu'est-ce qu'il

fait ? Il te laisse tomber. Il devrait venir te défendre, s'il est si bon et si puissant !

À ces mots mille fois entendus, la foule aussi cruelle que les tortionnaires éclate toujours d'un rire énorme.

26

Quand Novellis regagne le port, deux soldats romains se trouvent encore sur le quai. Ils s'en vont dès qu'il monte sur sa barge.

Seul sur cette grande barque déserte, il éprouve de nouveau cette angoisse qui l'a étreint à plusieurs reprises depuis l'aube. Il va jusqu'à la cadole mais n'y entre pas. Il revient sur ses pas et s'arrête à l'endroit où se trouvait la cage de Brutus. Le plancher est jaune et brun, encore humide et couvert de mouches. Novellis va chercher la seille dont le mousse s'est si souvent servi pour donner à boire au taureau. Il puise de l'eau, prend un balai et se met à laver le plancher.

Dans sa tête, tout se mêle. L'image du mousse caressant Brutus, celle de Vitalis blessé, mutilé, sanglant, allongé sur le sol de cette cour. L'image du taureau aussi. Cet animal dont il s'est très peu soucié quand il se trouvait là le hante à présent comme le hante le souvenir de ses amis.

Brutus n'est plus dans sa cage de bois. On l'a monté jusqu'au sommet de la colline, il a cahoté longuement, projeté de droite à gauche contre les planches. Après la côte, une descente, puis une autre montée avant que sa cage ne soit poussée en bas du char pour être plaquée de l'avant contre une grille de fer. Cette grille une fois ouverte, on a fait coulisser vers le haut le devant de la cage. Comme Brutus ne bougeait pas, on l'a obligé à sortir à grands coups de pique. Rendu furieux par la douleur, il a quitté d'un élan cette caisse qui l'empêchait de se retourner pour voir qui le harcelait ainsi.

Il fonce dans ce lieu obscur qui sent très fort. Le sol est couvert de paille. Les murs faits d'énormes blocs suintent l'eau et le salpêtre. L'autre extrémité de cette prison est fermée elle aussi par une grille. Brutus la flaire. Il pousse du front mais la grille ne fait que vibrer un peu. Le taureau recule de quelques pas et lance un long beuglement. Puis, il attend. Mais le mousse ne vient pas. Ni Vitalis ni personne du bateau. Sur la droite, contre les pierres, il y a du foin que Brutus flaire longuement sans y trouver l'odeur des hommes qu'il a connus sur la barge et qui lui ont donné à manger et à boire. Il fait le tour de cette nouvelle prison et s'arrête devant une auge de pierre où croupit de l'eau. Il a très soif et boit

143

longuement cette eau qui a une odeur et un goût inconnus.

Coincé durant des jours dans son étroite cage de bois, Brutus n'a jamais pu se coucher vraiment. Il hésite, flaire encore la paille puis s'y laisse tomber lourdement. Une fraîcheur agréable monte des dalles à travers cette litière. Épuisé, Brutus ferme les yeux et s'assoupit. Il ne dort pas. Derrière ses paupières closes se dessinent les vastes étendues de la Camargue. Les étangs. Le fouillis de la vorgine des rives du Rhône. La manade. Les autres bovins et les chevaux. Tout lui revient avec des parfums d'eau salée et de plantes succulentes qui emplissent sa gueule de salive.

Revient aussi le mousse. Sa voix. La douceur de sa main qui savait trouver les endroits du corps où la caresse est agréable.

Il va venir. Il suffit d'attendre.

Brutus est attentif aux bruits. Des bruits très différents de ceux qu'il percevait à bord de la barge. Des pas approchent, s'arrêtent puis s'éloignent. Des voix d'hommes et puis, soudain, un long appel. Celui d'un animal qu'il n'a jamais entendu. Ce n'est pas le hurlement d'un chien. À cette voix, s'en joint une autre. Et puis une autre encore qui vient d'ailleurs. Ces hurlements tantôt rageurs tantôt plaintifs courent sous les voûtes de pierre d'où ruisselle une eau qui a un goût curieux.

Rien, dans cet univers, ne rappelle à Brutus ni la Camargue où il a tant couru et pataugé, ni la barge où il a vécu prisonnier mais avec l'amitié du mousse et celle de Vitalis. Les seuls humains qui ne l'ont jamais brutalisé.

Il les attend. Il ne lui semble pas possible que ces gens-là ne viennent pas le tirer de là.

Une éternité de temps s'écoule. Sans véritable sommeil. Puis, comme l'ombre qui règne sous ces voûtes s'épaissit, Brutus se lève et se met à mâchonner ce foin humide à odeur de moisi.

L'ombre s'épaissit encore. La clarté de la lune coule au bout de la voûte. Il y a un long moment de silence presque parfait puis, plus lugubre que celui qu'il a entendu dans la journée, monte le hurlement du loup.

Il y en a un, puis deux. Puis d'autres encore. Alors, Brutus sent grandir en lui quelque chose d'inconnu. Il tente encore de son front d'ébranler la grille. Il ne peut y parvenir. Il essaie de forcer sans plus de succès l'autre grille. Comme s'il sentait approcher la mort, Brutus se met à pousser de longs beuglements douloureux.

27

Novellis s'est décidé à manger. Assis sous la cadole ouverte il tient d'une main un quignon de pain noir, de l'autre un fromage de chèvre un peu sec. D'habitude très gourmand, il mange sans appétit et sans aucun plaisir, harcelé par la vision de Vitalis et de cette horrible blessure qu'il a vue saigner là où le malheureux n'a plus de sexe. Il lui semble éprouver une douleur atroce au bas du ventre. Écœuré, il vient de poser son pain et son fromage et de se lever quand il reconnaît, parmi les nautes et les débardeurs travaillant sur le port, le grand Verpati. Verpati vient droit vers sa barge. Novellis ne l'a pas vu depuis des lunes et des lunes. Verpati est toujours le même, avec sa démarche un peu empruntée. Il domine tout le monde d'au moins deux têtes. Une montagne en mouvement. Des épaules rondes et charnues, des mains lourdes au bout de bras énormes. Ce naute qui connaît le Rhône mieux que personne n'a jamais pu, à près de cinquante ans, obtenir un commandement sur une barge. Il boit beaucoup trop. Mais il est un second que tous les patrons envient. On le dit aussi bon qu'il est fort et certains affirment l'avoir vu déplacer seul des blocs de pierre que quatre hommes solides n'avaient pu soulever.

Le voyant s'avancer en balançant les bras et en hochant sa tête au crâne chauve et à la barbe grise en broussaille, Novellis sent en lui une bouffée de clarté. Le géant monte sur la barge et s'avance en disant :

– Ben oui. Tu vois. C'est moi !

Verpati se penche et serre Novellis dans ses bras en grognant :

– Ton patron, ils l'ont arrêté ?

– Oui... Tu sais qu'il est chrétien.

– Je le savais... Ils vont le relâcher... C'est pas possible.

Le gros sent un sanglot l'étouffer. Comme un enfant de quatre ans, il se jette contre la poitrine de Verpati. Sa voix s'étrangle. Il finit pourtant par dire :

– Ils l'ont battu... Brûlé au fer rouge... Mon grand... Là, il a plus rien... De la chair grillée... Un trou... Du sang.

Il s'est reculé et porte sa main sur son bas-ventre. Il répète encore :

– Terrible... Terrible.

Ils ont gagné la cadole où ils entrent. Tous deux

se laissent tomber sur la paille. Le géant effondré ne sait que bredouiller :

– Pas possible... Pas possible...

Puis, après un long moment, s'étant repris, il parvient à parler plus calmement.

– Tu sais, pour moi, Vitalis c'est le meilleur patron. Trois ans, j'ai passé avec lui. Trois ans. Il m'a aidé. Toujours bon... Je me saoulais, y m'engueulait, mais jamais un mot aux gens qui auraient pu me foutre dehors. Je lui dois beaucoup... Et voilà qu'on m'envoie sur sa barge pour te seconder... Il est plus là. Je peux pas le croire.

D'une voix blanche, Novellis souffle :

– Ils le tueront... Déjà, c'est plus un homme.

Et il raconte ce qu'il a vu. Il parle aussi du mousse et de Brutus. Verpati semble écrasé. Comme si toute sa belle force venait de couler de lui en quelques instants. Il ne sait que répéter :

– Pas possible... Pas possible...

Après un long silence, il avoue :

– Moi, tu sais, j'avais pensé à me lancer aussi dans leur truc de religion... Comme ça, par amitié pour Vitalis et quelques autres. Et puis, il aurait fallu que je boive beaucoup moins.

Il hésite... Il finit par émettre une sorte de ricanement proche d'un grognement :

– Tu vois, c'est le vin qui m'a sauvé.

Puis, comme soudain fouaillé, il se redresse. Ses

yeux bruns où luit toujours une flamme de tendresse se durcissent d'un coup. Il serre ses poings pareils à des masses d'arme et gronde :

— Les salauds... Ils m'auraient pris, j'espère que j'en aurais écrasé au moins un ou deux avant de m'écrouler !

— Si j'ai bien compris, il aurait réussi à brûler le bourreau.

— C'est pas une fillette, Vitalis.

Ils restent sans parler. Chacun revoit Vitalis. Le gros le voit tel qu'il l'a vu pour la dernière fois, le géant tente d'imaginer ce que peut être cette blessure qui a tant impressionné son ami.

Un très long moment coule sans qu'ils prononcent un mot, sans qu'ils ébauchent un geste. Seuls des soupirs douloureux sortent de leurs lèvres muettes.

Le milieu du jour vient de passer quand le grand gaillard au regard clair propriétaire de la barge arrive, toujours flanqué du secrétaire. Les deux nautes se lèvent et sortent de la cadole.

— Vous chargez demain et vous commencez tout de suite la décize. Faut juste qu'on vous trouve un mousse.

C'est le géant qui répond :

— On peut s'en passer pour la décize.

— On verra. En attendant, vous venez avec nous.

— Où ça ?

– Au spectacle.

De sa voix de bourdon, Verpati demande :

– Un spectacle de quoi ?

– Le cirque. De quoi vous passer à tout jamais l'envie d'aider des chrétiens.

– Pourquoi on les aiderait ?

– On ne sait jamais.

– Les aider à quoi ? On n'est pas chrétiens, nous.

– Les aider à s'enfuir, à se cacher.

Comme les deux nautes demeurent sur place, le grand aux yeux clairs répète :

– Allons, venez.

– Mais on vous dit qu'on n'est pas chrétiens, nous. On veut rien entendre de toutes ces manigances.

L'homme aux yeux bleus s'avance d'un pas. Il est presque aussi grand que Verpati mais doit peser quatre fois moins lourd.

– Écoute-moi, Verpati. Je suis ton patron. Tu le sais et tu me connais. Aussi vrai que je me nomme Caratus, je ne vous veux que du bien. Mais si vous voulez continuer tous les deux de travailler pour moi, vous devez me suivre.

Comme les deux nautes se regardent et hésitent encore, il ajoute :

– Si vous refusez, vous risquez d'être considérés comme complices des chrétiens... Et vous savez où ça peut vous mener.

Lentement, comme chargés tous deux d'un fardeau écrasant, les nautes se décident. À l'instant où ils vont descendre sur le quai, Novellis demande :

— Et la barge, personne pour la garder ?

Caratus se met à rire :

— Ne t'inquiète pas, il n'y aura personne sur le port cet après-midi. Et puis, tu es patron, mais la barge est tout de même à moi. Alors...

Il n'achève pas. Déjà il se dirige à grands pas vers une montée très raide qui s'enfonce bleue entre des murs blancs où claque la lumière. Le grand Clinquet va, lui aussi, attaché à Caratus comme son ombre. Il n'a pas prononcé un mot, mais Novellis a vu briller dans ses yeux une étincelle de haine.

Ils montent un long moment. Le géant souffle très fort. Il s'arrête en grognant :

— Minute... On est pas au feu...

Il transpire au fil. Son crâne nu ruisselle. Il s'éponge de sa grosse main qu'il secoue.

— Vous êtes tous jeunes... Moi, j'suis pas une chèvre.

Ils demeurent à l'ombre d'un mur. En bas, les deux cours d'eau continuent leur chemin. Ils semblent pousser le jour vers l'aval où ils se rejoignent dans un vaste tourbillon de soleil.

28

Quand les quatre hommes arrivent dans la vaste enceinte de l'amphithéâtre, les gradins sont déjà occupés par une foule bruyante. Caratus les entraîne tout au bout, dans une partie du large tournant encore dans l'ombre. Là, des places sont réservées que gardent des soldats romains. Ils vont s'asseoir sur les banquettes de pierre. Autour d'eux, les gens très excités parlent, rient, se hèlent d'un gradin à l'autre. Certains ont apporté à manger. De petites cruches de terre cuite vernissée circulent de main en main et les hommes boivent à la régalade, du vin, de l'hydromel et des alcools dont l'odeur stagne là, sous la chaleur naissante. Verpati grogne :

— On n'a rien à boire.

— Tu boiras quand on sortira d'ici, lui lance Novellis, un peu bourru.

Le colosse se renfrogne, le dos voûté, la tête rentrée dans les épaules comme s'il était gêné de dominer les autres. Des spectateurs arrivent encore. Quand toutes les places sont occupées, des gens s'installent sur les marches des escaliers et sur le sol, au pied des gradins.

Sur les gradins qui se trouvent à gauche de l'endroit où ont pris place les nautes, les spectateurs sont moins serrés les uns contre les autres. À leurs vêtements chamarrés ou d'une blancheur éclatante, on reconnaît de hauts personnages romains. Des hommes politiques, des artistes sans doute et des généraux. Parmi eux, circulent des jeunes filles qui leur présentent des corbeilles de fruits et des pâtisseries. Des garçons leur versent à boire.

Les femmes sont aussi nombreuses que les hommes parmi ces dignitaires. Derrière certaines d'entre elles, des esclaves, debout, les éventent. Femmes ou hommes, ces esclaves sont nus. Des corps blancs, d'autres très hâlés. Tout sent la fête, la joie, la richesse. Même de loin, on voit étinceler les bijoux, l'or, les pierres précieuses sur de riches soieries venues d'Asie. À droite et à gauche de ces hauts personnages, on a ménagé, sur les gradins, un espace assez large où se tiennent debout des centurions en armes, cuirassés et casqués, figés comme des statues.

En face de ces gradins, d'autres sont occupés par des gens d'importance qui doivent être des commerçants aisés de la ville, des fonctionnaires, mais leurs vêtements moins colorés et beaucoup moins riches indiquent nettement qu'ils ne sont pas romains.

153

Ceux-là ne sont pas séparés du peuple par un aussi large espace, et seuls quelques soldats en armes les protègent. Mais il est évident que personne, sur ces gradins, ne court aucun danger.

Toute la ville et tous les villages doivent se trouver là. Seuls les chrétiens encore en liberté se sont cachés.

Bientôt, entrent sur la longue piste deux hommes armés de fourches qui marchent vers le centre où sont empilés des fagots et des billes de peuplier. Un troisième porte fièrement un flambeau. Quand il le glisse sous les branchages bien secs, une flamme monte, de la fumée plaque une ombre sur les gradins. En même temps, s'élèvent un tonnerre d'applaudissements et des hurlements de joie.

Près de ce bûcher, se trouvent quatre chaises de métal. À coups de fourche, les deux hommes tirent du bois enflammé sous ces chaises. Le feu est bientôt très vif et le métal rougit.

Dans la foule, la fièvre monte. Et c'est une explosion quand, sous les voûtes soutenant les gradins de pierre au centre de la ligne droite, on voit arriver un char à deux roues tiré par une vingtaine d'esclaves complètement nus. Sur le char, se trouvent quatre corps nus eux aussi et allongés côte à côte. Le soleil fait briller le métal des chaînes qui leur lient les chevilles et les poignets.

Quand le char s'arrête à proximité du feu, des Romains en armes qui le suivaient s'avancent et empoignent les prisonniers pour les tirer hors du char. Les quatre corps tombent dans la poussière. Tout de suite, Novellis et Verpati reconnaissent le plus grand des quatre. En même temps, ils murmurent :

— Vitalis !

Les poings du géant se crispent. Il est séparé de Julius Helvius par Caratus. Il se penche en avant pour lancer au secrétaire un regard meurtrier, mais le grand Clinquet ne le regarde pas. Il fixe la piste. Il ne veut pas perdre une miette de ce spectacle qui semble le fasciner. Par toutes les rides de son visage ruisselle une sueur acide.

Les Romains mettent sur pied les quatre enchaînés. Vitalis se trouve le plus proche du char. À sa droite, un inconnu qui, comme lui, porte de nombreuses traces de coups et de brûlures. À la droite de cet homme, un enfant qui ne doit guère avoir plus de douze ans, puis une jeune fille aux longs cheveux bruns. Elle aussi est entièrement nue et son corps est couvert de blessures. Du sang coule de sa hanche et d'un de ses seins. Elle n'a certainement pas vingt ans.

Dans la foule, des gens qui semblent bien renseignés commentent :

— C'est une esclave.

— Blandine, elle s'appelle.

— Une folle comme les trois autres.

Quatre soldats se placent derrière les enchaînés et, comme jouant à celui qui frapperait le plus fort, ils commencent à cogner avec des verges qui lacèrent les dos d'où le sang se met très vite à ruisseler. Les soldats tapent aussi sur les fesses, les cuisses, les bras et le cou.

Les rires montent, les insultes pleuvent.

Deux juges arrivent qui se placent face aux prisonniers. La bastonnade cesse. Le premier que les gardes font avancer est l'homme de petite taille et certainement très âgé qui se trouve à côté de Vitalis. On ne peut rien entendre de ce que demandent les juges, mais, à trois reprises, le prisonnier répond et fait aller sa tête de droite à gauche. Il doit dire : « Non. » Et il semble très calme.

Sur un ordre des juges, deux gardes le soulèvent et le portent devant une des chaises chauffées à blanc. Une poussée l'oblige à s'asseoir. Aussitôt la chair grillée fume. L'homme se tord dans ses chaînes. Un garde le pique sous le menton de la pointe de son épée pour l'empêcher de se lever. Il continue de faire non de la tête. Il doit crier mais les hurlements de la foule en délire empêchent qu'on l'entende.

La torture semble durer une éternité à Novellis qui, à plusieurs reprises, ferme les yeux.

L'odeur de chair brûlée monte jusque-là.

Sur un ordre des juges, un des gardes prend une fourche et, se plaçant à droite du prisonnier, il pousse la chaise et la fait basculer. Sa fourche a dû pénétrer dans l'épaule et la poitrine de l'homme car le sang gicle. Le malheureux tombe dans la poussière. De sa fourche, le garde prend la chaise qu'il écarte puis il lance des braises sur le corps nu qui se met encore à fumer. Le supplicié se tord dans ses chaînes et sa tête continue de faire : non... non.

Les deux juges se placent face à Vitalis qui, très vite, fait lui aussi non de la tête. L'homme à la fourche a approché la deuxième chaise incandescente qu'il pose derrière Vitalis. L'autre s'avance pour le pousser mais, en dépit de ses chaînes, le grand naute se casse en deux avec la rapidité de l'éclair, son crâne frappe le visage du garde qui part en arrière et s'étale. Avant que l'homme à la fourche n'ait eu le temps de réagir, Vitalis s'est de lui-même assis sur la chaise rouge.

Les hurlements du public sont tels qu'on dirait que tous les gradins de pierre sont devenus brûlants. Mais c'est seulement du grand corps du naute que montent la fumée et l'odeur de roussi. La poigne de Verpati se ferme sur le bras de Novellis tandis que sa grosse voix éraillée gronde :

– Saloperie... cogner sur cette vermine...

Les nautes ont l'impression que le supplice de leur ami dure plus longtemps encore que celui du premier torturé.

Une fois que l'homme à la fourche a renversé la chaise, celui que Vitalis a assommé d'un coup de

157

tête et qui s'est relevé péniblement prend plaisir à le couvrir de braises rouges et à le piquer de sa fourche. Là encore, la foule trépigne de plaisir.

Vient ensuite le tour des autres. Les deux en même temps sont assis face à face sur deux chaises rouges. Les juges interrogent mais les têtes font : non... non. Et on voit que Blandine parle au garçon. La fumée monte, l'odeur est atroce mais les têtes continuent de dire : « Nous sommes chrétiens et nous voulons le rester jusqu'à la mort. »

Les tortionnaires chargent alors Vitalis, Blandine et l'enfant sur le char que les esclaves tirent en courant. Ils font ainsi le tour de la piste sous les applaudissements et les vivats, puis ils s'engouffrent sous la voûte et disparaissent.

Il ne reste donc que ce petit homme âgé que les bourreaux empoignent et attachent à un poteau assez éloigné du brasier qu'on a cessé d'alimenter. Sur ce feu achèvent de se consumer quelques bûches. Un moment passe. La foule s'est calmée et les spectateurs des premiers rangs peuvent entendre un juge demander au prisonnier :

— Comment se nomme ton Dieu ?

— Dieu n'a pas de nom. Il est Dieu et il est unique. Et son fils est Jésus. Les Romains l'ont crucifié.

— Reconnais-tu que les chrétiens se réunissent dans les forêts pour tuer des enfants, les faire cuire et les dévorer ?

– C'est vous qui faites cuire des humains. C'est vous que Dieu enverra aux enfers. C'est vous qui brûlerez pour l'éternité au feu du diable.

La foule se remet à trépigner et à hurler. De nouveau les paroles du juge sont couvertes par le tumulte.

Un des bourreaux se dirige vers la voûte où il disparaît tandis que les juges et les autres tortionnaires sortent par-dessus la clôture qui encercle la piste. Un long moment s'écoule. Soudain, on voit jaillir de dessous la voûte un loup énorme, puis quatre moins grands. Comme la foule hurle de nouveau, les bêtes surprises se figent sur place. Le nez en l'air, elles flairent dans toutes les directions. Des hommes d'armes qui se tiennent derrière la barrière leur lancent des cailloux. Les loups grognent et s'éloignent. L'un d'eux passe à l'endroit où ont été couchés les blessés. Il flaire longuement le sol. Il lèche. Les autres arrivent. Ils lèchent aussi. Des cris partent de tous les gradins :

– Là-bas !

– Derrière toi !

– Plus loin !

Enfin le plus grand des loups découvre le prisonnier enchaîné à son poteau. Il s'en approche avec méfiance. Flaire de loin puis avance. Lèche le sang sur le sol mais demeure à quelques pas de l'homme. Les autres loups le rejoignent. Il s'assied. Les autres aussi. Il pousse un long hurlement, le nez pointé vers le ciel. Les autres se mettent à hurler à leur tour. La foule s'est tue pour écouter.

Les loups hurlent ainsi un long moment. Quelque chose flotte sur ce cirque qui met tout le monde mal à l'aise.

De la voûte, sortent une dizaine de soldats l'épée à la main. Ils entourent l'un des bourreaux qui porte une sorte de poignard long et mince. Ils marchent vers le prisonnier. Les loups qui ont cessé de hurler s'éloignent en voyant les moulinets que les soldats font avec leurs épées.

Quand le bourreau s'arrête devant le chrétien enchaîné, la foule se tait. Le silence est presque parfait. Sans un mot, le bourreau lève son poignard. Tandis que son geste vers le haut s'achève, la voix calme du vieil homme monte :

— Seigneur Jésus je t'offre ma souffrance comme tu as offert la tienne au...

Il ne peut achever. La lame vient de s'enfoncer dans sa poitrine, juste à la place du cœur. Sa tête s'incline lentement tandis que la longue lame sanglante sort de sa chair. Le bourreau se retire sous les applaudissements de la foule.

Mais il semble aux deux nautes que la clameur qui monte des gradins est moins vive. Et il y a un tumulte étrange où se mêlent quelques rires, quand les loups filent en direction de la voûte sans toucher au cadavre.

29

Le char est revenu. Il porte toujours les trois prisonniers enchaînés que les soldats tirent une fois de
plus sur le sol couvert de poussière et de cendres. Ils
empoignent la jeune femme et l'enfant qu'ils posent
sur une sorte d'estrade en bois dressée contre la
palissade qui ferme la piste. Ainsi, les deux martyrs
se trouvent-ils assis face aux poteaux plantés au centre de la piste. À l'un de ces poteaux, on attache
Vitalis dont le corps n'est plus qu'une plaie. On voit
qu'il est presque au bout de son sang mais fait un
effort énorme pour se tenir encore la tête haute. Sa
belle force a coulé de son corps. Son regard reste
clair. Il fixe Blandine et l'enfant.

Une fois de plus la poigne de Verpati se ferme sur
l'avant-bras de son ami et sa bouche s'approche de
son oreille. Il souffle :

— On dirait qu'il sourit.

— C'est vrai.

Les soldats et les bourreaux se retirent de l'arène.

De dessous la voûte, sort un taureau noir énorme. Novellis lance :

— Brutus !

La foule s'est remise à hurler et l'animal s'est planté sur ses quatre pattes. Il tord le cou pour regarder autour de lui, mais il ne fait pas un pas. Ses oreilles bougent. Après un moment, il bat du sabot dans la poussière. Les spectateurs crient. Ils l'encouragent. Il n'arrive pas à avancer.

C'est que Brutus n'a pas eu besoin de quitter sa prison pour savoir que son ami est là et qu'il souffre. Ces hurlements, cette fumée, cette lumière aveuglante ont tout troublé en lui.

Vitalis crie :

— Brutus !

À la voix qui lance son nom, il répond par un long beuglement. Une force qu'il ne domine pas le cloue sur place. Il bat encore du sabot et fait gicler très haut derrière lui le sable doré. Les cris redoublent. Les spectateurs trépignent. Brutus est vraiment figé sur place. Cloué au sol. Vitalis lance de nouveau son nom :

— Brutus, mon ami !

Le taureau avance de quelques pas. L'odeur de feu et de chair roussie le paralyse. Comme il se trouve près de l'endroit où du sang a coulé, un tourbillon de mouches s'élève et vient le harceler. Sa queue bat ses flancs. Ses sabots labourent de nouveau le sol. Il tourne plusieurs fois sa tête qu'il secoue très fort. Croyant qu'il va charger, la foule hurle plus fort encore. Brutus ne charge pas. Il cligne des paupières à cause des mouches puis pousse un terrible beuglement. Il a soif. Peut-être que Vitalis est venu lui donner à boire.

Sous la voûte qui s'ouvre à l'opposé de celle par laquelle il est sorti, deux soldats paraissent qui se hâtent vers Vitalis. Tandis que l'un lui tient son épée sous la gorge, l'autre lui délie les chevilles, puis libère aussi ses poignets attachés au poteau. Un soldat lance un glaive court et recourbé sur le sol, dans la direction du taureau, à une dizaine de pas de Vitalis. Dès que c'est fait, les deux guerriers romains s'en vont en courant et bondissent par-dessus la lice. Brutus n'a toujours pas avancé. Il continue de regarder cette foule hurlante.

Lentement, quoique d'un pas encore ferme, le grand naute couvert de plaies marche en direction du taureau. Comme il passe à côté du glaive jeté par le soldat, les hurlements de la foule redoublent :

– Prends-le !

– Ramasse !

– À ta gauche !

– T'es aveugle !

Vitalis fait un écart en direction de l'arme, mais, au lieu de se baisser pour la ramasser, il l'écarte de son pied nu pour bien montrer qu'il n'en veut pas.

163

La foule hurle de plus belle. Brutus est toujours immobile mais, quand il voit son ami s'avancer, il remue un peu plus les oreilles et bat du sabot. Les cris du public s'apaisent. Une sorte de tension retient tout le monde. Et ceux qui se trouvent dans la direction où porte sa voix peuvent entendre le naute qui appelle :

– Brutus !... Brutus !

Le taureau n'hésite plus. Sa queue se balance et bat ses flancs. Il secoue sa lourde tête et, tranquillement, marche à la rencontre de Vitalis.

Un moment de calme presque parfait. Comme s'il attendait ce silence, Brutus pousse un long beuglement et presse le pas. Dès qu'il le rejoint, Vitalis se met à le caresser en lui parlant doucement :

– Brutus... mon ami...

Alors, c'est vraiment une énorme frénésie. Des cris, des applaudissements, des débuts de batailles sur les gradins. Des soldats courent à l'intérieur de la palissade. Les juges se concertent. Plus personne ne comprend rien mais les responsables du spectacle sentent qu'ils doivent faire quelque chose. Des pierres se mettent à pleuvoir en direction de Brutus et du supplicié, mais pas une ne peut les atteindre car ils sont au milieu de l'arène.

Calmement, Vitalis se dirige vers Blandine et le garçon. Le taureau le suit. Mais, comme ils approchent de la lice, d'autres cailloux sont lancés. Vitalis en reçoit et Brutus aussi qui se met à trotter. Comme il s'éloigne, les juges donnent des ordres. Quatre soldats et un bourreau franchissent la lice. Vitalis qui est arrivé à proximité de Blandine et du garçon fait le signe de la croix.

Les Romains bondissent sur lui. Deux soldats l'empoignent tandis que le bourreau lui plante un poignard dans le cœur. Le grand corps que les soldats ont lâché vacille et s'écroule dans la poussière, les bras en croix, le regard perdu dans le ciel.

30

Brutus regagne la voûte d'où il est sorti. La grille est fermée. Il tente de l'ébranler mais ne peut y parvenir. Il s'y colle du flanc et, tournant la tête, il regarde en direction de l'arène noyée de grand soleil.

D'où il se trouve, la clameur de la foule est pareille aux vagues de la mer quand le vent du sud la fait déferler sur les plages proches du Vaccarès.

À la clarté du soleil se mêle bientôt celle du feu que l'on recharge de paille et de bois. À travers la fumée et la poussière, Brutus devine des formes qui se déplacent. La foule hurle. Les juges questionnent de nouveau l'enfant qu'on fouette de verges et que l'on brûle au ventre et à la poitrine avec un fer rouge. Le supplice dure encore longtemps sous les yeux de Blandine qui ne cesse d'encourager le garçon en lui parlant et en souriant.

À cause de la fumée qui s'engouffre sous la voûte en tourbillons chargés d'odeur de chair calcinée, Brutus ferme les yeux. Il souffle fort en faisant vibrer ses lèvres et pousse même quelques meuglements que couvrent les hurlements et les applaudissements du public de plus en plus agité.

L'enfant que le bourreau vient d'achever d'un coup de poignard est jeté sur l'estrade de bois où il a attendu.

Brutus a soif. Il cogne encore du front contre la grille mais les ferrures et le mortier tiennent bon. Les barreaux sont à toute épreuve.

Beaucoup de temps passe. La rumeur de la foule n'est plus la même. Elle arrive toujours par vagues, mais qui ne sont plus que la houle molle d'une mer en train de s'apaiser.

Des bruits derrière la grille. Plusieurs hommes arrivent. Apportent-ils de l'eau ?

Alors que Brutus commence à se retourner, il reçoit à la cuisse des coups de pique. Puis une torche enflammée fixée à l'extrémité d'une lance passe entre les barreaux pour le brûler. Furieux, le taureau achève sa volte-face et bondit vers l'arène.

Lorsqu'il débouche en plein soleil, les hurlements du public redoublent. Brutus s'arrête. Deux hommes approchent. Rendu furieux par la douleur du fer et du feu il va foncer sur eux, mais les deux soldats tiennent un long panier qu'ils balancent. Brutus reçoit ce fardeau sur ses cornes. Fou de rage qu'on ose le traiter ainsi, ignorant ce que contient cet enroulement d'osier et de corde, il le lance en l'air de toute la puissance de son cou. Le fardeau monte haut pour retomber lourdement sur le sol.

Plus haut encore, beaucoup plus haut monte le cri des spectateurs.

Brutus cherche des yeux les deux soldats. Ils ont disparu. Alors, n'ayant rien d'autre sur quoi passer sa colère, Brutus s'en prend de nouveau à ce long panier. À grands coups de tête, il le fait rouler dans la poussière. Il réussit même à le soulever sur ses cornes pour le lancer en l'air le plus haut possible. Et à mesure qu'il reçoit des coups de corne, le panier se tache de rouge.

Le sang de Blandine empaquetée dans l'osier coule sur le sable assoiffé.

Les hurlements de la foule redoublent. Ils excitent Brutus.

Puis, fatigué de ce jeu, le taureau s'arrête à quelques pas de ce corps inerte et pousse plusieurs meuglements en direction des gradins. Depuis la lice, un soldat bande un arc et envoie une flèche qui se plante dans la cuisse de l'animal. Brutus fait un écart, cherche à droite puis à gauche. Tourne sur place et fonce en direction de la palissade. Une autre flèche l'atteint à l'épaule et lui arrache un beuglement qui fait frémir bien du monde. Il y a un mouvement de panique dans la foule quand il charge tête basse contre la lice de bois qu'il ébranle. Les juges et les chefs de guerre donnent des ordres. Des soldats partent en

courant. Quelques minutes plus tard, quatre cavaliers armés de lances débouchent du porche et galo-
pent dans l'arène. Les voyant approcher, Brutus se
met au trot puis au galop lui aussi. Un galop lourd
et puissant qui soulève de la poussière et fait trembler
le sol. Taureau et chevaux passent tout près du corps
de Blandine toujours enfermé dans ce long panier
d'où le sang ne coule plus. Depuis un moment, la
jeune esclave a cessé de souffrir.

Bien manœuvré, Brutus s'engage sous le porche.
La rumeur s'éloigne. La grille claque derrière lui. Le
souffle court, la gorge rêche de poussière et de
fumée, le taureau de Camargue trotte sous la voûte
en cherchant de l'eau.

31

Les Romains le croient fermement. Ils le répètent. Ils le clament :

– Quand un mort n'est pas enterré, quand il ne trouve pas asile dans le village des trépassés, quand il est dévoré par le feu, si ses cendres ne sont pas pieusement recueillies dans une urne funéraire et déposées au columbarium de la cité, ce mort ne trouvera jamais le repos. C'est un défunt maudit. Une âme que les dieux ont condamnée à errer jusqu'à la fin des temps à la recherche d'une sépulture qu'elle ne trouvera jamais.

Non seulement les Romains, mais aussi les Gaulois qui n'ont pas épousé la religion du Christ ne cessent de répéter ces propos. Ainsi, à leurs yeux, les chrétiens morts dans les plus atroces souffrances vont-ils continuer de marcher de douleur en douleur. Ainsi les femmes et les hommes qui pourraient être tentés par cette religion seront-ils effrayés. Même si les supplices ne leur imposent pas la sagesse, la peur de cette éternelle errance leur fera mesurer la grandeur de cette folie que représente l'adoration de celui qui est mort sur la croix.

Sont-ils assez naïfs pour croire encore en la toute-puissance d'un Dieu qui a laissé son propre fils mourir ainsi ? Assez fous pour croire encore en la bonté d'un Dieu qu'ils ont imploré et qui n'a rien tenté pour les tirer vivants des mains du bourreau ou de la griffe des fauves ?

Durant six longues journées, durant six longues nuits, les corps des suppliciés vont rester exposés sur le rivage, au pied de la colline, à l'endroit où les deux fleuves se marient dans une joie de lumière et de tourbillons.

Des soldats montent la garde près de ces cadavres, des hommes entretiendront des torches pour que toute la population puisse venir contempler ce spectacle.

Et, peu à peu, tout au long de ces journées et de ces nuits, les corps se couvriront de crachats et d'ordures. Ce n'est pas seulement la population de Lugdunum qui va défiler là, mais des gens venus de très loin pour assister aux jeux ignobles du cirque et qui ne veulent rien perdre de ce qu'on leur a promis.

Certains ont marché sur les chemins, dans les bois et les prairies, au bord des fleuves durant des lunes pour venir jusque-là, ils ne partiront que lorsque rien ne subsistera plus de ces illuminés martyrisés.

Car ils savent que, pour que le rite soit tout à fait accompli, il faut que ces corps aient à jamais disparu.

Et la foule se presse sur les flancs de la colline et tout au long des rivages à l'aube du septième jour, quand un énorme bûcher est allumé sur cette place appelée Charonia parce qu'on y dépose les corps. Et certains dansent autour de ce feu. Feu de joie pour les ennemis acharnés des chrétiens. Feu purificateur qui dévore et réduit en cendres ces êtres qui portaient en eux le mal puisqu'ils refusaient de croire en toutes ces déesses, en tous ces dieux dont on attend aide et protection. Pourtant, ces chrétiens savaient bien que leur idole a subi son chemin de croix sans que son père, qu'ils disent tout-puissant, lève un doigt pour lui venir en aide.

Alors, il est juste que les dépouilles de ces fous demeurent exposées aux quatre vents, au soleil, à la pluie, à la lune durant six jours et six nuits pour laisser à celui en qui ils ont espéré le temps de les ressusciter. S'il ne leur redonne point la vie, c'est qu'il n'existe pas. C'est qu'ils ont cru en une chimère et il n'y a pas de place pour les chimères dans le ciel déjà si peuplé des Romains.

Le seul Dieu important, celui qui domine tous ceux de la nature, c'est Marc Aurèle, empereur de Rome. Vertueux parmi les plus vertueux. Lui-même a ordonné la mort. Par sa bouche le ciel a parlé. Tout est dit !

Donc, à l'aube du septième jour, en présence d'une foule énorme qui continue de hurler sa joie, des hommes armés de pelles et de larges balais de saule se mettent à pousser les cendres encore tièdes dans les eaux du Rhône. Et parce qu'il reste des charbons ardents dans ces cendres, le fleuve, à plusieurs reprises, proteste. Il se met à fumer, à bouillonner comme s'il voulait refuser pareille offrande. Alors, la foule déjà très houleuse se met elle aussi à bouillir. Des hurlements de rage montent jusque vers des nuées grises et rouges qui obstruent le ciel du levant. Et le soleil honteux d'éclairer un tel monde refuse de se montrer.

Du haut des collines s'élèvent des vols de corbeaux freux croassants. Et ceux qui se souviennent du dieu Lug et de la naissance de Lugdunum, leur cité, sont troublés. Certains murmurent :

— Le ciel aussi est couvert de cendres. Prions pour que celles de ces martyrs ne retombent pas encore brûlantes sur la cité.

Mais ceux-là sont rares. Leur murmure n'est pas plus que le frôlement des grains de sable quand la mer en colère balaie la plage de ses vagues écumantes.

32

Brutus est toujours sur la colline. Mais il ne se trouve plus dans l'étable étroite et sombre où il a passé tant d'heures à se morfondre. Des cavaliers armés de lances l'ont conduit jusqu'à un enclos assez vaste où paissent une dizaine de vaches. Des vaches étranges. Pas noires du tout mais blanches aux taches rousses.

Là, le sol en pente est couvert d'une herbe maigre. Un sol sec. Une terre comme Brutus n'en a jamais vu. Le vent qui souffle ici ne porte pas la bonne odeur du sel. Il y a de l'eau, mais dans une auge de pierre où un maigre filet coule d'un tube de bois.

Brutus se met à boire. Puis il broute. Puis il s'approche d'une vache qui s'enfuit. Il la poursuit. Elle pique sur trois autres qui la regardent passer. Brutus la laisse s'enfuir et s'en prend à une autre. Toutes s'éloignent de lui.

Il reste là deux jours et deux nuits. Il boit de l'eau fraîche, il broute une herbe rase et dure. Il dort.

La Camargue, le Rhône, les gens qui l'ont aimé, tout est au fond de lui. Très loin. Inaccessible.

Vers le milieu du troisième jour, des hommes arrivent qui se mettent à parler :

– Sacrée bête !

– Foutue bête, tu devrais dire !

– Pourquoi ?

– Il ne tue les chrétiens que si on les enferme dans un mannequin d'osier.

– Et encore, faut lui lancer ça sur les cornes. Sinon, il s'en fout.

– Qu'est-ce que vous allez en faire ?

– Le vendre pour la viande.

– Folie !

– On peut rien en tirer d'autre.

– Je vous l'achète au prix de la boucherie.

– Vendu !

La journée coule. Une nuit encore puis revient l'acheteur, à cheval avec trois autres cavaliers. Brutus ignore ce qu'ils lui veulent, mais ces cavaliers sont semblables à ceux qui le gardaient dans sa Camargue natale qu'il regrette tant.

Eux aussi parlent de lui.

– Belle affaire.

– Sacré mâle !

– Avec ça, on va avoir du fameux bétail.

Ils brandissent ces aiguillons que Brutus connaît

bien. Il file devant eux. Les chevaux sentent bon. L'air est embaumé.

Le chemin se tortille et descend. Et, à mesure que l'on avance, monte une odeur que Brutus n'a pas oubliée. Une odeur qui est en lui depuis sa naissance. La merveilleuse senteur du grand fleuve. Il presse le trot. Nul besoin de l'aiguillonner.

Des buissons. Des peupliers. Des saules. La rive est là, tout de suite, Brutus pique vers le fleuve. Mais les cavaliers sont là eux aussi. Ils l'empêchent d'entrer dans l'eau qui scintille au soleil et qui sent si bon.

Y plonger. La suivre. Est-ce qu'il retrouverait sa Camargue ?

On le pousse vers un chemin de terre. Les cavaliers l'encadrent. Le chemin de terre devient tout de suite chemin de bois, avec, encore, des odeurs à vous faire tourner la tête.

Un pont de billes et de rondins est posé sur de grosses outres de peau gonflées. Il vibre et il bouge. Cette sonorité du bois est pareille à celle de la barge. Il avance. Le pont permet de passer un bras du Rhône et mène à l'île des Canabae. Des maisons. Des arbres. Une prairie que borde l'autre bras du Rhône. De nouveau la bonne odeur d'eau.

Une barrière. On ouvre. On le pousse et voilà que, d'un coup, il retrouve ses belles forces. Respire profondément. Lance un long meuglement et, au grand galop, faisant gicler d'énormes mottes de terre et d'herbe derrière lui, fonce jusqu'à la rive. Il entre dans l'eau et boit longuement.

Quand il a fini de boire, il lève sa lourde tête et pousse un autre meuglement de bonheur.

Brutus sort du fleuve. Il se retourne. Des vaches et des veaux sont là qui le regardent. Il monte lentement sur le pré et se met à brouter cette herbe bien plus tendre et plus savoureuse que celle de la colline sèche.

Les cavaliers l'observent depuis le chemin. L'un d'eux dit en hochant la tête :

– Oui, sacrée bête !

Et les autres approuvent.

Le vent du sud rebrousse le fleuve. Brutus s'en saoule. C'est un vent qui lui parle de sa terre. Un vent qui a couru sur le Vaccarès avant de remonter le cours du Rhône au long des jours et des nuits.

Troisième partie

33

Un temps lourd, épais, écrase le fleuve. Un vent du sud presque visqueux a soufflé durant deux jours et deux nuits puis il s'est éteint lentement, comme épuisé. Depuis, tout semble mort. Seul le Rhône a été revigoré par cette haleine brûlante qui a activé la fonte des glaciers. L'eau a monté. Le courant est nerveux.

Sur le port, les gens besognent sans hâte. Le moindre mouvement demande un effort. La sueur ruisselle sur les visages et les torses nus des débardeurs.

Quand Novellis sort de la cadole, il cherche des yeux son second sur le pont puis, ne le voyant pas, il approche du bordage regardant le large. Soudain, il entend le floc des grands bras qui battent l'eau. Le colosse nage sur place, tenant tête au courant.

— T'as pas perdu tes bonnes habitudes, lui lance-t-il.

Verpati regarde dans sa direction et dit :

— Allez, viens !

— Non, j'ai faim.

— Moi aussi.

Il plonge la tête sous l'eau, la sort en soufflant très fort puis se laisse abader jusqu'au bout de la barge. Là, il pique vers la rive et se hisse sur les enrochements. Entièrement nu, il est plus impressionnant encore. Tout, chez lui, est énorme. Même les touffes de poils gris qui enveloppent son sexe grimpent sur son ventre pour s'élargir sur la poitrine et gagner son dos. Ses jambes aussi sont velues. Le regardant, son ami pense à la statue du dieu Rhône que les Romains ont fait dresser au pied de la colline, où se brise le courant.

Il monte sur la rive, se secoue puis gagne la barge où il enfile ses braies dont le tissu se marbre en buvant l'eau qui ruisselle sur son corps.

— On va manger, dit-il.

Novellis fait deux pas en direction d'un gros coffre en bois bardé de bronze et soulève le couvercle en disant :

— Ça fait combien de temps que tu nages tous les jours ?

— Tous les jours quand je peux, oui... Mon père m'a foutu à la baille pour la première fois, je devais pas avoir plus d'un an. Paraît que ma mère voulait lui foutre un coup de hache. Mais le vieux, il était deux fois comme je suis. Une branche de cornouiller

182

comme ma cuisse, il la cassait comme tu ferais d'un jonc archisec.

Novellis vient de sortir du coffre un fromage, du pain noir et une cruche vernissée. Il va poser le tout par terre quand il voit arriver Caratus et le grand Clinquet qui traversent le quai et montent à bord. Les deux nautes se regardent et leurs yeux disent : « La vue de ces deux-là me fait mal. »

Depuis qu'ils ont assisté aux tortures et à la mort des chrétiens, ils se sont abstenus d'en parler. Mais ils ne sont plus les mêmes. Et chacun sait ce que l'autre éprouve.

Le secrétaire porte un sac de cuir. Sa tunique est serrée à la taille par une large ceinture à boucle de bronze où pend un long poignard qu'on ne lui a jamais vu. Il ne dit pas un mot. Son regard évite les nautes. Il fait une dizaine de pas en direction de la proue et s'arrête. Il leur tourne le dos et semble très intéressé par la fuite du fleuve gris.

Caratus s'avance vers les nautes en souriant.

– Salut, les hommes, lance-t-il.

Les autres le saluent sans répondre à son sourire.

– Vous serez pas chargés pour la décize, mais faudra faire vite. Et si la lune donne, poussez loin les journées. En étant prudents tout de même.

Il marque un temps et, comme s'il annonçait qu'un dieu sera à bord, détachant bien ses mots, il dit :

— Vous emmenez un général !

— Un général ? fait Novellis.

— Oui. Pour ton premier voyage de patron sur cette barge, tu es gâté. Un vieux général qui souffre de je ne sais quoi, qui ne peut plus monter et que la route fatiguerait. Bien entendu, il aura sa garde avec lui. Douze légionnaires en armes, sa femme et son médecin... Et leurs bagages, plus de quoi manger et boire en route.

Il cligne de l'œil et sourit en ajoutant :

— Et même que vous serez nourris comme la garde. C'est une sacrée chance tout de même !

Il explique encore que le général et sa suite arriveront sur l'heure de midi et qu'il faudra que la barge soit propre pour y installer la litière du malade et celle de son épouse.

— Et leurs soldats ? demande Novellis.

Caratus regarde en direction de la cadole.

— Si la pluie venait, ils pourraient toujours se mettre là. De toute manière, c'est une garde. Même pour dormir, ce sont des gens qui restent en armes. Et habitués à coucher par terre.

Il leur parle encore de leur passager, homme très important qu'un bateau de mer attendra au port d'Arles pour le ramener à Rome où l'empereur en personne l'accueillera.

Il les salue, leur répète ses conseils de prudence et ajoute :

— S'il lui arrivait un accident, c'est sur moi que ça retomberait. Et croyez-moi, je saurais à qui m'en prendre.

Son œil s'est durci. Il tourne les talons, va parler au secrétaire puis descend sur le quai. Les deux nautes attendent qu'il ait traversé le quai puis, s'étant assurés que Clinquet demeure à contempler le Rhône, ils se regardent. Un instant de silence. Le colosse demande à mi-voix :

— Tu sais à quoi je pense ?

— Je crois le savoir.

— Et moi je crois que tu penses pareil.

— Exactement.

Baissant encore le ton, Verpati reprend :

— Un général malade, une femme, ça doit pas nager comme des grenouilles, ce monde-là.

— Je pense pas.

— Et des soldats en armes, ça doit pas être très à l'aise dans un fleuve comme je vois le Rhône en ce moment.

— T'as raison.

— Suffira de bien choisir l'endroit.

Le colosse hésite, baisse encore le ton et approche sa tête de l'oreille de son ami :

— Ce soir, y aura pas de lune, si on peut être près de la roche pointue...

— On devrait pouvoir.

— Elle doit être juste à fleur d'eau. Et je me sens capable de la trouver même à l'aveugle.

Comme le secrétaire revient dans leur direction, ils se taisent et se mettent en devoir de nettoyer convenablement la barge. Le grand sifflet les évite. Son regard fuit. Dès qu'il est loin, Novellis demande :

— Et lui, tu crois qu'il sait nager ?

— Lui : j'ai mon idée. Je m'en charge... Y va payer !

Ils continuent leur besogne. À plusieurs reprises, le grand grommelle :

— Suffit que je pense à ce pauvre Vitalis.

Il serre les dents et les poings. Son regard lance des éclairs. À un certain moment, Novellis dit :

— Caratus ne nous a pas reparlé de nous donner un mousse. J'espère qu'il a oublié.

— Sûr que c'est préférable. Mais t'en fais pas, tous ceux que j'ai connus savaient nager.

Quand ils ont nettoyé le pont et mis de l'ordre sous la cadole où ils renouvellent la paille, ils retournent au coffre et se mettent à manger. Comme le secrétaire reste à l'écart, Novellis suggère :

— On l'invite ?

— Tu es fou !

— Ça le mettrait en confiance.

— Ma foi... t'as peut-être raison.

Novellis appelle :

— Julius ! Tu manges pas ?

L'autre paraît surpris, il hésite puis approche.

186

— C'est pas de refus, fait-il. Vous en faites pas, les soldats sont bien nourris. Et avec du bon vin, vous n'aurez certainement jamais été à pareille fête.

Les deux nautes se mettent à rire. Le secrétaire prend place à côté d'eux pour partager leur repas. Il semble manger de très bon appétit.

34

Le général, sa femme et leur suite arrivent bien après le milieu du jour. Ce ne sont pas les soldats qui portent les deux litières mais une vingtaine d'esclaves décharnés que surveillent six légionnaires armés de longs fouets. Les lanières claquent au ras des oreilles de ces pauvres bougres et, de temps en temps, cinglent un dos ou des mollets déjà sérieusement marqués.

Les malheureux posent les deux litières côte à côte à quelques pas de la cadole. La femme qui est jeune descend tout de suite. C'est une brune un peu forte mais encore belle. Regard noir très dur. Elle dévisage les deux nautes puis se met à inspecter la barge. S'approchant du secrétaire qu'elle doit avoir déjà rencontré, elle grince d'un air dégoûté :

— C'est à peine propre, ici !

Elle parle la langue gauloise presque sans accent.

Les deux litières sont sur quatre pieds qui se prolongent vers le haut et portent un toit en bâche.

Tout autour, pendent des rideaux grenat brodés d'or qu'on doit pouvoir fermer complètement. La femme s'approche des nautes.

– Qui est le capitaine ?

Novellis avance d'un demi-pas.

– J'espère que tu connais bien le fleuve. Mon mari est très malade et nous sommes pressés.

Novellis hoche la tête. La brune se retire, pleine de mépris.

Dès qu'elle est loin, Novellis murmure :

– J'avais peur qu'elle soit gentille... J'suis rassuré.

Le colosse a un sourire prometteur. La Romaine va parler à son mari tandis que les soldats armés de fouets font descendre sur le quai les esclaves qu'ils obligent à prendre le trot pour remonter vers les hauteurs.

Le géant descend pour détacher les mailles. Il vient de faire sauter celle d'aval quand la femme quitte la litière du général pour approcher de Novellis et lancer :

– Mais qu'est-ce qu'il fait, ce gros lourdaud ? Qu'il se dépêche. J'ai dit que nous sommes pressés !

Verpati hâte le pas et lance un sourire très expressif à son patron.

Ayant libéré la barge, il bondit par-dessus le bordage avec une agilité surprenante pour un être de son poids. Empoignant sa rame de gouverne, il aide Novellis à pousser au large, puis gagne sa place à la proue tandis que le patron se dirige vers la poupe. La femme du général s'est assise sur sa litière et contemple les berges du fleuve. Ils croisent plusieurs barges à la remonte, tirées par des haleurs qui peinent à lutter contre le courant violent.

Le ciel est toujours couvert. Le vent du sud n'est plus très nerveux, mais chaud et assoiffant. Les rives défilent très vite et les deux nautes doivent peser ferme sur les avirons de gouverne pour maintenir la barge au plus vif du courant et éviter les autres embarcations.

Les soldats romains sont en deux groupes. Six se tiennent debout autour des litières, les autres sont assis sur les bottes de paille. Tous semblent s'intéresser au paysage et aux manœuvres des deux nautes, mais aucun n'a posé la moindre pièce de son équipement. Même ceux qui se reposent demeurent cuirassés et casqués.

La barge passe bientôt au large de Vienna. On voit encore très bien les lourds monuments construits par les Romains. Le théâtre où bien des chrétiens ont été livrés aux fauves. Le ciel s'alourdit avec la montée du crépuscule. Novellis remarque que le médecin du général, un homme âgé lui aussi, trapu et ventru, porte lui-même leur repas au malade et à son épouse.

Les légionnaires mangent. Leur chef vient dire à Novellis qu'il y a du pain et des fruits dans deux corbeilles. Il y a aussi une cruche de vin. Novellis remercie.

Le jour diminue très vite et le vent forcit un peu. Il y a toujours six légionnaires plantés près des litières mais les autres ont disparu sous la toile.

À présent, toute la lumière qui reste encore de cette journée vient du fleuve. Elle est d'un rouge qui, par moments, tourne au violet.

Novellis qui connaît le fleuve dans ses moindres méandres, qui sait où sont tous les hauts-fonds, les digues, les éperons, murmure :

– Il fera vraiment nuit.

D'un coup, comme s'il en eût ainsi donné l'ordre, les monts qui dominent la rive droite se haussent. Il semble que les nuées veuillent les écraser. À peine quelques lueurs traînent encore çà et là.

Le grand secrétaire, qui ne s'est guère montré depuis le départ, marche vers la poupe. À quatre pas de Verpati, il demande :

– Vous y voyez toujours assez ?

Le colosse émet une sorte de grognement.

– Bien assez pour aller où on va.

L'autre ne semble pas avoir compris. Il commence à se retirer quand Verpati lui dit :

– Reste là, je vais te montrer quelque chose.

191

À peine a-t-il lancé ces mots que la voix forte du patron monte dans le vent :

— À la baille, mon grand !

La barge parcourt encore quelques longueurs de rames et, tournée soudain en travers, elle s'arrête d'un coup dans un grand bruit de bois brisé. Elle est comme soulevée par tribord et, dans les hurlements d'effroi, elle monte encore et se retourne.

À l'instant du choc, le géant a bondi sur le secrétaire qu'il a empoigné par son ceinturon et soulevé comme une brindille.

Et il a plongé le plus loin possible.

Les hurlements dominés par la voix perçante de la femme du général n'ont pas duré longtemps. L'obscurité est presque complète et c'est à peine si l'on devine des débris de bois que les remous font tourbillonner.

Comme le secrétaire s'accroche à son cou et l'empêche de nager, le colosse lui applique sur l'arrière du crâne une gifle qui le calme tout de suite. Pas très loin, monte la voix à peine essoufflée de Novellis :

— T'es par là ?

— Pas loin.

— Faut tirer vers la rive gauche.

— Bien sûr.

Les deux hommes nagent ferme sans se voir mais certains de se suivre de près.

– T'as entendu Clinquet ? demande le patron.

– Je le tiens.

– Lâche-le, on est au milieu.

– Ça risque pas. Je tiens trop à lui.

– Es-tu fou ?

– T'inquiète pas.

Ils ne disent plus rien. Ils ne voient pas approcher la rive tant la nuit est opaque, mais ils l'entendent très bien.

– Attention, y a des roches. Elles chantent.

– Je les connais.

Venues de l'aval, des voix d'hommes ont appelé. À présent, c'est le silence. Le silence avec la respiration du fleuve mêlée à celle des grands arbres de la rive.

Les deux nautes prennent pied dans une crique où une large meuille remonte le long d'une plage de galets sur lesquels le colosse tire par un pied le secrétaire toujours évanoui. Une nuée plus mince que les autres passe devant la lune. Une lumière blême commence à noyer la vallée permettant aux deux nautes de voir une carcasse déformée drossée contre la roche. Le fleuve dans toute sa force secoue les planches où luit son écume.

– On a pas raté notre coup, fait Verpati. Ça m'étonnerait qu'un seul s'en soit sorti... Et les corps iront sûrement loin.

Puis, se baissant, il gifle par deux fois le secrétaire

qu'il empoigne de nouveau par son ceinturon et secoue, tête et pieds en bas, en disant :

— Allez, réveille-toi... J'vais pas te porter.

— Faut lui enlever sa lame.

— T'as raison.

Verpati prend le poignard qu'il tend à son ami. Le secrétaire pousse une sorte de long soupir et vomit. Puis, comme le naute lui pose les pieds au sol, il se redresse. Il titube.

— Allez, gronde le colosse, tu vas marcher. T'es pas lourd, mais ça me ferait mal de te porter.

35

Le grand échalas poussé par le colosse a marché longtemps en trébuchant. Il semblait complètement hébété. Il suivait pas à pas Novellis qui ouvrait le chemin dans une vorgine parfois très dense.

À plusieurs reprises, ils ont été contraints de marquer une halte car la nuit est tellement noire qu'il devient impossible de progresser dans pareil fouillis de saules nains, de ronciers, de viornes et de lianes de toutes sortes qui tendent leurs pièges. Puis, alors qu'ils venaient de s'arrêter à nouveau, les nuées se sont ouvertes. À l'est, une longue déchirure a laissé filtrer la première lueur du jour. Une clarté d'eau trouble. Le secrétaire qui s'était laissé tomber par terre s'est relevé péniblement et les examine tous les deux comme des inconnus. Il hoche la tête et dit d'une voix encore éteinte :

— Vous m'avez sauvé... J'sais pas nager... Vous êtes des braves gens.

C'est Verpati qui répond de sa voix profonde et

sur un ton très mesuré. Absolument sans trace de colère :

— Ben oui. Les nautes, on est tous comme ça. Et toi, t'es une ordure.

Le secrétaire se met à bégayer :

— Mais... mais...

— On va pas perdre notre temps à t'expliquer pourquoi. Tu le sais, que t'es une ordure. Et si on t'a sauvé...

— Et le général... Les soldats...

— T'inquiète pas pour eux. Ils continuent la décize, mais au fond du Rhône... Avec les galets.

Il pousse un gros rire. De quoi faire trembler les peupliers dont la masse retient là un lourd quartier de nuit.

— Si je t'ai pas laissé crever avec eux pour nourrir les poissons, c'est que je voudrais que tu crèves pas trop vite. En pensant à notre copain Vitalis. Toi, tu vas nourrir les rats.

— Vitalis... ben... ben...

— Ben oui, Vitalis que tu leur as vendu.

Comme tiré d'un rêve, l'échalas s'ébroue et recule de deux pas en portant la main à son côté. Mais sa main cherche en vain la poignée de sa dague.

L'énorme rire du colosse ébranle le sous-bois.

— Cherche pas ta lame, c'est lui qui te l'a prise.

— Vous n'allez pas...

Il fait demi-tour et veut fuir, mais Novellis veille.

Il n'a qu'à étendre la jambe. Son pied cueille celui de Julius qui s'étale le nez dans un roncier. Il n'a pas à se relever. Verpati l'a empoigné par un bras et l'enlève comme une plume en le secouant et en disant :

— Je parie que tu feras moins bonne figure que les chrétiens... Pourtant, on va même pas allumer du feu... Ce serait dangereux, mais tu vas souffrir tout de même.

— Arrêtez... Au secours...

Une gifle d'un poids terrible le fait taire. Il s'ébroue... Il gémit à présent comme un enfant :

— Laissez-moi... Je vous jure que vous aurez une belle barge... Et bien payés... Patrons tous les deux.

Les nautes se mettent à rire. Puis, cassant son hilarité d'un coup, Verpati lui prend les deux poignets qu'il serre et tord pour l'obliger à s'agenouiller devant lui.

— Assez rigolé, fumier. Tu peux hurler, personne viendra... J'ai pas de fer rouge pour te les brûler comme ils ont fait à notre ami, mais je vais te les arracher. Et il y a des charognards qui seront contents de les bouffer toutes chaudes.

— Non ! Non ! hurle le secrétaire d'une voix distordue.

Une autre mornifle le fait taire et le colosse grogne :

— Ta gueule. Personne t'entendra, mais ça me fait mal aux oreilles, tes piaillements de fillette... Bâillonne-le. Y me casse la tête.

197

Novellis déchire la tunique encore trempée du secrétaire et lui applique sur la bouche un bâillon bien serré. L'autre se débat, tente de frapper des pieds mais Verpati le couche au sol et pose son genou sur son ventre qu'il écrase de sa masse.

— Prends son ceinturon et tu lui attaches les poignets bien serrés.

C'est fait très vite en dépit des gémissements étouffés et des contorsions du prisonnier.

— Les chevilles.

— Avec quoi ?

— Ôte-lui ses braies... Tu fais descendre... C'est ça. Arrête aux chevilles et tu serres fort en tournant.

Le secrétaire ne bouge presque plus. Ses yeux roulent blancs dans ses orbites. Sa tête va de droite à gauche et de gauche à droite comme pour crier : non !

— Donne sa dague.

Le grand naute prend la lame, se relève et va couper une poignée de brindilles de saule.

— Ça, dit-il, c'est juste pour te donner une petite idée des verges. Un petit échantillon de ce que tes amis leur ont fait subir.

Sur le corps à présent pratiquement nu où les os pointent partout, il se met à frapper. De longs traits se dessinent sur la poitrine, les bras, les cuisses. Un coup atteint le bas-ventre et l'homme se tortille plus fort encore.

— Là, c'est particulièrement agréable, hein ? Ça te donne une idée de ce que ça serait avec un fer rouge.

L'homme parvient à se tourner à plat ventre offrant un dos où l'on compte les côtes et des fesses étroites et maigres.

— T'en veux là aussi, on va t'en donner...

Novellis s'interpose :

— Arrête... J'aime mieux qu'on le saigne tout de suite.

— Tu rigoles. Est-ce qu'ils les ont tués si vite que ça, les malheureux ?

— Ça m'écœure.

— Va m'attendre plus loin. Ce sera plus très long.

Il zèbre le dos, les reins, les fesses et les jambes du haut en bas. Novellis a disparu.

Le colosse retourne le prisonnier du bout de son pied puis il dit :

— Ça me dégoûte... Moi aussi, ça me lève le cœur de faire ce sale travail, mais je le dois à mon copain. Et aux autres aussi. Un gosse et une gamine. Je leur dois ça... Je peux pas te laisser filer... Ce serait une lâcheté.

Il se tait. Sa voix vient de monter pour se briser d'un coup. Il semble prêt à pleurer.

Ayant jeté les verges, il fait passer le poignard de sa main gauche à sa main droite. Il se baisse et dit :

— Je peux te saigner au cœur, mais j'ai pas le droit. Ça irait plus vite... C'est pas ce qu'ils ont fait. Faut que tu puisses te voir crever... Que t'aies le temps de penser à ce que tu as fait.

À regret, d'une main qui tremble un peu mais n'a rien perdu de sa force, il empoigne le sexe et les testicules qu'il tire vers le haut en les tordant un peu, puis, fermant presque les yeux, il tranche le tout en deux coups de lame. Il lance dans les ronciers cette chair dégoulinante de sang et se redresse lentement.

Après quelques instants à contempler sa victime qui continue de se tordre de douleur en roulant ses yeux blancs, il se baisse de nouveau, essuie sa main gauche sur la poitrine du mourant, essuie aussi la lame du poignard.

Il hésite encore quelques instants mais, d'une main ferme, il arrache le bâillon. Aussitôt, un long hurlement monte vers le ciel. Un cri qui n'a plus rien d'humain.

Novellis arrive.

– Qu'est-ce que tu fais ?

– Je l'ai saigné... Je veux tout de même l'entendre.

– T'es fou.

– Je vais même le détacher.

En deux coups de dague il tranche le ceinturon puis le lien des chevilles. Aussitôt, l'homme porte ses mains à son bas-ventre et se couche sur le côté en ramenant ses jambes repliées. Son cri devient un gargouillement. Puis un gémissement, comme un filet de vie sortant de son long corps recroquevillé.

36

Dans le jour grandissant, les deux nautes ont marché longtemps avant de se rapprocher de la rive. Novellis devant, le colosse sur ses pas. Sans un mot. Juste un juron de loin en loin quand le fouillis de la vorgine les obligeait à un détour.

Quand ils atteignent le rivage, ils se trouvent en amont du lieu où ils ont fait naufrage. Avec beaucoup de méfiance ils sortent des broussailles. Ils observent un long moment les deux berges et les collines d'en face avant de progresser à découvert. Dès qu'ils sont au bord du fleuve, d'un même mouvement, ils s'agenouillent et se cassent en avant pour boire à grandes goulées, comme des bêtes. Ils boivent longtemps. Novellis est le premier à se redresser. Il observe encore la vallée puis va s'asseoir sous le couvert des arbres. Il regarde le colosse qui s'est redressé puis a recommencé de boire.

Enfin, la grande carcasse épaisse et lourde se relève, pivote et revient lentement. Le visage de Verpati est tendu. Son regard très sombre. Il vient s'asseoir à côté de son ami. Tous deux observent le fleuve. Une barge passe à la décize. Elle est chargée de grosses balles embâchées de gris. Les deux nautes restent immobiles dans l'ombre. Quand la barge a disparu, Novellis, sans regarder son ami, dit doucement :

— Tout de même, t'es allé loin.

Le grand soupire :

— Oui... Le plus loin possible.

Un long moment le fleuve chante contre un enrochement. Les oiseaux chantent dans la vorgine. Le vent chante dans les feuillages souples des peupliers et des saules bavards.

Un temps de ce silence tout plein de vie, puis le colosse ajoute :

— Et c'était pas facile...

Novellis le regarde, mais le grand est toujours à fixer le fleuve sans le voir vraiment. Alors, Novellis demande :

— À présent, il est mort ?

— Depuis longtemps... mort au bout de son sang... On va repasser sur l'autre rive et trouver une barge qui nous descende.

— Non. Je veux pas laisser mon mousse. C'est un chrétien. Y va se faire coincer.

— C'est un gros risque, mais t'as raison, on peut

pas le laisser tomber. Seulement, où veux-tu le trouver ?

— Je sais où il est.

— Alors, faut le ramener chez sa mère.

— Les chrétiens vont risquer gros. Faudra le planquer et dire qu'on sait pas où il est.

— Peut-être que ce sera plus facile chez nous qu'à Lugdunum, observe Novellis.

— C'est certain. Là-haut, ça va être la chasse... Un grand massacre. Et on connaît pas le pays comme on le connaît chez nous.

Ils restent un moment silencieux. La vallée chante de plus en plus sous le soleil grandissant et le vent. Puis le colosse reprend :

— J'ai tout de même faim.

— On devrait trouver.

Ils se lèvent et se mettent à suivre la rive vers l'amont en demeurant toujours sous la protection des grands peupliers trembles dont certains s'inclinent vers le fleuve jusqu'à frôler le courant de quelques rameaux.

— Bassus, demande le grand, est-ce que t'es certain de pouvoir retrouver où il se planque ?

Novellis s'arrête. Il regarde son ami quelques instants avant de dire gravement :

— Si personne l'a vu avant nous, je sais à peu près où il est. On le trouvera.

203

Le colosse hoche sa lourde tête. Son regard est plein d'inquiétude.

– S'ils les ont trouvés...

Ils se regardent encore un moment avant que le grand ajoute :

– Mais comment ils auraient pu ?

– Comment ? Mais enfin, tu le sais bien... Des Clinquet, y en a partout et qui ont l'œil, tu peux croire.

– Allez, faut pas traîner.

Ils reprennent leur marche. Leurs vêtements ont séché sur eux. Ils sont pieds nus et les ronces leur lacèrent la peau. Tous deux saignent beaucoup mais, depuis l'enfance, ils sont habitués au mal. De temps en temps, après avoir scruté les rives en aval et en amont, ils vont s'agenouiller sur une plage de galets, et ils boivent longuement.

Ils marchent ainsi, le ventre creux, jusqu'à l'approche de la nuit. Là, ils s'éloignent de la rive en profitant d'un endroit où une terre pauvre a seulement nourri une végétation assez rare. Loin devant eux, plusieurs lumières clignotent. Le vent a repris de la gueule, mais il vient du nord et nettoie le ciel de ses dernières nuées. Les premières étoiles promettent une nuit scintillante.

37

L'aube a découvert un fleuve écumant contre la carcasse de la barge brisée en deux à peu près par son centre mais dont les débris tiennent encore entre eux. Des planches et des rondins sont emmêlés dans la longue bâche de la cadole. Des corps y sont même restés prisonniers. Des légionnaires surpris dans leur sommeil et empêtrés dans leur équipement.

Tous les autres, même les meilleurs nageurs, ont été entraînés vers le fond par le poids de leurs armes et de leur cuirasse.

Dans sa litière close, le vieux général fiévreux a été noyé très vite, mais le bois bien sec n'a pas coulé. Longtemps ce lit clos emportant un mort a décizé en tournoyant. Aux premières lueurs du jour, des pêcheurs pensant à une épave dont le tissu et les planches pouvaient être récupérés l'ont remorqué jusque sur la rive. Découvrant le corps et comprenant qu'il s'agissait d'un Romain de haut rang, ils ont pris peur. À grands coups de harpie, ils ont repoussé la litière vers le large. Le fleuve a tout repris et ce mort flottant poursuit seul son chemin vers son pays.

La femme du général qui n'avait pas encore fermé ses rideaux au moment du drame a été projetée à l'eau d'un coup par le choc contre la roche. Elle était nue. Si elle avait su nager, elle aurait pu aisément gagner la rive. Elle s'est débattue longtemps en hurlant dans cette nuit d'encre et dans cette eau très froide. Les meuilles violentes l'ont enveloppée, tirée vers le fond, des courants l'ont empoignée pour la ramener à la surface où d'autres remous encore l'ont prise et enveloppée pour une dernière valse.

Son corps mou et blanc a coulé et roulé longtemps parmi d'autres épaves, d'autres débris. Puis, drossé contre un amas de roches, il est resté, un bras enveloppant une grosse pierre où l'eau vive chantait clair.

À présent, tout est en joie dans ce coin de vallée sauvage. Les arbres, les oiseaux, le fleuve et même un ruisseau qui vient se jeter dans le Rhône juste en aval de l'endroit où ce corps déjà froid se fond à la rive. Seuls les longs cheveux bruns de cette femme semblent encore habités de vie. Leur mouvement caresse les roches en les frôlant à peine.

Plusieurs barges à la décize passent sans que les nautes trop occupés à la manœuvre ne puissent voir ce corps.

Puis, vers le milieu de la matinée, deux pêcheurs

dont la barque suit la rive remarquent quelque chose. Ils approchent. L'un d'eux descend du bateau et marche sur les roches. Il touche le bras et dit :

– Elle est morte.

Il pousse de sa gaffe ce corps qu'il retourne. Le visage et la poitrine apparaissent.

– Elle était belle, dit-il.

Il se baisse de nouveau, examine les mains et les bijoux.

– Une Romaine sûrement très riche.

Le pêcheur resté dans la barque et qui est plus âgé lance :

– Alors, pousse au large et foutons le camp !

L'homme pousse du bout de son harpie cette femme déjà raide, que le fleuve reprend pour l'emporter vers la mer bleue. Celle qui devait la conduire jusqu'à Rome.

38

Chez les Romains, c'est la fièvre. L'ébullition. Du gouverneur au dernier des centurions. Tout le monde est sur la pointe de l'épée.

Le Rhône en un caprice a déposé contre un rocher un soldat mort. Ceux qui l'ont découvert étaient des cavaliers en patrouille. Leur chef a tout de suite vu à quelle unité il appartenait. Il a aussitôt dépêché deux de ses hommes vers Lugdunum. De là, sont partis des cavaliers chargés de repérer la barge à la décize. Et, très vite, l'un d'entre eux a découvert l'épave. D'autres ont trouvé la litière avec le corps du général. Et d'autres corps encore rejetés par le fleuve.

Pas trace de survivants !

Alors, menaçant des tortures quelques nautes innocents, les juges leur ont demandé si l'un des leurs, patron de barge, pouvait heurter un rocher. Cette roche connue de tous. Ils ont tous donné la même réponse :

– De nuit, un accident peut arriver aux plus forts.

Et, parce qu'ils se sentent responsables, ceux qui ont ordonné aux nautes d'aller le plus vite possible se démènent pour les retrouver. Car eux comme le propriétaire de la barge se refusent à croire à un accident. Et même s'ils n'ont pas volontairement précipité leur embarcation sur ce rocher, deux nautes ne se sont certainement pas noyés. Tous sont de bons nageurs qui connaissent leur fleuve. Tous sont assez forts pour s'en tirer. Et l'armateur sait que, s'ils n'ont porté secours ni au général ni à son épouse, c'est qu'ils ont voulu leur mort.

Leur mort pour venger celle de leur ami.

Alors, sans trêve, des patrouilles de cavaliers partent de Lugdunum pour battre les rives.

De village en village, la nouvelle court aussi vite que les chevaux des Romains. Une prime énorme sera versée à qui permettra la capture des responsables.

Les seuls qui ne cherchent pas sont les chrétiens et les nautes. Car les hommes du fleuve sont une grande famille. Nul parmi eux ne trahirait un frère même pour une fortune.

Chez les Romains, la colère monte. Elle est d'autant plus violente qu'ils sentent très bien que nombreux sont les gens de cette vallée, les gens du fleuve, tout disposés à aider ces nautes à échapper aux recherches.

39

Les deux hommes ont marché trois jours. Des journées très longues qu'ils entament dès les premières lueurs et poussent jusque dans la nuit quand la lune donne. Ils ont pu manger avec quelques pêcheurs. Des gens qu'ils ne connaissent que pour les avoir hélés de barge à barque au cours d'une décize ou d'une remonte. Tous ces gens parlent en tremblant de la colère des Romains.

Les derniers qui les ont aidés demeurent près du confluent. L'homme est un cousin de Bassus. Il leur a expliqué très exactement où se trouve la cabane dans laquelle il a dû se réfugier avec les siens. Et il a ajouté :

— Chrétien, je le savais que ça lui retomberait sur le nez un jour ou l'autre. Si les Romains veulent vraiment le chercher, ils le trouveront. Parce qu'il faut qu'il pêche, s'il veut faire vivre les siens. Et qu'il aille vendre son poisson à la ville. Je l'ai prévenu : s'il entre dans la ville, il est perdu. Il n'en sortira qu'en cendres, comme les autres chrétiens qui se sont fait prendre. On les traque partout, jusque dans les bains publics ! Qu'ils soient pauvres ou qu'ils soient riches ! Et s'il n'y avait que les Romains pour s'en prendre à eux, ce ne serait rien, mais des milliers de Gaulois leur en veulent tout autant. Des Gaulois qui, comme les Romains, ne comprennent pas qu'on puisse adorer un Dieu que nul ne rencontre jamais.

Ce matin-là, les deux nautes partent bien avant le jour et évitent les chemins où ils risquent de faire quelques mauvaises rencontres. Ils doivent lutter ferme contre la broussaille et traverser trois lônes à la nage. Le plus rusé des renards se perdrait sans doute car le ciel couvert rend délicate l'orientation. Mais Verpati a un flair étonnant. C'est lui qui ouvre la marche. Pas un instant il ne marque la moindre hésitation. Même son compagnon s'étonne :

– Un saumon qui va frayer ou qui en revient, suffit qu'il remonte le courant ou qu'il le descende. Et les anguilles, c'est la même chose, mais toi, j'sais vraiment pas comment tu fais.

Le grand s'arrête, se retourne et dit :

– Moi, je remonte au vent, comme les oiseaux !

– Justement, le vent, ce matin, y en a pas.

– Pas pour toi, mais pour moi, y en a assez pour me guider.

Ils repartent et, vers le milieu de la matinée, ils arrivent au cœur d'un bois extrêmement touffu où ils doivent progresser à quatre pattes pour passer sous des ronciers et des troncs de saules posés en pont sur des bras de lônes.

Quand ils débouchent d'une sorte de tunnel de verdure épineuse, le grand s'arrête. Encore accroupi, il dit à voix basse :

– On arrive bien.

Le pêcheur, ses deux filles, sa femme et le mousse sont assis sur des souches devant une hutte de branchages. Ils mangent. Les deux nautes se lèvent lentement et avancent à découvert. C'est l'une des filles qui les voit la première car le père et la mère tournent le dos. Son visage marque une telle frayeur que son père se lève d'un bond et empoigne une hache en se retournant. Le colosse se met à rire :

– Pauvre Bassus, ce seraient des Romains, qu'est-ce que tu ferais avec ça ?

Le visage du pêcheur se détend. Souriant, il laisse tomber son outil et s'avance.

– Tu as raison, si c'étaient des Romains, je n'aurais qu'à me mettre à genoux pour recommander mon âme à Dieu et bien mourir.

Il marque un temps avant d'ajouter :

– Bien mourir, j'y suis prêt.

Le mousse a bondi et s'est jeté contre Novellis en disant :

— Brutus. Tu sais où il est ?

— Comment veux-tu que je le sache, mon pauvre petit ? Il est peut-être mort, à l'heure qu'il est.

Le visage du garçon rayonne.

— Non, non. Il est pas mort.

Puis son regard s'assombrit aussi vite qu'il s'était ensoleillé.

— Il est pas mort. Seulement, il est dans un enclos au bord du Rhône... Qu'est-ce qu'on peut faire ?

Le pêcheur intervient :

— Laisse-les s'asseoir et manger. Il ont peut-être faim.

— On crève de faim, dit le colosse.

Et il raconte qu'ils marchent depuis longtemps.

La femme est entrée dans la hutte d'où elle sort avec une jatte de terre vernissée qu'elle tient contre sa poitrine plate.

— Y a du poisson, tant qu'on en veut. On peut pas aller en vendre.

— La seule chose, ajoute le pêcheur, c'est qu'on peut pas le cuire. La fumée, ce serait trop dangereux.

— Crois-tu vraiment qu'ils vous cherchent ?

— Ils cherchent tous les chrétiens. Je sais pas ce qui se passe, mais on dirait qu'ils sont fous.

La femme leur a tendu sa jatte où ils ont pris chacun un brochet mariné dans du vin et des

213

oignons crus. Ils mordent à pleines dents. Le jus coule sur leur barbe.

Le pêcheur les observe un moment en silence, puis demande :

— Mais vous deux, d'où vous venez avec des barbes pareilles ? Vous étiez pas à décizer ?

Les deux nautes se regardent. C'est le colosse qui répond :

— On était à décizer... La roche pointue nous a coupés en deux !

Les autres semblent interloqués.

— Quoi ? fait le pêcheur.

— Oui. La barge, foutue.

— Pourtant, vous la connaissez, cette roche !

Le grand pousse une sorte de gloussement pour dire :

— Justement, on l'a pas ratée.

Et, tout en continuant de dévorer du poisson cru et des prunes sauvages à peine mûres qui craquent sous la dent, il se met à raconter leur décize et le naufrage. Les autres s'entre-regardent, incrédules, et disent en hochant la tête :

— Ça alors... ça alors... C'est donc pour ça que les Romains sont fous !

Le mousse fasciné par la puissance du grand semble très heureux. Les filles aussi mais la femme et surtout le pêcheur restent sombres. Ils regardent les deux nautes puis se regardent l'un l'autre.

Un moment de silence passe. Un silence que trouble seul le chant des oiseaux car le vent ne s'est toujours pas levé. Étonné, Verpati finit par demander :

— Ça a pas l'air de vous faire tellement plaisir qu'on ait noyé cette vermine ?

Le pêcheur questionne :

— Tous se sont noyés ? Tu en es certain ?

— Oui. On peut pas nager en armure. Y en a qu'un que j'ai sauvé, c'est le grand Clinquet qui a vendu notre pauvre Vitalis.

Le regard du pêcheur s'éclaire d'une lueur hésitante.

— T'as pu le sauver ?

— Facilement. Il se débattait. Je l'ai sonné. Une fois sur la rive, je l'ai ranimé.

— Et où est-il ?

Le rire du colosse le secoue tout entier. Tandis que Novellis baisse la tête, il lance :

— Où il est ? Y doit pas en rester lourd. Entre les corbeaux, les pies, les renards, les rats et les fourmis, si y reste quelques os, ça doit bien être tout.

Et, avec force détails, il raconte comment il a torturé puis exécuté le secrétaire. À mesure qu'il raconte, le visage du pêcheur et celui de sa femme pâlissent. Novellis demeure immobile, fixant le sol devant lui.

215

Quand il a tout dit, le colosse les regarde avec étonnement. D'une voix moins ferme, il reprend :

– On dirait que ça vous fait rien que j'aie vengé notre ami.

Le pêcheur semble tomber des nues. Il demande :

– Mais où il est donc, Vitalis ?

Les deux nautes se regardent et le grand lance :

– Comment ? Vous savez rien ?

Péniblement, il raconte. Le mousse blêmit. Il se laisse tomber à genoux. Il se signe et se met à prier mais un énorme sanglot le soulève.

Les autres prient en silence. Quand ils se relèvent, le pêcheur dit d'une voix qui tremble :

– Vitalis, c'était un chrétien. Un pur. Qui savait que Jésus a su aller au bout du chemin avec sa croix. Vitalis, il est au ciel. À la droite du père, avec Jésus et les autres martyrs... Jésus t'a vu... Chaque geste brutal que tu as accompli a fait saigner l'une de ses plaies. Et je suis sûr que Vitalis aussi a souffert de ce que tu as fait en souvenir de lui.

Le grand semble assommé. Il lance à Novellis des regards désespérés mais Novellis s'obstine à fixer le sol entre ses pieds nus ensanglantés. On dirait que la force énorme du grand vient de s'écouler de son corps. Sa tête rentre dans ses épaules. Après un long silence, il respire profondément et semble retrouver un peu de force pour dire en serrant les poings :

– Sûr que je suis pas fait pour cette religion-là,

moi ! Ça c'est bien sûr ! J'suis pas fait pour me laisser torturer sans me défendre ! D'ailleurs, Vitalis, il en a esquinté un. Un Gaulois vendu à ces pourris. Un salaud qui braillait comme un porc égorgé. Il l'a esquinté et il a bien fait !

40

Ils ont vécu trois journées très pénibles. Le pêcheur parlait peu. Les deux nautes osaient à peine le regarder. Même entre eux, un silence s'était installé qui pesait lourd.

Chaque nuit, ils accompagnaient le pêcheur au bord du fleuve. Le mousse allait avec eux.

Dès le premier soir, alors qu'ils remontaient le long du rivage en noyant des nasses en osier, le mousse s'est approché de Novellis pour lui dire, en désignant l'île :

— Tu vois, c'est là qu'il est, Brutus.

— Comment tu le sais ?

— C'est l'ami de Bassus qui a vu quand ils l'ont amené.

— Mais il le connaît pas ?

— Y a qu'un seul taureau noir ici... Et il les a entendus qui disaient : c'est celui qui a pas voulu tuer des chrétiens.

218

Ils ont marché un moment en silence puis le mousse a ajouté :

— Faut le délivrer.

— Tu es fou. Il est sûrement bien gardé.

— Pas du tout. Il est avec des vaches. Bassus sait où se trouve le gué.

Il n'a plus rien dit ce soir-là mais, chaque nuit, il revient à la charge. Il parle soit à l'un, soit à l'autre des deux nautes. Et il dit au colosse :

— Toi qui es si fort, tu peux tout faire... tout !

Le grand rit en répliquant :

— T'es malin, toi, tu sais flatter le monde.

Entre eux, quand le mousse ne les entend pas, les trois hommes s'entretiennent des possibilités de départ. Des amis du pêcheur viennent leur donner des nouvelles de la cité. Ils racontent les arrestations, les persécutions, les spectacles des arènes où l'on continue de torturer et d'exécuter. Il semble qu'une bonne partie des habitants de Lugdunum et de Condate ne se lassent pas de ces spectacles. Certains affirment :

— Le jour où ils n'auront plus de chrétiens à torturer, ils trouveront d'autres gens. Ils ne pourront plus se passer du sang des hommes.

Les nautes et le pêcheur espèrent pouvoir s'enfuir tous, par une nuit très noire, dans la barque du pêcheur et une autre qu'ils achèvent de fabriquer. Mais le travail n'avance guère, car ils ne peuvent le poursuivre que la nuit et encore, à condition de ne pas faire trop de bruit et qu'il n'y ait point de lune. Car les Romains patrouillent souvent sur les rives du fleuve. Et les mouchards à leur solde pullulent.

Un jour, un ami du pêcheur vient leur raconter que les Romains, peut-être parce qu'ils manquent de chrétiens à faire souffrir, ont donné un spectacle où les combattants étaient des animaux. Ils ont lâché dans l'arène des loups et des sangliers. Plusieurs loups ont été éventrés, mais, parce qu'ils étaient en plus grand nombre, ils ont fini par venir à bout des sangliers.

En racontant cela, l'homme regarde souvent le mousse dont le visage devient douloureux. Novellis observe le garçon et, de temps en temps, son œil se lève en direction du colosse. Il y a entre eux un échange muet très clair.

Après un moment, alors que des larmes coulent sur les joues de Florent, Novellis se décide à parler :

– Dans une barque, c'est pas possible. Et s'en retourner jusqu'en Camargue à pied avec une bête de cette taille...

Il n'achève pas. Le pêcheur laisse couler un peu de silence avant de dire :

– Sûr que ça passe pas inaperçu.

Le visage du mousse hésite à se détendre vraiment, mais son regard encore noyé s'éclaire. Il se lève et vient tomber à genoux devant Novellis. D'une voix qui sonne clair, il dit :

– Oh, patron... Faites-le, patron, je vous en prie. Je suis certain que Jésus veillera sur nous tout le long de la route.

Le pêcheur se met à rire.

– Est-ce que tu crois qu'il n'a rien de plus important à faire que s'occuper de ton Brutus ?

– Je prierai tellement. Tellement...

Le pêcheur se signe et murmure :

– Seigneur, c'est un innocent !

Le garçon dit encore :

– Je vous demande qu'une chose : vous me montrez où se trouve le gué. Moi, je vais le chercher. Et j'ai pas besoin de vous pour descendre. Suffit de rester sur la rive. Brutus, y me suivra. J'en suis sûr.

Les autres se regardent sans mot dire, avec des hochements de tête et des soupirs. Une des filles propose :

– Moi, j'sais où il est, le gué. Je vais avec toi...

Son père l'interrompt :

– Toi, tu restes là et tu n'essaies pas de nous suivre. La première nuit très noire, j'irai avec Florent.

– Nous aussi, on ira, dit le colosse en regardant Novellis qui approuve avec un regard d'amitié pour le mousse.

– On ira, mais on peut pas le ramener de force.

– Y aura pas besoin. Je suis sûr qu'il me suivra, dit Florent dont le visage rayonne de bonheur.

41

La lune est à son plein et le vent d'est qui souffle doucement n'apporte pas la moindre nuée. Le pêcheur et les nautes continuent de parler de cette expédition et de préparer leur départ, mais ce qui devient le plus préoccupant dans l'immédiat, c'est la nourriture. Ce temps si clair interdit qu'on se risque au bord du fleuve.

Il n'y a qu'une entrée de lône à l'ombre d'énormes peupliers et de saules touffus où l'on peut placer deux nasses mais, comme le niveau du Rhône baisse, le poisson attiré par les profondeurs et la fraîcheur du courant se risque de moins en moins dans ces bras d'eau morte.

Le pêcheur et le colosse vont un soir tendre des collets dans des taillis. À l'aube, ils partent les lever et reviennent avec quatre lapins et un lièvre. Mais on ne peut toujours pas allumer de feu et c'est une viande qui doit mariner au moins deux jours pour qu'on puisse la manger crue. De plus, la provision de vin touche à sa fin. Les oignons deviennent rares, il n'y a plus de sel et le froment comme l'épeautre sont épuisés depuis plusieurs jours.

Les femmes cherchent dans la vorgine des herbes tendres comme l'ail sauvage. Elles trouvent aussi des dents-de-lion qui ont poussé sous des troncs d'arbres. Elles sont en partie blanches et moins amères que les plantes de plein soleil. Le colosse grogne sans arrêt. Il dit qu'il est en train de fondre et que si ça continue il pourra dévorer Brutus à lui seul.

Un jour, le pêcheur annonce :

– Le temps va changer. Demain soir, on devrait pouvoir traverser jusqu'à l'île. Et la nuit suivante, on partira.

Il marque une courte pause avant d'ajouter :

– Seulement, il y a une chose qu'il me reste à faire avant qu'on parte, c'est la croix de Vitalis. On peut pas l'emporter, c'est trop risqué, alors, faut la cacher beaucoup mieux.

– Où veux-tu la cacher ?

– J'y ai réfléchi. Il faut un endroit où le fleuve ne monte pas. Ici, c'est impossible, à la grosse crue, c'est noyé.

Il s'arrête. Les autres gardent le silence. Le soir approche. Les ombres s'étirent. Le vent pleure dans les cimes des arbres, mais il manque de vigueur pour pénétrer jusque près de cette hutte où ils se tiennent assis. Lentement, le pêcheur reprend :

— À mi-hauteur du coteau, en pleine forêt, je connais une espèce de grotte sous des ormes. C'est là que je veux la cacher.

— J'irai avec toi, dit Verpati.

— Non, fait le mousse, c'est moi.

Comme le colosse va répondre, le pêcheur lève sa main maigre et sèche. Il dit, d'un ton très ferme :

— Le petit a raison. C'est lui qui viendra.

— Mais c'est un gamin, grogne le grand.

En riant, le pêcheur réplique :

— Justement, il est moins visible que toi et il fait moins de bruit.

Puis, soudain grave, il ajoute :

— Tu es bien bon, Verpati, mais ce gamin a raison : c'est une affaire de chrétiens.

Une des filles fait remarquer qu'elle aussi est chrétienne, mais son père l'interrompt tout de suite :

— C'est un travail d'hommes !

Et, le lendemain, Bassus sort la croix du trou où il l'avait enterrée. Elle est entourée de bandelettes de toile que les femmes ont découpées dans une bâche. Elles la développent avec beaucoup de précautions, puis elles la posent debout contre un billot d'aulne et tous s'agenouillent devant pour prier. Tous sauf Novellis et Verpati, restés dehors.

La croix est haute comme la table, à peu près, Vitalis y a sculpté le Christ au front couvert d'une couronne. À sa droite, allant du pied à l'extrémité de la traverse : une lance, à gauche : un marteau. Il n'a pas eu le temps d'achever son œuvre, mais l'essentiel est là et la douleur se lit sur ce visage de bois très dur.

Le mousse fixe ce visage qui, très vite, se brouille. En silence, il se met à pleurer. Il pense à Vitalis qui a été bon pour lui et tente d'imaginer ce qu'il a dû souffrir avant de rendre son dernier soupir.

En même temps, il ne peut s'empêcher de penser au secrétaire et à ces tortures que le colosse lui a fait subir. Il a beau se répéter que rien de cela n'est chrétien, il ne parvient pas à en vouloir à Verpati d'avoir ainsi vengé son ami. Et il se demande : « Est-ce que parce qu'il a été torturé, le grand Clinquet va monter au ciel ? Et s'il se trouve face à Vitalis ? Au ciel, il ne doit pas y avoir des gens qui se battent. Mais Vitalis peut-il pardonner ? Il le faut. Pourtant, des souffrances pareilles... »

Le mousse a beau réfléchir, il y a là des choses qui le dépassent vraiment et il n'ose questionner ni le pêcheur ni son épouse. Alors, il continue de s'interroger face à cette image de la douleur.

Le reste de la journée paraît très long à Florent. L'image de cette croix sculptée se mêle en lui au souvenir de Vitalis. Un Vitalis vivant et souriant qu'il ne parvient pas à imaginer torturé et mort.

Vers le milieu du jour, Verpati qui s'est absenté pendant la prière revient avec deux grosses couleu-

vres vertes qu'il a tuées en bordure de la grande lône.
Il les dépouille et les vide tandis que Novellis
les tient en l'air. Quand elles sont bien propres,
il les roule dans des feuilles d'oseille sauvage et
annonce en riant :

— Le temps de manger le gigot et elles seront bonnes.

Personne n'a envie de rire. Car il ne reste plus
rien à se mettre sous la dent.

Ils attendent un peu, puis le grand coupe ses couleuvres en morceaux longs comme un doigt qu'il
distribue. Cette chair filandreuse n'a aucun goût,
mais la faim les tenaille tellement qu'ils la mangent
presque avec plaisir.

Ils passent le reste de la journée dans l'attente. De
temps en temps, l'un d'eux va jusqu'à la lisière du
côté du fleuve, observe la rive en aval et en amont,
fouille l'île du regard, puis revient. Ils tendent aussi
l'oreille en direction des hauteurs de la ville, mais le
vent, même s'il reste faible, vient encore de l'est et
emporte les bruits. Ils ne voient rien car les arbres
de l'île, trop hauts, ne laissent apercevoir que les
constructions posées sur les sommets où il ne se passe
rien. Çà et là monte une fumée. Des gens doivent
cuire quelque chose, et c'est assez pour attiser encore
la faim qui leur tenaille l'estomac.

Avant même que la lune ne soit sortie de terre,
alors que du ciel suintent les dernières lueurs du jour

et que monte déjà un peu de la clarté nocturne, le pêcheur prend la croix du naute et, suivi du mousse, il s'éloigne en direction de l'aval en tirant vers l'intérieur des terres. Habitué aux pêches de nuit, il a un regard qui sait interpréter les ombres et les lueurs. Il connaît le ciel à une étoile près. Il avance sans bruit. Ses pieds nus lisent le sol comme ses yeux lisent sa route en scrutant les astres.

Bientôt, le coteau s'amorce. Se retournant, l'homme souffle :

– Prends la croix, laisse-moi dix pas d'avance.

Le mousse empoigne la croix que les femmes ont de nouveau emmaillotée et ficelée avec de la corde de pêche. La serrant contre lui, il pense avec beaucoup d'émotion à celui qui l'a sculptée. Silencieux, il suit Bassus, s'arrête quand il le voit s'arrêter et repart dès que le pêcheur reprend sa marche. Ils vont ainsi un long moment, puis le pêcheur s'immobilise et lui fait signe de le rejoindre. Devant eux un amas de ronces exactement pareil aux autres. Pourtant, Bassus s'allonge à plat ventre les pieds les premiers et disparaît aux trois quarts.

– Quand je serai en bas, tu me la passeras en la glissant là.

L'ombre est épaisse et le mousse devine le pêcheur bien plus qu'il ne le voit. Il fait glisser la croix sur le sol et attend. Bientôt, l'homme remonte en disant :

– Elle est tout au fond.

– Comment tu as trouvé cette cache ?

– En cherchant des morilles. J'ai senti un souffle frais.

Il s'agenouille et ajoute :

– À présent, faut prier.

Le mousse s'agenouille à côté de lui et, à mi-voix, ils prient un long moment. Se relevant, le pêcheur dit :

– Vitalis nous regarde de là-haut. Il est plus tranquille, à présent.

Quatrième partie

42

Depuis qu'il est sur cette île, Brutus s'est beaucoup dépensé. Car il est le seul mâle pour tout un troupeau.

Et puis, il broute librement une herbe haute et tendre, gorgée de sève. Mais c'est une herbe beaucoup moins savoureuse que celle de Camargue dont le souvenir demeure en lui. Alors, quand le vent vire au sud, Brutus lève la tête. Son mufle se mouille. Il hume ce vent à la recherche des odeurs de sa terre.

Souvent, il entre dans l'eau. Pas seulement pour boire, mais parce que le Rhône est son fleuve. Il sent que cette eau l'unit à son pays. Elle l'attire.

Les vaches ont longuement léché les plaies provoquées par les flèches des Romains. Les blessures se sont refermées.

Il arrive que se dressent dans la lumière des crépuscules des silhouettes qui l'attirent. Il prend le trot et court vers elles. Mais elles s'éloignent aussi vite qu'il avance. Et la clôture l'arrête bientôt. Le mousse

et Vitalis ont disparu. Le vent de l'aube les a empor-
tés. Alors le taureau triste revient vers les vaches et
se remet à ruminer ou à brouter. Et, quand il lève
la tête, c'est pour humer le vent. Le vent qui va
peut-être lui apporter l'odeur d'un ami, ou une voix
qui se mettra à crier :

– Brutus... Brutus...

Mais le ciel reste sans autre voix que celle du vent
dans les peupliers de la rive.

43

Le ciel n'a pas trompé Bassus. Le vent vire de bord et s'en va chercher les nuées que lève le couchant. Elles sont bientôt là et le crépuscule qui suit leur venue écrase la terre et les eaux d'une nuit épaisse où tombent bientôt les première gouttes. Des gouttes larges comme la main qui claquent sur les feuillages et font monter de la poussière une forte odeur tiède.

— On pouvait pas souhaiter mieux, constate Verpati en frottant l'une contre l'autre ses paumes rêches. Reste à espérer que Brutus est toujours là et qu'il voudra bien nous suivre.

— Il me suivra, assure le mousse qui ne tient plus en place.

Il est avec eux dans la hutte, mais le nez au ras du rideau de l'averse invisible qui pousse sa fraîcheur odorante vers l'intérieur. L'eau ronfle sur le toit de branches et de feuilles. Bassus remarque :

– C'est tout de même une bonne hutte qu'on va laisser là.

Personne ne répond et c'est encore lui qui, après un gros soupir, donne le signal :

– Faut y aller pendant que ça tombe bien.

Il sort, courbant le dos. Le mousse lui emboîte le pas et les deux nautes suivent à leur tour.

Le pêcheur connaît le fouillis de la vorgine à un roncier près. Il va sans hésiter et le mousse qui le devine à peine a du mal à suivre. Derrière, le colosse maugrée en pataugeant et en s'empêtrant dans les ronces, les viornes et les lianes des clématites. L'odeur forte du sous-bois mouillé prend à la gorge.

Dès qu'ils ont atteint le rivage, la nuit s'éclaire un peu. Le fleuve semble avoir gardé pour eux un peu de la clarté du soir. Le pêcheur entre tout de suite dans l'eau et remonte lentement sur un fond de galets où le Rhône frais court avec un froissement que tue le crépitement de l'averse. À l'ouest, un éclair illumine pour se rompre d'un coup lorsque la pointe pique derrière la colline invisible. Le roulement de la foudre arrive assez vite. Novellis dit :

– Ça va énerver les bêtes. On pourra pas les approcher.

Nul ne répond. Le pêcheur marche encore un moment avant d'obliquer sur sa gauche en annonçant :

– On y est.

Ils le suivent. Bientôt, ils ont de l'eau presque à la ceinture.

— Essayez de pas glisser, ça court fort. Celui qui part, il va loin avant de regagner la rive.

Le fleuve vibre autour de leurs jambes. Les galets bien lisses roulent sous les pieds. Verpati continue de ronchonner et le pêcheur finit par lui dire :

— Parle moins fort. On sait jamais.

À mesure qu'ils approchent de l'île, le sol remonte. Les galets plus petits deviennent sable. La marche est moins pénible. Le courant reste vif. L'odeur change presque brutalement quand ils prennent pied sur ce qui doit être un sentier. Le pêcheur dit à mi-voix :

— On sent les bêtes.

Ils le suivent. Très vite, on entend un beuglement, puis plusieurs. Et Novellis dit :

— Les bêtes aussi nous ont sentis.

Ils avancent encore un peu, puis le pêcheur s'arrête. Un autre éclair plus proche les éblouit. La foudre roule tout de suite.

— C'est très bon, fait le colosse. Avec un temps pareil, y a pas un Romain dehors. Et leurs espions sortent pas non plus. Ils doivent pas les payer assez pour qu'ils se fassent tremper !

— Alors, dit le pêcheur, on est d'accord. Le gosse va tout seul. Il appelle sa bête et, si ça marche, il la fait sortir. Il referme et fout le camp avec jusqu'au gué. Après, à nous de jouer.

Il serre le bras du garçon en ajoutant :

— T'as bien compris, tu traverses pas sans nous.

— J'ai compris.

— Allez, va !

Tandis que le mousse continue en direction de l'enclos, les trois hommes s'écartent du sentier et se cachent dans la broussaille.

— Une chance qu'il pleuve tant. Le taureau pourra pas nous éventer, fait Novellis.

Le pêcheur dit :

— S'il le suit, c'est qu'il sera content de le revoir. Il se foutra pas mal de nous, mais tout de même, faut se taire et pas bouger.

Le garçon est arrivé à la clôture de bois qu'il suit à tâtons pour chercher le portail. Quand il a trouvé le montant, il cherche de la main et découvre très vite l'espèce de clenche en bois elle aussi qu'il doit lever pour la sortir de sa gâche. Deux fois déjà Brutus a meuglé et son cri a provoqué d'autres meuglements plus faibles. Il ne devait pas être très loin. Sans crier, Florent appelle :

— Brutus... Viens, Brutus... c'est moi.

Il entend patauger assez vite. Puis perçoit le souffle rauque. Il le sent bientôt tout tiède sur son visage.

Il caresse l'encolure chaude et soulève la clenche en disant :

— Viens, Brutus... tu vas me suivre.

Il ouvre la barrière. La lourde masse noire comme la nuit le frôle. Déjà d'autres bêtes arrivent qu'il entend piétiner et souffler. Très vite, il referme.

Le mufle au souffle puissant lui pousse l'épaule et manque le faire tomber.

— Doucement... Doucement.

Dès qu'il a refermé, il cherche le sentier. Un éclair lui permet de voir que Brutus s'y est déjà engagé. C'est donc lui qui suit le taureau.

Quand ils passent à l'endroit où les autres se tiennent cachés, il lance une petite imitation du cri de la hulotte, comme il l'avait promis.

Et, tandis qu'il regagne le gué, les trois hommes vont jusqu'à la barrière. Ils l'ouvrent en la brisant et la couchent par terre en la piétinant. Ils n'ont pas besoin de le faire beaucoup, déjà les vaches se précipitent.

— Allons, vite avant qu'elles nous suivent, conseille le pêcheur.

À la lueur des éclairs, ils filent le plus rapidement possible rejoindre le mousse.

— Est-ce que tu crois qu'il va suivre dans l'eau ? demande le pêcheur.

C'est Novellis qui répond :

— Tu parles. Il en a vu d'autres, c'est certain. Il ira plus facilement que nous.

— Et lui, il a quatre pattes, fait le colosse en entrant dans le fleuve.

La pluie s'est métamorphosée. Elle tombe toujours aussi dru mais beaucoup plus lardée de vent. On a l'impression que chaque éclair apporte une rafale. Le taureau n'est gêné ni par la pluie ni par la foudre. Il ne l'est pas davantage par le fleuve. Dans ces lueurs de plus en plus proches l'une de l'autre, les nautes le voient avancer sans hésiter. Son large dos luisant fume sous l'averse. Il hoche la tête et suit pas à pas le mousse qui, lui-même, suit le pêcheur. Parce que le courant pousse à la rive qui s'incurve en aval, le retour est plus facile que l'aller. Devant eux, les hauts peupliers et les aulnes se démènent dans la bourrasque. La vorgine crépite encore mais l'orage semble s'éloigner un peu.

Ils sont assez vite rendus à la hutte où les femmes, inquiètes, attendent en priant. Les nautes entrent les premiers. Le pêcheur se retourne et dit au mousse :

— Viens. Il va rester dehors.

Le garçon s'avance, mais le taureau veut le suivre. Les deux filles effrayées crient.

— Je vais rester avec lui, dit Florent.

— Tu vas pas passer la nuit sous la pluie.

— Je m'en fous, je suis avec lui.

— C'est pas possible. Essaie encore.

Le mousse entre à reculons. De sa main, il repousse le gros nez du taureau en disant :

— Non, Brutus... Non. Tu attends... Allez, va manger.

Le taureau reste planté sur ses pattes et ronfle du mufle.

— S'il entre, y fout la barque par terre, dit Novellis.

Comme s'il avait compris, l'animal fait demi-tour et s'éloigne lentement. Un éclair le montre immobile, comme hésitant, puis le suivant le découvre qui broute une touffe de saules nains.

44

L'orage s'est éloigné au cours de la nuit en laissant derrière lui un brouillard épais. La terre fume comme un grand feu. Il n'y a plus de vent mais cette vapeur roule, mue par une force intérieure. L'aube la blanchit à peine que déjà le pêcheur les secoue en disant :

— On a une sacrée chance. Faut filer tout de suite. Avant que ça se lève, on peut déjà être loin de la ville, si on se presse.

Le colosse grogne :

— Dommage, avec un temps comme ça, on pourrait allumer un feu et cuire du poisson.

— Toi, tu penses qu'à ta gueule, lance Novellis. Faut filer tout de suite. Le poisson, on t'en cuira ce soir.

Ils ont tout préparé hier. Ce que possèdent le pêcheur et les siens tient dans une sorte de long panier d'osier. Il y a aussi les nasses et les filets. Ils portent les paquets dans les deux barques. Le pêcheur en mènera une et Novellis prendra l'autre.

Dès que tout est chargé, le colosse les salue et s'éloigne. Quand il revient, il trouve le mousse qui tient à deux bras la tête de Brutus et semble lui parler à l'oreille.

– Qu'est-ce que tu fais ?

– Je lui dis qu'on retourne chez nous. Faut qu'il soit gentil.

Le colosse se met à rire.

– Qu'est-ce qu'il t'a répondu ?

– Il dit que tout ira bien.

– Allez, faut pas traîner. Ils vont décizer plus vite que nous. Ils risquent de nous attendre longtemps.

Ils se mettent à marcher. Verpati en tête, puis Florent avec Brutus sur ses talons. Ils ont pris une forte corde, mais, comme l'avait prévu le mousse, elle est inutile.

Ils gagnent la rive. C'est à peine si l'on devine l'eau tant les vagues de brouillard sont épaisses. De temps en temps, une trouée s'ouvre, grise ou bleutée dans cette blancheur, mais elle se referme très vite. Des arbres, on ne distingue que les basses branches. Le silence est épais. Martelé seulement par d'énormes gouttes qui tombent des feuillages sur la rive et sur l'eau. Il y a aussi des appels de mouettes et quelques croassements de freux qui doivent voler très bas ou se tenir à la cime des plus hauts peupliers.

– T'es vraiment certain de retrouver l'endroit où ils vont nous attendre ? demande le mousse.

Le colosse se met à rire :

— La rive, tu sais, c'est la rive. Tant que tu traverses pas, tu risques pas de te tromper. Et même avec le brouillard, on va pas traverser sans s'en rendre compte. Sois tranquille !

Ils marchent à peine depuis une heure qu'ils sont arrêtés par l'entrée d'une lône pas très large mais qui semble assez profonde.

Le grand demande :

— Tu penses qu'il va nager ?

— C'est certain.

— Parce que cette lône, je la connais. Elle va loin, et tout autour, c'est que des ronciers. Si on doit contourner tout ça, ce sera rudement long.

— Va. On suivra.

Le mousse semble vraiment ne faire qu'un avec cet énorme animal dont la grosse tête se balance comme pour approuver.

— Tout de même, il est drôle, on dirait quasiment qu'il nous écoute.

— Bien sûr qu'il nous écoute, assure le garçon. Et je peux te dire qu'il a compris.

Il se retourne pour flatter l'encolure de son ami en lançant :

— Hein, mon Brutus, que t'as compris ?

Les yeux de l'animal s'éclairent d'une lueur humaine quand le garçon lui parle en le caressant.

242

Le colosse entre dans l'eau. Le mousse le laisse s'éloigner avant d'y descendre à son tour en disant :

– Allez, Brutus, viens ! Viens avec moi !

Sans hésiter, le taureau avance. La pente est assez raide et la terre détrempée glisse sous ses sabots en un gros paquet. Entraîné, Brutus se trouve à l'eau d'un coup, soulevant une forte vague. Le mousse qui nage se retourne au moment où la tête noire sort de l'eau.

– Viens, Brutus... Viens !

Et le taureau se met à nager dans cette eau boueuse où flottent de longues algues.

L'autre rive est plus douce et l'herbe descend jusqu'à l'eau. Dès qu'il reprend pied, Brutus se met à brouter.

– Faut le laisser manger un peu, dit le mousse.

– Y peut bouffer tout le long. C'est pas comme nous. Moi, j'ai déjà une sacrée faim.

– Allons, Brutus, viens. Tu brouteras plus loin.

Mais l'herbe doit être particulièrement savoureuse, car le taureau continue de manger et le mousse dit :

– Faut le laisser juste un petit moment.

Le colosse ruisselant s'assied en haut du rivage de ce goulet en disant :

– Celui qui m'aurait annoncé qu'un jour je ferais un métier pareil, j'crois bien que je l'aurais foutu au Rhône... Faut que je sois maboul pour me laisser mener comme ça par un gamin qui est amoureux d'une vache !

— C'est pas une vache.

— N'empêche que moi, j'suis un con !

D'une voix pleine de gravité, le garçon réplique :

— Non, t'es pas con... t'es fait pour être chrétien : tu es bon.

Le grand hoche longuement la tête et laisse couler un moment avant de répondre :

— Peut-être qu'il y a des choses dans ton truc qui auraient pu me tenter, mais mon pauvre petit, finir comme Vitalis... Merci bien.

Ils se sont remis à marcher depuis peu de temps lorsque le brouillard se colore soudain et commence de monter. De larges remous l'habitent. Quelques courants tièdes naissent de la terre et de l'eau. Sur le fleuve, de longues failles sinueuses s'ouvrent où coule une lumière pailletée d'or et d'argent. Sur la rive, les arbres jaillissent soudain, souvent ceinturés à mi-hauteur par de longues écharpes blondes et mauves qui se déroulent lentement.

— Si ça s'élève vraiment, annonce le grand, faudra quitter la rive. Ce sera moins drôle.

— Pourquoi on quitterait la rive ?

— Pour pas se faire coincer, pardi !

— Mais c'est pas écrit sur mon front, que je suis chrétien.

Le colosse part d'un beau rire. Désignant Brutus, il dit :

— Et lui, tu crois qu'il y en a beaucoup, des comme ça, dans la région ? Et moi, t'as pas l'impression qu'on me remarque d'assez loin ? Faut pas rigoler avec les Romains, mon petit, ils ont des yeux partout.

— Tout de même, ici...

— Ils sont riches. Quand on est riche, on peut payer. Ça veut dire qu'on peut s'offrir des yeux dans tous les coins. Même dans la vorgine ! Et ça veut dire aussi qu'on peut se payer des messagers pour porter des nouvelles partout à toute vitesse.

Le grand parle gravement. Son regard si chaud s'est assombri. Plus bas, comme s'il redoutait que les arbres ne l'entendent, il ajoute :

— T'es jeune. T'es naïf. Tu crois que tout le monde est comme toi. Mais retiens ça : sur cette putain de terre, y a plus de salauds que de gens bien.

Se tournant vers le taureau, il lui caresse le col et dit encore au mousse :

— Tu me fais tourner en bourrique, avec ton ami. Mais au fond, t'as sûrement raison d'être copain avec lui. Je le connais pas autant que toi, mais j'ai tout de même dans l'idée qu'il vaut mieux que pas mal de monde.

Une large gifle venue de haut balaie une portion de fleuve. Par-delà l'eau soudain illuminée, l'autre rive apparaît. Des coteaux en pente douce où les prairies alternent avec des bois. En bas, la vorgine semble aussi dense et aussi large que sur la rive gauche, mais, au pied du coteau, une route sinue où passent des cavaliers.

— En tout cas, constate Verpati, on est mieux là qu'en face.

45

Les riverains du Rhône sont un peuple modelé par le fleuve. Ils font sa connaissance dès l'aube de leur vie. Ils savent lire en lui. Ils découvrent chaque signe, chaque trait de son caractère.

Les riverains du Rhône ne forment pas un peuple semblable aux autres. Ils ne vivent que par leur fleuve. Pêcheurs, passeurs ou nautes, sans lui ils ne seraient rien. Non seulement il les nourrit, mais il leur enseigne la prudence, la solidarité. Il leur apprend que rien n'est donné. Que tout en cette vallée se paie de beaucoup de sueur.

Tout est fait en fonction de lui. Même la charpente des plus belles maisons débitée, montée et assemblée par les charpentiers de bateaux. Ces hommes-là couvrent les maisons de barges renversées. Si bien que même les gens qui n'ont pas à se battre directement avec le Rhône dorment sous des toitures où ils peuvent rêver à des voyages sur le fleuve qui coule devant chez eux.

Les nautes, les passeurs, les pêcheurs ont confiance
en lui. Ils savent qu'il est source de force et d'amour.
Dès que leurs fils sont sevrés, ils les plongent dans
son eau. Dès que leurs fils commencent à marcher,
ils leur apprennent à nager. Et nager dans le Rhône,
c'est savoir ruser avec lui. Lutter contre le courant.
Se laisser porter par ses muscles puissants. C'est uti-
liser sa force. Se laisser couler au centre d'une meuille
et remonter avec elle loin en aval.

Le peuple du Rhône est un peuple fort et loyal.
Mais la venue des Romains a changé bien des choses.
Les armées et ce qu'elles traînent derrière elles de
racaille ont atteint la noblesse et la pureté de cette
race. Dans ce pays si franc, est née la méfiance.

Jadis, il n'y avait ici que le dieu des Eaux, à présent
il en est venu bien d'autres et tous ne sont pas
comme le père du charpentier d'Orient que les
Romains ont crucifié. On dirait que ces dieux jaloux
les uns des autres veulent que leurs fidèles s'entre-
dévorent.

Les dieux ont tout métamorphosé. Ils ont changé
le cœur même de l'homme.

Alors, dans les villages et les villes de la vallée,
dans les demeures isolées est née la peur du prochain.
On s'observe, on s'épie. Ceux qui, par intérêt souvent mercantile, ont partie liée avec les Romains sont
regardés par les autres comme s'ils étaient tous des
espions. On a arrêté des chrétiens partout. Les sol-

dats les enchaînent et les emmènent. On ne les revoit plus et l'on raconte qu'ils sont livrés en pâture à des fauves pour la plus grande joie de spectateurs assoiffés de sang.

Parce que le Rhône est un chemin qui marche et que c'est par lui que sont arrivés certains intrus, on ne le regarde plus tout à fait comme on le regardait jadis.

46

Quand les marcheurs atteignent le point où les attendent ceux qui ont décizé dans les deux barques, la nuit est presque là. Les embarcations sont amarrées au fond d'une anse assez profonde et bordée de broussailles épaisses. À une trentaine de pas du rivage, un peu de fumée monte qui porte une bonne odeur de viande grillée.

— Vous arrivez bien, dit la femme du pêcheur. Avec la nuit qui tombe, mon homme a voulu qu'on couvre le feu. Mais c'est dans la cendre. C'est encore bien chaud. Et j'espère que c'est bon.

Elle est seule avec ses filles et Verpati se laisse tomber sur le sol en demandant :

— Où ils sont ?

— Pas loin. On va manger deux lapins que mon homme a tués au quinet en arrivant. Ça pullule, dans ce coin. Ils sont allés tendre les lacets. On en aura sûrement d'autres demain matin.

Le mousse s'est assis à côté du grand. Pas un mot. Tête baissée. Écrasé par la fatigue.

Les deux autres arrivent. Novellis demande :

– Alors ?

Il montre du geste le taureau qui s'est mis à brouter des pousses de saule.

– Lui, ça va... Y fatigue pas.

– Toi. T'es crevé, on dirait.

– Un gamin de dix ans me foutrait une peignée comme rien.

Les autres se mettent à rire.

– Pouvez vous marrer, va !

– Demain, dit Novellis, tu embarques. C'est mon tour de marcher.

– Pas question.

– Comment ?

– Je dis non.

– Mais c'est ce qu'on avait prévu. Un jour toi, un jour moi. Tu vas pas revenir sur ce que tu as dit !

Le pêcheur intervient :

– Et je vous ai offert de prendre mon tour aussi.

Le grand fait encore non de la tête et dit, comme à bout de souffle :

– J'ai faim.

– On a tous faim.

Les femmes écartent la cendre et, dans ce qui reste de jour ajouté à la lueur des braises, ils voient deux gros boudins de glaise sèche et craquelée. Elles soufflent dessus pour faire partir les cendres et leur souffle fait grandir la clarté des charbons ardents. Le pêcheur se hâte de taper dessus avec un rameau vert pour les éteindre.

— Tu crois que ça risque ? demande sa femme. On est bien cachés, ici.

— On fait jamais assez attention.

Les femmes ouvrent ces deux gros cocons de terre que le feu a durcis. De cette croûte, monte une odeur qui emplit toutes les bouches de salive. Une fois les morceaux arrachés, elles les posent sur trois ou quatre épaisseurs de larges feuilles de bardane et les tendent aux hommes. Le colosse mord dans cette chair brûlante d'où coule un jus odorant. Il mâche rapidement et avale une première bouchée avant de dire au pêcheur :

— Ta femme, c'est bien la meilleure.

Puis, après une autre grosse bouchée, ayant sucé un os il se tourne vers elle et demande :

— Qu'est-ce que tu leur as fourré dans le ventre pour que ce soit si bon ?

— Des herbes.

— Quelles herbes ?

— Faut choisir les herbes que les lapins aiment le mieux. C'est simple.

Tout le monde rit.

— Simple pour toi, dit Novellis avant de se tourner vers Verpati pour demander : À présent que ça va mieux, qu'est-ce que tu nous racontais, tout à l'heure ?

– Quoi ?

– Que tu veux pas embarquer demain...

– Non.

– Tu es fou !

Le grand déglutit et, calmement, il dit :

– Je crois bien, oui.

À présent, la nuit est là. Les dernières lueurs du crépuscule se sont éteintes derrière les collines de la rive droite. Une vague clarté d'or fin traîne encore sur l'eau, mais les rayons de la lune éclairent déjà la petite clairière où ils se trouvent. Tous regardent avec étonnement la large face du colosse où la sueur perle encore. Son regard étincelle, mais nul ne peut rien y lire de très clair. C'est le pêcheur qui demande :

– T'as l'air sérieux.

– Je le suis.

– Alors, explique.

Verpati jette par-dessus son épaule un os qu'il vient de nettoyer à belles dents, puis, montrant les buissons où l'on entend remuer Brutus, il dit :

– Je suis sûrement plus bête que lui... Je me suis laissé posséder.

– Qu'est-ce que tu nous racontes ? fait Novellis.

Le grand hoche la tête. Son sourire a l'air d'une grimace, mais c'est un sourire tout de même. Le mousse aussi sourit, mais plus nettement. Le grand se tourne vers lui et grogne :

— Tu peux te marrer, toi ! C'est ta faute. Et quand on dira : le grand s'est fait couillonner par un taureau, ça va faire rigoler tous les nautes du Rhône et même ceux de la Saône et de la Durance !

Tout le monde se met à rire. Le grand comme les autres. Puis il se tourne vers le mousse pour lancer :

— Et ce petit con, y rigole ! Y se dit, l'autre énorme avec toute sa force et sa grande gueule, il s'est fait avoir comme moi. Hein, que tu te dis ça... Allez, sois honnête !

Le garçon n'hésite pas.

— Eh ben oui... C'est vrai... Et ça me fait rudement plaisir.

Il se trouve à la droite du colosse dont la lourde main s'abat sur sa nuque qu'elle serre pour secouer. La gorge nouée par l'émotion, le grand ne peut que répéter :

— Ah toi... Toi... mon petit gone...

Le silence s'installe, troublé seulement par le froissement léger des feuillages, par quelques appels de nocturnes et par le bruit que font les femmes en déchirant l'autre lapin pour le distribuer. Ils mangent encore. Ils n'ont à boire que l'eau du fleuve, mais la nourriture qu'ils prennent fait tout de même naître en eux une bonne chaleur de vie, une chaleur qui donne joie.

La lune déborde les arbres et sa clarté glacée les enveloppe. Dans les cendres du foyer, quelques petites braises palpitent. De temps en temps, l'une d'elles éclate projetant une ou deux étincelles qui meurent très vite sur le sol ou que l'un d'eux écrase d'un galet.

Quand ils ont fini de manger, le grand raconte leur journée. Les autres parlent de leur décize dans le brouillard épais puis sous le soleil. Ils ont croisé des barges à la remonte. Les nautes ont hélé Novellis mais nul ne semblait étonné de le voir décizer dans une barque de pêcheur. Tout le monde de la vallée doit pourtant savoir qu'il a fracassé sa barge sur une roche bien connue des débutants et noyé un général, sa femme, son médecin et sa garde. Certains nautes ont fait comme s'ils ne le reconnaissaient pas.

À présent, la fatigue pèse vraiment. Le mousse et les filles du pêcheur piquent du nez. Les autres ne sont pas loin d'en faire autant.

— Faut dormir, annonce Bassus.

Ils s'allongent tous sur le sol où l'herbe est épaisse. Brutus qui a cessé de brouter s'est couché lui aussi, en plein cœur d'un roncier. On perçoit son souffle puissant.

Un long moment passe puis, à mi-voix, le colosse s'adresse à Novellis qui se trouve à côté de lui :

— Tu dors ?

– Pas loin.

– Je voulais juste te dire... J'ai pas d'enfants. Puis j'en veux pas. Mais si j'avais un garçon, ça me plairait qu'il soit comme le mousse... Oui, ça me plairait bien.

47

La nuit n'a apporté que très peu de fraîcheur. C'est seulement à l'aube qu'elle monte lentement du fleuve avec une brume légère qui éloigne l'autre rive sans l'effacer vraiment.

Ils ont décidé de se mettre en marche dès les premières lueurs. Verpati, le mousse et le taureau partent les premiers, avant même que le pêcheur ne soit allé relever les deux nasses noyées à l'entrée de la crique. Pendant ce temps, Novellis s'enfonce dans la vorgine à la recherche des collets. Ils en ont tendu quatre. Trois lapins s'y trouvent pris et un très gros lièvre. Mais un des lapins a été coupé en deux, sans doute par un renard. Le sang qui coule de son corps est encore liquide et tiède. Un tourbillon de mouches et de moustiques s'élève dès que le naute approche.

Quand il regagne la barque, les femmes prennent tout de suite le gibier en disant qu'elles le dépouilleront durant la décize.

— Espérons que, ce soir, on sera dans un endroit où on pourra faire du feu.

Le pêcheur revient bientôt avec ses nasses et un sac où frétille du poisson. Il dit simplement :

— C'est un bon coin.

— Dommage que j'aie plus de vin, soupire sa femme, je les aurais fait mariner.

— Aujourd'hui, dit le naute, je devrais pouvoir en trouver... Seulement, faudra traverser.

— Tu connais mieux que moi, dit le pêcheur, mais, en face, y a la route... Des chevaux, ça va vite, et les Romains en ont des bons.

Ils embarquent comme la veille, le naute avec la femme, le pêcheur avec ses deux filles. Ils décizent à l'harpie, portés par le courant, veillant seulement à ne rien toucher.

Ils naviguent depuis peu de temps quand ils voient les deux autres et le taureau qui cheminent au ras des broussailles, prêts à y plonger si un danger menaçait. Avec la montée du jour, la brume s'est épaissie. Elle oblige à redoubler d'attention pour ne pas heurter une roche ou un banc de gravier, mais elle les protège. La rive droite n'apparaît que de loin en loin, quand une trouée se dessine.

— On aurait ça tout le long, dit la femme, ce serait rudement bien.

— Ça risque pas. Faut se méfier, ça peut se lever d'un coup.

Ils entendent les cris des nautes qui décizent sur des barges et se tiennent au milieu du fleuve. Ils perçoivent aussi les appels de ceux qui remontent, tirés par les haleurs qui peinent sur les sentiers inégaux de la rive droite.

Comme le redoutait Novellis, le soleil déchire d'un seul coup la brume. Il la met en charpie. De l'or et du feu pétillent partout. Les arbres de la rive gauche s'ébrouent dans un poudroiement de lumière. Mille et mille diamants étincellent. Il y a ainsi quelques minutes d'éblouissement. Puis l'autre rive apparaît et, tout de suite, le naute remarque, assez loin en aval à la sortie d'une longue courbe, plusieurs tentes. Devant, il y a des chevaux et des hommes. Il n'hésite pas un instant :

– À la rive.

Il pousse sa barque vers la berge en visant une sorte de jetée dont le haut est très embroussaillé. La femme pousse avec lui de toutes ses forces. Derrière eux, le pêcheur et ses filles ont compris. Ils piquent eux aussi tout droit sur cette protection où ils arrivent rapidement.

– Tout de même, dit une des filles, y vont pas traverser à cheval !

– Non, mais ils peuvent suivre sur la rive. Des barques, il y en a partout, fait le pêcheur.

– Ton père a raison. Faut pas jouer avec le feu, dit la mère.

Maigre, visage très hâlé, la peur lui donne un teint terreux. Sa lèvre tremble. Novellis veut la rassurer :

— Faut pas croire qu'ils nous auraient forcément poursuivis. Après tout, on est des pêcheurs. On travaille.

— Tu parles, ricane Bassus, des pêcheurs, avec trois femmes à bord ! Et le fourbi qu'on emporte. Ça se voit gros comme les arènes, qu'on fout le camp. Sans compter qu'après le coup du naufrage, ils sont pas d'humeur à rigoler.

— En face de leur camp, dit le naute, faudra passer à nuit noire.

Sur cette portion de rive, ceux qui descendent à pied ont trois possibilités. Soit suivre le fleuve au plus près avec de nombreux passages dans l'eau, soit un sentier mal tracé en plein cœur de la vorgine, soit un chemin à l'écart, beaucoup plus long mais plus facile car il évite à peu près toutes les traversées de lône.

— On sais même pas où ils vont passer, nos animaux.

— Faut qu'on surveille les trois chemins.

Le pêcheur réfléchit un moment, puis dit à sa femme :

— Toi, tu vas au plus loin. Une femme qui cueille des herbes, ça se trouve partout. Mais je serais étonné qu'ils prennent par là, il y a trop de risques de faire des rencontres. Novellis va aller se terrer dans la vorgine pour surveiller l'autre chemin, moi je reste ici avec les filles. J'suis pêcheur, ça donne rien, je me suis arrêté là pour être à l'ombre.

— Et si on te demande pour quelle raison t'as deux barques ?

Il réfléchit quelques instants avant de dire :

— Ben, ma foi, c'est pas écrit dessus, qu'elles sont à moi. Y a la mienne, l'autre, je sais pas à qui elle est.

Sa femme semble étonnée.

— Et tu serais peut-être obligé d'en laisser une.

Il la regarde en fronçant ses sourcils épais.

— Dis donc, tu crois pas qu'il y en a qui ont laissé plus que ça ?

Elle baisse la tête en murmurant simplement :

— Oui... c'est vrai...

Elle prend une grande corbeille en osier et s'en va sans rien ajouter.

— C'est bon, fait le naute, j'y vais.

— Prends toujours des lacets, si on te demande ce que tu fais...

Verpati va prendre quelques liens et s'enfonce dans les taillis.

Dès qu'il est seul avec ses deux filles, le pêcheur explique :

— On peut pas pêcher. Il faut remuer le moins possible pour pas attirer l'attention... Venez, mes petites, nous allons prier.

Brutus

Ils entrent tous les trois sous le couvert. Ils s'agenouillent entre des buissons. Le pêcheur dessine sur
le sol sableux une croix et un poisson. Tous les trois
joignent les mains et se mettent à prier avec beaucoup de ferveur.

48

Le mousse, le colosse et Brutus ont pris le sentier le plus pénible. C'est donc Novellis qui les amène vers le pêcheur. Aussitôt, les deux filles partent à la recherche de leur mère. Le pêcheur dit au garçon :

– Toi, faut t'arranger pour que ton copain ne vienne pas sur la rive. Noir et gros comme il est, il doit être visible de loin.

Le mousse entraîne donc Brutus vers une petite clairière que borde une lône.

– Ici, t'as à boire et à manger, mon vieux. On va se reposer un peu.

Le taureau se met à brouter. Florent s'étend à l'ombre. De temps en temps, Brutus lève la tête et regarde de son côté pour s'assurer qu'il est encore là. Comme le garçon s'est endormi, à plusieurs reprises, le taureau s'approche de lui et flaire dans sa direction.

Le pêcheur et le colosse se sont allongés eux aussi, mais sous des buissons proches de la rive. À plat ventre, ils observent la route et le camp des soldats. Montrant le coteau noyé de soleil, Verpati explique :

— Tu vois, cette maison toute seule, en haut des vignes, juste collée contre le petit bois d'acacias ?

— Oui.

— Ce soir, j'y monterai.

— Tu es fou. On peut pas traverser même de nuit avec ces soldats juste en face.

— T'inquiète pas. J'irai tout seul. Et pas en barque. Je prendrai terre beaucoup plus bas. Personne me verra. Tu peux être tranquille.

Le pêcheur hoche la tête, comme incrédule, et le grand demande :

— Enfin, ça t'est déjà arrivé de traverser à la nage ?

— Oui, mais ici...

— Ici ou ailleurs, le Rhône et moi, on se connaît bien. Il me fera pas de vacherie.

— Et qu'est-ce qu'il y a donc, dans cette maison des hauteurs ?

Le grand le regarde quelques instants en silence. Sa large face est éclairée d'un demi-sourire. Juste au-dessus d'eux, des fauvettes passerinettes se chamaillent. Le grand attend qu'elles aient changé de buisson pour répondre :

— Un chrétien.

Le pêcheur paraît surpris. Il laisse passer quelques instants avant de lancer :

— Tu te moques de moi ?

— Pas du tout.

— Et qu'est-ce que tu veux en faire, tu n'es pas des nôtres, toi ?

— Non, mais tu es mon ami tout de même.

— Oui. Et alors ?

— Alors ? Mais celui de là-haut est mon ami aussi. Et depuis plus de vingt ans. C'est un bon bougre qui était patron d'une belle barge. Il a eu un accident. Jambe raide. Il est vieux. Je suis certain qu'il sait tout ce qui se passe dans ce coin de vallée. En plus, y doit savoir où on peut se cacher... Et puis, il a sûrement du vin.

Bassus réfléchit avant de proposer :

— Tu veux que je traverse avec toi ?

Le grand sourit et fait non de la tête.

— Pourquoi ?

— Tout seul, je risque moins.

— Comme tu veux. Mais... mais ça va nous faire perdre du temps.

— Ça peut nous en faire gagner beaucoup.

Le pêcheur se contente de soupirer. Il semble un peu inquiet et surtout découragé. Le colosse le sent mais n'ose rien dire de plus.

Les fauvettes se chamaillent toujours. Un martin-pêcheur pique plusieurs fois et finit par sortir de l'eau avec un poisson en travers du bec.

La vie du fleuve continue. Plusieurs barges vont

à la décize. Le grand les observe. Chaque fois, il dit le nom du patron. À un certain moment, il lance :

– Tiens, c'est Carlus. Bonsoir, lui alors, il nous aurait embarqués. Mais le problème, c'est ce taureau... Et dire que je m'y suis attaché. Vraiment, celui qui m'aurait prédit chose pareille !

Il y pense sans cesse. Et il ne parvient pas à comprendre ce qui a pu l'attirer vers cet animal. Il ajoute à mi-voix :

– Moi qui ai jamais voulu avoir un chien ! C'est pas rien !

La journée s'étire. Rien de très inquiétant du côté du camp romain. Des soldats vont et viennent. Certains prennent la route à cheval dans la direction de l'amont. D'autres cavaliers arrivent de l'aval et s'arrêtent. Ils libèrent leurs chevaux qui restent dans un enclos à côté des tentes. Il y a en permanence deux hommes en armes à l'extérieur mais qui ne semblent pas s'intéresser particulièrement à ce qui se passe sur le fleuve.

Verpati dort à l'ombre une partie de l'après-midi, puis il se lève, mange et attend que le soleil ait disparu derrière les collines. Tous sont près de lui mais nul n'ose rien dire. Quelque chose d'indéfinissable pèse sur ce coin de vallée. De nombreux oiseaux pépient encore, les appels des nocturnes demeurent rares. Sur l'autre rive, quelques feux sont allumés. De petites lueurs se déplacent.

Le colosse se lève. Il regarde le ciel dans la direction du couchant où meurent quelques lueurs ocre, puis il se tourne vers l'est. La lune doit être encore loin car sa blancheur n'ourle pas la cime des arbres, mais le ciel constellé d'étoiles déverse une clarté qui baigne le fleuve et les rives.

– C'est le moment, fait calmement Verpati.

– Tu es certain que tu préfères aller seul ? demande le pêcheur.

– Oui.

– Que Dieu veille sur toi, dit la femme du pêcheur en se signant.

Le grand entre dans l'eau très lentement. La rive s'enfonce en pente douce. Quand il a de l'eau à la ceinture, il se couche et se met à nager. Ils voient sa tête s'éloigner vers l'aval en gagnant le large. Ils ne peuvent pas le suivre des yeux bien longtemps.

– Il avait raison, dit Novellis, c'est la bonne heure. Pour le voir, faut vraiment savoir qu'il traverse.

– Oui, dit le pêcheur, le bougre nage sans faire plus de bruit qu'une anguille.

– Pourtant, remarque la femme, il est bigrement plus gros.

Il y a quelques petits rires. Mais les cœurs ne sont pas à la joie.

Brutus, qui est venu les rejoindre, entre dans l'eau et se met à boire.

49

Le grand naute nage les yeux au ras de la surface. Il va sur le côté, sans le moindre bruit, observant la rive droite dont il approche lentement. Il a repéré, au cours de la journée, une crique assez profonde que prolonge un goulet qui doit conduire à une lône. Il s'y engage dès qu'il la voit s'amorcer. Il est heureux d'y trouver une bonne hauteur d'eau. Il perçoit des bruits qui le rassurent. Il dérange des grenouilles et des oiseaux. Preuve que nul autre humain ne se trouve à proximité. L'eau est beaucoup plus chaude qu'en plein courant. Au lieu de sentir sur lui l'enveloppement nerveux des remous du fleuve, il sent sur ses jambes la caresse des algues. De hauts peupliers trembles s'inclinent et gardent là une belle obscurité. Il pique droit dans cette nuit noire. La lône n'est pas très large, mais elle remonte à l'intérieur des terres. Habitué à l'obscurité, le grand devine les rives. Il va le plus loin possible et prend pied sur un sol glissant, composé sans doute d'une bonne épaisseur de feuilles mortes et de pourriture. Il a du mal à se hisser assez haut pour empoigner une grosse racine de saule où il s'accroche. Un paquet de terre tombe dans l'eau. Le bruit paraît énorme dans le silence épais de ce bois touffu.

Verpati demeure immobile un moment, retenant son souffle, l'oreille tendue au ras du sol.

Rien de vivant ici que le monde animal toujours rassurant. Ce bruit de la terre tombant dans l'eau n'a effrayé personne. Il doit arriver souvent que des pans de la rive affouillée se détachent tout seuls et dégringolent ainsi.

Le naute parvient à se hisser sur la berge. L'obscurité est plus dense que sur la lône et Verpati peste à mi-voix contre une touffe de très grosses ronces où il s'écorche les mains et le visage. Il la contourne et, presque à tâtons, il va entre les broussailles et les arbres jusqu'à la lisière. La lune n'est plus très loin. Du ciel clair coule un flot de clarté déjà assez fort pour projeter des ombres. Le naute demeure un moment le dos contre le tronc d'un aulne à scruter un large labour qui le sépare du pied de la colline. Rien ne remue, mais il juge tout de même plus prudent de longer le bois jusqu'à une ligne de végétation basse qui sinue vers le sud. Il y parvient assez vite et constate avec satisfaction qu'un ruisseau coule là. Il se souvient de l'avoir déjà vu un jour qu'il montait chez le vieux naute. Il descend dans l'eau fraîche qui court rapide sur un fond de galets. Il remonte le cours sans avoir jamais de l'eau plus haut que les genoux. Après un moment, il doit se baisser pour passer sous un pont où l'odeur de mousse prend à la gorge tant elle est forte. Quand il est sur le point d'en sortir, il s'arrête. Des pas approchent. Il se retire et doit faire un effort pour ne pas tousser. Plusieurs personnes avancent sur la route en parlant haut. Il écoute. On parle latin. Une patrouille de soldats romains. Il les laisse s'éloigner. Il regarde vers l'amont du ruisseau où la lune qui vient de se lever éclaire une petite cascade. Il attend encore un peu puis reprend sa marche en se tenant le plus possible à l'ombre des buissons.

Pour franchir la cascade, il doit sortir sur la rive car l'eau bondit sur des roches lisses et glissantes qui n'offrent aucune prise. Une fois sur le sol, il décide d'y rester. Les maisons sont assez loin derrière lui et la route aussi. Il la voit très bien sous la lune. Elle est déserte. Il se met donc à monter dans une friche où les cailloux pointus lui talent les pieds tandis que les épines et les ronces lui lacèrent les jambes.

Dès qu'il a dépassé un petit bois de pins qui ronronne doucement, il s'arrête. Ici, il y a non pas du vent, mais comme un courant qui semble monter de la vallée pour caresser ces arbres et leur donner une vie de sommeil. De là, il découvre la maison du vieux dont le pignon de pierre met une tache claire sur le vert des feuillages. Se retournant, il laisse son regard aller d'un bout à l'autre de cette longue portion de vallée, il murmure :

— Ce fleuve, quand on le voit d'ici, il a pas l'air bien féroce. Pourtant...

Il respire profondément et repart en tirant droit sur la maison de son ami. Il y est très vite et cogne du poing contre la porte. Il tend l'oreille et perçoit un grognement sourd qui approche rapidement jusqu'à venir contre la porte.

— Tais-toi ! Chien... Tu me connais, j'suis un ami.

Le chien grogne plus fort...

— Va chercher ton maître... Sacrebleu, il est de plus en plus sourd, ton maître.

Il cogne plus dur contre la porte. Dans son dos, une voix dit :

— Casse pas tout, espèce de grande brute.

Il se retourne. Un petit homme court sur pattes, torse nu et en braies brunes approche.

— Te voilà, Novio. Qu'est-ce que tu fais dehors en pleine nuit ?

Le vieux fait taire son chien avant de demander :

— Et toi ?

— Je viens te voir.

— À pareille heure ?

— Pourquoi pas ?

— Viens.

— On entre pas par là ?

— Non, c'est barré.

Le naute suit le vieillard qui avance péniblement en boitant beaucoup et en s'aidant d'une lourde canne. Ils vont jusqu'au bout d'un petit mur en pierres sèches qu'ils contournent pour entrer dans un jardin qu'ils traversent. Au fond, contre un autre mur plus haut, il y a un plateau de chêne posé sur deux billots.

— Assieds-toi, je reviens. On sera mieux là que dedans pour causer.

Le grand prend place et colle son dos encore mouillé au mur tout tiède de la chaleur du jour.

D'ici, on voit fort bien la vallée. La lune est haut dans le ciel. Presque éblouissante.

Novio revient bientôt en portant un pot de terre dont le ventre luisant accroche un éclat de lune. Sur les talons du vieil homme, suit un gros chien au poil foncé et frisé qui boitille lui aussi. Il vient flairer le visiteur, se laisse caresser et lui lèche la main.

— Bois.

Novio tend le pot. Le naute boit un vin qui pique le fond de la gorge jusque dans le nez.

— Alors, me diras-tu ce que tu foutais dehors ?

— J'étais pas dehors. J'suis sorti quand mon chien a grogné.

— Tu sors par-derrière ?

Le vieux qui vient de s'asseoir hoche la tête lentement. Son visage aux pommettes saillantes se plisse. Hochant de nouveau la tête, il explique :

— Depuis qu'une barge a coulé avec des Romains à bord, et un important personnage, à ce qu'il paraît, c'est la chasse aux chrétiens. Je me méfie.

— Les Romains savent pas où tu es. Et ils ne savent pas non plus que tu es chrétien.

— Non, mais d'autres le savent.

— Des gens d'en bas ?

— Oui. Tous le savent.

— Et ils te donneraient, tu crois ?

Le vieux émet un curieux petit rire qui découvre ses gencives édentées.

— Ils me donneraient sûrement pas, mais j'en connais qui me vendraient pour pas très cher.

— Et tu foutrais le camp par-derrière en leur laissant ton chien ?

— Non, mon chien, il est vieux aussi, mais il aurait vite fait de les semer.

— Mon pauvre ami, si les Romains voulaient te courir après, tu n'irais pas loin.

— T'as raison. Mais je me mettrais à genoux et je prierais en attendant qu'ils m'expédient à la droite du Père. Et mon chien aurait une chance de se sauver.

Il parle calmement. Son chien s'est assis à côté de lui et a posé sa grosse tête sur son genou. La main maigre caresse le poil frisé.

Le grand laisse passer un moment avant de boire une autre goulée au pot vernissé, puis il demande :

— Et les autres chrétiens ?

— En bas, il y en avait quatorze. Ils en ont arrêté quatre qu'on ne reverra certainement jamais. D'autres sont cachés pas loin. D'autres sont partis on ne sait où en abandonnant tout.

Un long moment passe encore. Le souffle qui monte du fond de la vallée murmure dans des arbres voisins. Un rossignol chante derrière eux.

— Tout de même, finit par dire le vieux, cette barge coulée, ils disent qu'il y avait deux nautes à bord.

Verpati se souvient trop de la réaction de Bassus pour dire tout de suite ce qui s'est passé. Il commence par raconter au vieil homme les tortures des chrétiens dans le cirque à Lugdunum.

— Mais comment tu sais ça ?

— Vitalis, tu l'as bien connu ?

La main du vieux quitte la tête de son chien, s'élève de quelques pouces tandis qu'il dit :

— Je l'ai connu mousse, haut comme ça ! Où est-il ?

Le grand prend son temps, regarde le vieillard puis, se tournant vers la vallée il dit :

— Au Rhône.

— Il décize ?

Un énorme soupir soulève la poitrine du colosse

pour se terminer par un sanglot à sa mesure, qu'il étouffe mal.

— Y décize, oui... Dernière décize... En cendres.

Le vieux semble incrédule et, tandis que le grand raconte, il ne cesse de murmurer :

— Pas possible... pas possible. Un si bon garçon... Mousse je l'ai connu... J'ai peine à le croire... Ces gens-là sont bien pires que les loups qu'ils lâchent contre des chrétiens.

Le vieux est indigné, mais il retient sa colère. Il manifeste davantage de mépris que de haine. Le grand hésite longtemps avant de se décider à tout raconter. Quand il avoue le naufrage et la punition infligée au traître, Novio semble se tasser sur lui-même, comme écrasé par pareil aveu. Ses lèvres remuent comme s'il murmurait, mais son ami ne perçoit aucun son. Après un long moment, il finit par soupirer :

— Toi, tu n'es pas chrétien. Tu peux pas comprendre... Tu peux pas...

Son regard semble fixer dans les lointains quelque chose qu'il est seul à voir. Il laisse passer un long moment avant d'ajouter :

— Et puis, leur vengeance... Leur vengeance !

— Je sais, fait le grand d'une pauvre voix d'enfant puni. Mais tu comprends, on avait vu ça, nous. Ils nous avaient obligés à tout regarder. Tout !

Il explique comment ils sont partis et l'aventure de Brutus et du mousse déride un peu le vieillard.

— Et si je suis venu te voir, c'est pour que tu me dises où nous avons intérêt à nous cacher.

— Tu dis que ton ami pêcheur et ce mousse sont chrétiens ?

— Oui.

— Alors, je vais te conduire où se cachent ceux qui sont partis d'ici. Avec eux, on verra ce qu'il faut faire.

— Faudrait y aller vite. Si je repasse pas le fleuve cette nuit, les autres vont s'inquiéter.

Novio regarde le ciel et dit :

— Tu passeras juste à l'aube. Il y aura une bonne brume. Je te dirai où tu dois traverser.

Il se lève en s'appuyant sur son bâton.

— Veux-tu boire encore un coup ?

Le grand prend le pot à deux mains et le vide. Puis il le tend au vieux :

— Tu aurais seulement un croûton ?

Novio entre, toujours suivi de son chien et sort avec un petit fromage de chèvre et une tranche de pain dur. Le grand les prend en remerciant et suit le vieil homme qui se met à clopiner au flanc du coteau. Son chien boitillant sur ses talons, il se retourne souvent pour s'assurer que Verpati suit bien.

50

Lorsque les chrétiens qui s'enfuient se retrouvent et que le signe de la croix ou celui du poisson leur permet de se reconnaître, ils cherchent une clairière au cœur d'une forêt, il arrive qu'ils osent allumer un feu pour cuire des racines ou un animal pris au collet. Ils prient et ils mangent. Et s'ils sont vraiment loin de tout, ils vont même jusqu'à chanter en chœur, à mi-voix, des chants qu'ils improvisent à la gloire de leur Dieu et de son fils crucifié.

Et il arrive parfois que, parmi eux, se trouve un homme qui vient de très loin. D'un pays où le Christ a vécu.

Alors, on forme un cercle attentif autour de lui, et on l'écoute raconter. Il raconte la vie merveilleuse et la mort atroce de cet humble parmi les humbles. Ce fils de charpentier devenu charpentier lui-même et qu'on a fait mourir en le clouant sur la plus atroce des charpentes.

Lui qui aimait et respectait le bois au point de

n'avoir jamais utilisé un seul clou dans une charpente, c'est avec des clous de fer qu'on l'a crucifié.

Et parmi les hommes qui viennent de loin, il en est qui savent raconter mieux que d'autres. Il en est qui vous font pleurer avec des mots tout simples. Il en est qui vont jusqu'à vous donner envie de ne plus vous cacher, de ne plus vous enfuir. Envie de mourir comme Il est mort. En regardant le ciel avec la certitude qu'il va s'ouvrir pour vous accueillir.

On a tous peur de la mort. Si tu n'as pas peur ce soir, tu as certainement eu peur hier et tu auras peur demain. Il faudrait que le bon prêcheur, celui qui sait si bien tourner les mots et leur donner de la force, soit toujours avec toi. Et il ne sera pas toujours là.

Il se tait. Il va plus loin, parler à d'autres qui l'attendent sans être certains qu'il viendra.

Alors ceux d'ici se retrouvent face à un grand vide. Autour du feu où ne palpitent plus que quelques braises pas plus grosses qu'un ver luisant, la nuit noire et froide se referme. L'humidité qui monte du fleuve coule sous les arbres. Elle rampe sur le sol et vous enveloppe. Est-ce que sa caresse n'est pas déjà celle de la mort ? Êtes-vous certains qu'après la mort sur cette terre il y a une autre vie ? Tu n'oses pas poser la question à ce chrétien qui s'est allongé sur le sol à côté de toi. Est-ce qu'il dort ? N'est-il pas en train de s'interroger lui aussi ? La caresse de la nuit glacée vous fait frissonner. Est-ce que le fer rouge du tortionnaire et les verges épineuses qui fouaillent les parties les plus sensibles de votre corps font aussi frissonner ? Ça doit être si facile de crier : non, non, je ne crois plus en ce Dieu qui m'abandonne. Cessez de me torturer. Laissez-moi vivre ma vie sur cette terre !

51

En dépit de sa claudication, le vieux va d'une vive allure sur ce sentier qui serpente à flanc de coteau. À vrai dire, ce n'est même pas un sentier. Tout juste une trace de chèvres que des buissons d'épines noires interrompent souvent, obligeant les deux hommes et le chien boiteux à grimper ou à descendre dans des cailloutis glaciaires où le vieil homme semble plus à l'aise que le colosse. Ils progressent en montant et atteignent enfin les ruines d'une ferme qui a dû être incendiée depuis quelques années.

— La foudre, dit le guide en montrant les pans de mur noircis et les poutres à demi calcinées.

Ils approchent de l'angle quand une voix sort de l'ombre :

— C'est toi, Novio ?

— C'est moi, mon petit.

Un garçon d'une douzaine d'années s'avance dans la lumière et, tout de suite, a un mouvement de recul.

– Et lui ?

– Un ami. Ne crains rien.

L'enfant regarde pourtant avec méfiance ce géant qui sourit et lui pose sa grosse patte sur la nuque pour le secouer en disant :

– C'est bien, tu es un bon gardien.

Le vieux et son chien sont déjà repartis. Ils s'enfoncent dans l'ombre derrière les ruines et le vieux prévient :

– Attention, baisse-toi. Les roches sont plus dures que ta tête.

Le grand naute se courbe en avant. Une lueur rouge danse en contrebas sous une voûte de grosses pierres. Le vieil homme s'est mis à quatre pattes et pousse sa canne devant lui. Son chien le suit toujours. Verpati doit presque se coucher à plat ventre pour parvenir à entrer. La lueur vient d'une petite lampe en terre. Une mèche sort d'un goulot étroit. La flamme tremble et se couche parfois. Derrière cette lampe, appuyée contre la roche, une petite croix en bois est posée. Trois hommes et deux femmes se tiennent là. Une fois dans cette cave, on peut non pas se tenir debout, mais s'asseoir. Voyant la taille de Verpati, un homme dit :

– Surtout, pense à pas te dresser d'un coup, tu démolirais la voûte comme rien !

Dès qu'ils ont pris place, Novio explique ce que ses amis ont fait pour se sauver des Romains, mais le grand n'est pas tellement surpris de constater qu'il ne fait aucune allusion à la barge coulée.

– Ce qu'ils veulent surtout, c'est pouvoir se rendre jusque chez eux, en Camargue, avec ce taureau qu'ils ont pris aux Romains.

Celui qui semble le doyen de cette petite communauté est un homme dans la cinquantaine qui porte une abondante barbe blonde et argent sous un crâne à peu près complètement dénudé.

– Ce qu'il faudrait, dit-il, c'est que ceux d'entre vous qui vont à pied avec cet animal puissent passer sur cette rive. Je suis persuadé qu'à condition de vous tenir loin de la route, vous risqueriez moins. Et à flanc de coteau, c'est plus facile que de vous battre tout le long contre la vorgine. Plus bas, elle est très épaisse. Et si vous suivez la rive, vous serez vite repérés, même si vous ne marchez que de nuit.

Le grand hoche la tête un moment en silence avant de proposer :

– Je peux essayer de le faire traverser avec moi à la nage. Si le mousse m'accompagne, le taureau suivra. Mais il risque de faire du bruit.

– C'est trop de danger, fait le chrétien.

Puis, se tournant vers Novio, il ajoute :

– Il y a bien Fusca, sa barque peut embarquer du bétail, il l'a fait souvent.

Il demande à Verpati :

– Tu ne le connais pas ?

— Non, je ne vois pas.

— Un passeur, il est sûrement aussi grand que toi.

Le visage du naute s'éclaire soudain :

— Je vois qui c'est. Mais j'ai jamais su son nom.

— Alors, qu'est-ce que tu en penses ?

— Ça vaut le coup d'essayer. Est-ce qu'il est chrétien ?

— Non. S'il l'était, il ne serait plus en bas. Mais tu sais, il n'y a pas que les chrétiens qui ont du cœur.

Il fourrage un instant dans sa barbe, puis avec un sourire qui découvre de longues dents jaunes, il ajoute :

— La preuve, c'est que tu es là pour aider les autres. Si tu étais seul, tu n'aurais pas à te cacher.

Le grand naute les regarde tous dans la lueur tremblotante de cette lampe, puis il demande :

— Et vous, qui est-ce qui vous aide ?

Le barbu lève les yeux vers la voûte de pierre et dit avec ferveur :

— Nous nous aidons les uns les autres, et le ciel nous aide tous.

Ils décident que, juste avant l'aube, quelqu'un ira trouver le passeur.

— Tu m'expliques où vous vous tenez, il ira.

Le grand se retourne sans se lever et dit :

— Merci... Vous êtes bons.

Il hésite avant d'ajouter :

— Vous me donnez envie d'être chrétien.

– Si tu veux remonter nous voir, on pourra en parler.

Il remercie encore, salue et suit le vieux par la voûte basse qui débouche sur la lumière froide de la lune. Une fois dehors, le vieux lui dit :

– Je te conseille d'attendre ici où personne ne peut te repérer. Quand tu verras se lever la brume, tu pourras descendre par les fourrés qui sont là, sur la droite. C'est meilleur que par où tu es monté.

Le garçon qui veillait est toujours là. Il va s'asseoir à côté des deux hommes et se met à caresser le chien.

– Regardez, la brume ne va pas tarder.

Et il désigne un point du fleuve où une courbe s'amorce.

– C'est toujours par là que ça arrive, à cause de l'eau chaude qu'il y a dans la grande lône. Dans un petit moment, tu pourras aller.

Verpati le regarde et pense au mousse. Il se demande si tous les enfants chrétiens sont comme ces deux-là. Il ne parle pas, mais il se sent troublé.

Au bout d'un moment, Novio lui dit :

– Tu peux aller. Le seul découvert, c'est la traversée de la route, tu feras attention.

Le grand se lève. Il remercie les hommes et caresse le chien. Il va partir quand le vieux le retient :

– Et si tu veux être des nôtres, pense bien à une chose : les chrétiens ne se vengent jamais. Ils ban-

284

nissent toute forme de violence... même s'ils se sentent très forts.

Le grand gagne rapidement le couvert des arbres et se met à descendre à longues enjambées. Il pense à ces gens, aux paroles du vieux. Il est de plus en plus troublé.

Quand il arrive à la route, la brume qui monte des lônes et du fleuve y est déjà. Il traverse sans risques, gagne le fleuve très vite au point le plus proche et, tout de suite, il entre dans l'eau. Il nage toujours avec un grand plaisir. Dans ce fleuve, il lui semble que rien de mauvais ne peut lui arriver. Le courant le porte vers l'aval. Il ne cherche pas à lui tenir tête. Il sait qu'il aura un long chemin à parcourir pour rejoindre les autres. Mais il aura largement le temps d'arriver avant que la brume ne se dissipe. Il aime cette eau. Sa caresse froide. Son odeur. Comme il ne risque pas d'être vu, il nage en sortant les bras de l'eau et tire fort avec ses larges mains.

Quand il touche la rive gauche, il est légèrement essoufflé et reste un moment assis dans l'eau à se reposer. Il est toujours troublé et se demande :

« Est-ce que j'aurais la force de ne pas me défendre ? »

52

Verpati a remonté la rive en marchant sans cesse
à l'abri des arbres. La brume de l'aube s'est vite
déchirée et le soleil vernit déjà les coteaux de la rive
droite d'une lumière dure. Le grand naute voit très
bien la route où passent des cavaliers, des voitures
et quelques litières portées par des esclaves et enca-
drées par des soldats. Jamais encore il n'a vu de telles
escortes. Il compte plus de trente cavaliers et autant
de piétons pour deux litières dont les rideaux sont
encore clos. Il sait qu'avec le soleil en face et son
reflet sur le fleuve personne ne peut le voir, mais il
se tient tout de même sous les peupliers, les aulnes
et les saules. Plusieurs barges passent à la décize, il
en dépasse deux qui remontent tirées par des haleurs
qui semblent peiner beaucoup. Il remarque leur petit
nombre. Chez ces gens, il y a beaucoup de chrétiens.
Sans doute ont-ils été arrêtés. Ou alors, s'ils ont pu
fuir, ils ne risquent pas de venir se montrer au bord

du fleuve. Ils essaient de gagner leur vie loin des rives, en travaillant au cœur des forêts.

Durant sa rencontre avec ceux qui se cachent, un homme a dit :

— C'est par le Rhône que le christianisme est venu d'Orient. Mais c'est par la même voie que nous arrivent ceux qui veulent l'interdire.

Verpati observe ce fleuve qu'il aime tant. Il pense à ces deux forces contraires venues par lui. Il pense aussi à la force terrible des eaux et à ces Romains qu'il a contribué à noyer. Il a beau essayer de se mettre dans la peau d'un chrétien, il ne parvient pas à éprouver l'ombre d'un regret. Et, chaque fois qu'il revoit ce naufrage, il finit par se dire :

« Ce serait à refaire, j'hésiterais pas. Je le referais. Je vois pas pourquoi la terre pourrait porter des hommes qui pensent qu'à faire le mal. »

Il lui arrive même d'ajouter toujours pour lui :

« Au fond, la seule chose que je pourrais regretter, c'est d'avoir fracassé une bonne barge... mais elle était à un qui fraye avec les Romains. »

Il rejoint assez vite le lieu où se tiennent ses amis. Brutus, le premier, décèle sa présence qu'il signale tout de suite aux autres par un beuglement.

— Toi, mon gros, dit Verpati, tu ferais un bon chien de garde.

Il se met à le caresser en lui parlant doucement.

Il est étonné d'éprouver pareil plaisir à retrouver cet animal. Et il lui répète toujours :

— Certain que tu vaux bien mieux qu'un Romain.

Florent arrive tout de suite et se précipite contre le naute qu'il serre à pleins bras.

— On te croyait noyé.

Le grand l'enlève de terre pour l'embrasser et se met à rire :

— Noyé, moi ? Mon pauvre petit, mais le Rhône, si j'étais tout seul, je lui demanderais de me porter jusqu'à la mer bleue. Et il me porterait.

— J'aimerais faire ça avec toi.

Le grand le repose par terre et, se tournant vers le taureau, il demande :

— Et lui, tu le laisserais tout seul ?

— Non, je pourrais pas... Il nous suivrait.

— Jusque chez toi, ça fait loin, pour lui. Et puis, il sait pas nager sans faire du bruit. Il nous ferait repérer tout de suite.

Il caresse encore Brutus avant de dire :

— Allons voir les autres.

Verpati leur raconte ce qu'il a fait et ce qu'on lui a proposé. Dès le milieu de l'après-midi, le passeur vient les trouver. Ils le guettaient. Le vieillard arrive par le rivage, sans se cacher. C'est en effet un homme à peu près de la taille de Verpati, mais plus sec et légèrement voûté. Un être tout en os, en nerfs et en muscles.

— Toi, lui dit tout de suite Verpati, au moins, tu te caches pas.

— Moi, mon garçon, à plus de septante ans, je n'ai rien à cacher. Et rien à craindre non plus.

Il vient s'asseoir près d'eux et ils parlent de ce qui les inquiète. Le passeur examine Brutus et déclare :

— J'en ai passé d'aussi gros. Le tout sera qu'il se tienne tranquille.

— Avec moi, assure fièrement le mousse, il bronche jamais.

— Même pour embarquer ?

— Même pour traverser la mer bleue, il ne ferait que me suivre.

Le vieux passeur continue de fixer Brutus qui rumine, immobile, à l'ombre des arbres.

— Ma foi, on peut essayer, finit-il par dire.

Il n'a pas l'air de comprendre pour quelle raison ces gens tiennent tant à s'encombrer d'un animal de cette taille qu'ils n'ont aucune intention d'abattre pour le manger. Il leur explique qu'il ne peut compter que sur un seul rameur pour l'aider.

— On montera à l'harpie beaucoup plus haut. On traversera pour venir à peu près ici. Après, ce sera à vous de nous aider pour qu'on s'en aille pas trop loin à la bade.

— T'inquiète pas, fait le colosse, on connaît le métier et on est pas fainéants.

Le vieil homme s'en va en disant :

— J'ai laissé ma barque et mes rameurs plus bas. Ils vont se demander si j'ai pas rencontré une jeunesse par là.

Il s'éloigne de son long pas solide.

Pour les autres, l'attente commence. À travers les buissons, ils surveillent le fleuve dont la vie continue. Le mousse se tient en retrait, avec son taureau. À deux reprises, ils voient décizer des barges où ont embarqué des Romains. Le grand observe :

— Regardez, le patron, ils lui ont foutu une chaîne à la cheville. Avec une gueuse de fonte, pour pas qu'il les foute sur une roche. Et vous me direz que ce sont des hommes, ces gens-là !

La lumière du jour décline à peine lorsqu'ils voient la lourde barque du passeur monter au ras de la rive droite. Ils ne sont que deux hommes à bord, qui peinent en mettant toutes leurs forces et tout leur poids sur de longues perches de bois. Verpati observe :

— Son aide a l'air aussi solide que lui. Et je peux vous dire qu'ils savent se servir des contre-courants.

Ils les suivent des yeux jusqu'à un éperon rocheux couvert de vorgine derrière lequel ils disparaissent.

L'attente recommence. Ils ont préparé leurs affaires dans les barques. Le passeur a promis qu'il gardera tout en attendant des jours meilleurs qui leur permettront de venir reprendre leur bien. Ce soir, on sent qu'il n'y aura pas de brume car un vent d'ouest s'est levé vers le milieu de l'après-midi. Il donne ce que l'on pouvait espérer de lui : quelques nuées. Elles montent alors que le soleil se trouve encore assez haut dans le ciel. Et le pêcheur, voyant s'épaissir l'obscurité, dit :

– J'ai beaucoup prié, le bon Dieu m'a entendu.

Dès que le passeur et son aide ont accosté, le mousse et Verpati arrivent avec Brutus. Les hommes ont placé la barge de manière à ce que l'animal n'ait pas à monter. Sans hésiter, suivant le mousse qui lui parle doucement, la lourde bête noire entre sur ce plancher qui sonne sous ses sabots. Quand il se trouve au centre de l'embarcation, le mousse s'arrête :

– C'est bien, Brutus. Bouge pas !

Le pêcheur monte dans la première de ses barques avec l'une de ses filles ; sa femme, Novellis et l'autre fille dans la deuxième. Le passeur explique :

– Nous, on va sans doute dériver plus que vous. Si vous pouvez mettre le nez à la lève et piquer sur ma baraque que je vous ai montrée, ce sera toujours ça de moins à remonter.

– On devrait pouvoir, promet le pêcheur.

Le mousse, Verpati, le passeur et son aide prennent place aux rames.

– Allez, lance le vieux, tirez ferme !

Ils se mettent à ramer tous les quatre. L'obscurité est épaisse mais le passeur a l'habitude. On sent qu'il pourrait traverser les yeux fermés. Brutus ne bronche pas. On l'entend seulement pisser sur le plancher sonore. Le fleuve chante le long des bordages. Ils rament longtemps avant d'entendre approcher la rive droite dont on devine à peine les arbres. Toujours orienté à l'ouest, le vent donne de la voix lui aussi et son chant couvre celui du fleuve.

La barque accoste au fond d'une crique assez large où l'eau est peu profonde et calme, comme faite pour les accueillir.

53

Toujours suivant le mousse, Brutus sort de la barque sans difficultés. Des nuées plus transparentes laissent filtrer un peu de lumière. Le passeur dit à Verpati :

— Faut monter par là. Le sentier est bon. Tu feras attention en traversant la route.

— Vaudrait mieux attendre les autres.

— Ils vous rejoindront. Si vous êtes trop nombreux, c'est plus dangereux. Je vais rester ici et je les guiderai jusqu'à la route.

À ce moment-là, une voix sort de l'ombre. Elle vient d'entre les buissons qui bordent le sentier que le passeur leur a indiqué :

— Il a raison, faut attendre les autres.

Le passeur s'avance en demandant :

— Qu'est-ce que tu fais là, toi ?

— Écoute, on te veut pas de mal. On veut juste toucher la prime. On partage avec toi.

— Quelle prime ? demande le vieux.

— Celle que les Romains ont promis de donner à qui arrêtera les gens qu'ils cherchent.

— Mais... que... qu'est-ce que...

Le vieil homme en bégaie. La voix dit encore :

— On est cinq et armés, cherchez pas à vous tirer !

À ce moment-là, il y a comme une tornade dans ce sentier. Le colosse a empoigné le bras du mousse et charge en l'entraînant et en criant :

— Brutus ! Brutus !

Il soulève le mousse et le lance dans les fourrés. Puis il se met à cogner à l'aveuglette. Ses poings comme des masses rencontrent deux ou trois têtes avant qu'il ne se jette à son tour dans les broussailles : Brutus charge.

Un des assaillants a la bonne idée de frapper le taureau à coups de gourdin. On entend les chocs sur les cornes de l'animal puis un hurlement terrible. L'homme vient d'être enlevé d'un coup de tête. Le ventre transpercé par une corne, il retombe en gémissant. Un autre hurle, piétiné. Deux autres fuient dans le sentier et une déchirure des nuages permet au mousse de les voir rattrapés par Brutus et couchés au sol comme par une avalanche de rochers. On entend craquer leurs os.

Le seul rescapé tente de courir en direction du fleuve. Verpati qui sort des ronciers le voit. Il bondit derrière lui. L'homme plonge et le grand plonge sur lui. Quand il se relève, il tient le fuyard par un bras et une jambe et le brandit au-dessus de sa tête en criant :

— Cloporte, je t'écrase !

Et il le lance de toutes ses forces sur une roche de la rive. L'autre se tord en gémissant. Il va le relever et lui assène deux coups terribles en pleine face. Quand il le lâche, l'homme s'écroule comme un pantin désarticulé.

Dans le sentier, le mousse appelle :

— Brutus... Brutus... Viens.

Le taureau revient au petit trot en piétinant les corps allongés par terre.

— Je crois qu'il y a du mal de fait, dit Verpati.

Le rameur qui avait accompagné le passeur n'a pas bougé. Il s'avance en disant :

— On s'est pas assez méfiés de ces salauds.

Puis, regardant Brutus et Verpati, il ajoute :

— J'ai même pas eu le temps de m'en mêler. Entre toi et ta bête, dis donc, ça déménage vite !

— Si on avait traîné, fait le grand un peu essoufflé, est-ce que tu crois qu'ils nous auraient fait des cadeaux ?

— Je pense pas.

— Vous les connaissez ?

C'est le passeur qui répond :

— Bien sûr qu'on les connaît. C'est de mes hommes.

Le colosse semble très gêné. Il lève ses grands bras et les laisse retomber en disant :

— J'suis désolé...

Le vieux passeur vient se planter devant lui.

— T'as pas à être désolé. S'ils t'avaient donné aux Romains, rien que pour avoir aidé des chrétiens, t'étais bon pour les tortures.

Le grand naute va s'asseoir sur le bordage de la barque. Il se frotte le poing droit. À présent, la lune montante court derrière des nuées transparentes et déverse sur la vallée une clarté d'eau trouble.

— Qu'est-ce qu'on en fait ? demande l'aide du passeur.

— On a pas le choix, dit Verpati, faut les foutre à la bade. Le fleuve en a digéré d'autres. Y en faut plus que ça pour l'empoisonner.

À eux deux, ils empoignent les corps et les lancent le plus loin possible vers le large. Le mousse se tient près de Brutus qui souffle fort entre ses lèvres vibrantes. Le plouf des corps tombant à l'eau est énorme dans le silence de la nuit.

Le vieux passeur s'est assis sur sa barque. Il semble effondré. Il répète :

— Je comprends pas... Je comprends pas... Je leur ai pourtant rien dit... Rien de rien.

Revenant vers lui, son aide s'assied à son tour dans la barque et fait :

— Pensez bien qu'ils s'en sont doutés.

— Mais douté de quoi ?

— Vous prenez la barque juste avec moi. Ils se sont dit : le vieux va chercher des gens qu'il veut pas qu'on connaisse. De là à penser que c'est des chrétiens, c'est pas compliqué. Qui est-ce que les Romains cherchent ?

Le vieux se tourne vers le colosse et remarque :

— Mais lui, il est pas chrétien.

Le rameur émet un ricanement.

— Lui, je le connais pas. Et le taureau non plus, je le connais pas, mais quand on a entendu parler d'une barge fracassée contre la roche pointue avec des Romains à bord... Et d'un taureau disparu... Et quand on dit aussi qu'un des nautes est une espèce de géant... Les Romains sont pas plus gourdes que moi. Y sont pas aveugles, non plus !

Le vieil homme soupire :

— Ils ont de l'argent. Ils peuvent acheter n'importe qui et tout le monde le sait.

Le passeur se tourne vers le naute et demande :

— Alors, le naufrage, c'est toi ?

— C'est moi et Novellis qui va arriver.

Le vieux réfléchit quelques instants avant de dire :

— T'es comme moi, t'as pitié des chrétiens, mais tu pourrais pas être des leurs. Quand on te cogne dessus, t'as besoin de taper aussi.

Ils laissent couler un moment de nuit et de fleuve. Le mousse s'est éloigné un peu avec Brutus qui broute au revers d'un talus. Puis le naute se met à raconter ce qu'il a vu dans le cirque et comment ils ont précipité la barge contre la roche. Il dit aussi qu'il a tué de ses mains le secrétaire, mais ne précise pas qu'il l'a torturé. Et le passeur soupire :

– Celui-là, il aurait mérité la chaise chauffée à blanc.

Verpati a envie de raconter comment il l'a fait mourir, mais quelque chose le retient. La présence du mousse, peut-être, mais aussi une chose en lui qu'il n'a encore jamais sentie de cette manière.

Il continue de frotter son poing droit contre sa paume gauche. Il a cogné vraiment très fort. Il a eu, au moment où les traîtres se sont manifestés, la vision des torturés de Lugdunum. L'odeur de leurs chairs brûlées. Et il a beau se répéter que c'est sans doute en convertissant le plus de monde possible au christianisme qu'on en finira avec la torture, il ne parvient pas à s'imaginer subissant sans essayer de se défendre ce que les chrétiens ont subi dans ce cirque dont la vision le poursuit. Depuis ce jour maudit, il lui arrive souvent d'être réveillé en pleine nuit par ces terribles images, par ces odeurs insoutenables, par ces hurlements de la foule.

Il y avait là quelques chrétiens qui souffraient et des milliers de femmes et d'hommes qui se réjouissaient de les voir souffrir et mourir. Comment peut-on espérer qu'un jour tous ces gens-là refuse-

ront ce spectacle ? Que tous ces gens-là s'agenouil-
leront pour prier ?

Bientôt, ils entendent arriver le pêcheur et les
autres. Et le grand naute se hâte de dire :

– Pas la peine de raconter ce qui s'est passé. Ça
ferait peine aux femmes.

Il n'ose pas ajouter : « Et Bassus me dirait encore
que j'ai eu tort de tuer. Que j'aurais dû me laisser
faire et prier Dieu à genoux en bénissant ces salauds
pendant qu'ils nous cognaient dessus ! »

Cinquième partie

54

Le vieux passeur les a accompagnés jusqu'à la route. Pendant qu'ils traversaient, il a surveillé vers le nord tandis que son aide regardait vers le sud. Ils se sont quittés sans parler, seulement avec des gestes d'adieu et de remerciement.

À présent, les fuyards marchent au flanc de la montagne. Le grand naute va devant, le mousse vient ensuite avec Brutus que les trois femmes suivent. Le pêcheur et Novellis ferment la marche.

Ils ont réussi à placer sur le dos du taureau une sorte de bât fait de deux sacs de peau où se trouvent tout leur avoir ainsi qu'une provision de poissons. Il y a aussi des prunes, des oignons et du sel que le passeur leur a donnés.

Le chemin monte lentement, il n'est pas trop pénible, mais des cailloux roulent souvent surtout sous les sabots du taureau ce qui fait du bruit. C'est inquiétant car un silence épais règne sur la vallée endormie. Quand ils sortent d'un petit bois d'acacias, ils découvrent le fleuve sur une grande longueur. Pareil à un large ruban d'argent qui frémit en sinuant entre ses rives de nuit.

Dès que paraît à l'est la première clarté du jour, la femme du pêcheur dit :

— Faudrait s'arrêter.

— S'arrêter, dit Novellis, tu es folle, il fait pas jour.

— C'est à cause du poisson. Si on le sale pas tout de suite, il ne sera plus que pourriture.

Le pêcheur dépasse Brutus et s'en va parler au colosse qui dit :

— C'est bon. On peut s'arrêter là. Sur ce chemin, y a pas de coin meilleur que d'autres.

Ils s'arrêtent et, comme le pêcheur passe à côté de la tête du taureau pour accéder au bât, il pose sa main sur l'encolure pour une caresse mais la retire et l'examine dans ce début de jour.

— Qu'est-ce qu'il a ? Il a saigné, on dirait.

— C'est possible, dit Verpati. Il a dû se blesser dans un roncier en allant brouter.

— On a jamais vu des ronces crever la peau d'un taureau. Même des épines très longues.

Le mousse s'est retourné. Il fait comme s'il voulait aider les femmes à ouvrir un des sacs.

Le pêcheur passe sa main sur la corne gauche de Brutus puis, allant vers le mousse, il lui met sa main devant les yeux et demande :

— Qu'est-ce qu'il a fait ? Dis-le-moi !

Le garçon, très gêné, bredouille :

– Sais pas, moi...

D'une voix dure, Bassus reprend :

– Tu es chrétien. Tu ne dois pas mentir. Je suis ton frère. Dis-moi ce que cette bête a fait.

Le grand naute s'approche.

– Tracasse pas ce gamin. S'il y a un responsable, c'est moi. Moi tout seul.

– Responsable de quoi ?

– De ce qui s'est passé.

– On peut savoir ?

– On a été attaqués par des salauds qui voulaient nous livrer tous aux Romains pour toucher une prime.

Ils se tiennent toujours à côté du taureau qui fait quelques pas en direction d'un buisson dont il broute les pousses tendres. Novellis s'avance mais reste à proximité.

– Et alors ?

– Si on avait pas eu cet animal pour nous défendre, on serait tous entre les pattes des Romains à l'heure qu'il est.

Comme le pêcheur veut intervenir, le grand l'empoigne par les deux bras et, élevant la voix, il lance :

– Tu peux dire tout ce que tu veux, Bassus, mais moi, aller faire la sieste sur une chaise rougie au feu pour amuser une poignée de salopards, ça me tente pas du tout.

— Mais...

Il le secoue et reprend :

— Laisse-moi aller au bout. Quand je regarde ta femme et tes gamines, je me dis que je les vois mal rôties à la broche ou bouffées par les loups... Et sans doute après avoir été plusieurs fois violées par une centaine d'ivrognes. Alors tu peux me raconter tout ce que tu veux, tu peux me traiter de salaud, j'ai pas l'ombre d'un regret.

Il lâche le pêcheur un peu désemparé qui se tourne vers sa femme et ses filles. Sa femme dit :

— Tu te rends compte, où nous serions...

Dans le regard des filles comme dans celui de la mère, le grand naute trouve un réconfort. Après un temps, le pêcheur demande encore :

— Où ils sont ?

Plus calme mais encore tendu, le grand répond :

— Ils sont allés rejoindre les Romains de l'autre nuit.

— Au Rhône ?

— Au Rhône qui en a vu d'autres mais qui doit être aussi écœuré que moi !

— Ce fleuve de vie sera bientôt un fleuve de sang et de mort, soupire le pêcheur.

— Possible. C'est eux qui le veulent. C'est pas nous !

Un moment passe. La lumière grandit. La femme a la main sur un sac mais n'ose pas ébaucher un geste. Novellis demeure en retrait lui aussi. Des alouettes montent en sifflant clair dans la lumière neuve. D'une voix éteinte, le pêcheur demande :

— Ils étaient nombreux ?

— Cinq.

Il répète en hochant tristement la tête :

— Cinq... Seigneur !... Cinq hommes comme nous.

Cette fois, le grand ne peut se retenir. Éclatant de rire, il lance :

— Comme nous ? Mais sacrebleu tu perds la tête !... De la vermine, oui. Je me sens pas du tout pareil à ces gens-là, moi. J'ai jamais vendu personne ! J'ai jamais violé une fille. Et Novellis, non plus !

Il s'éloigne de trois ou quatre pas puis, faisant brutalement volte-face, il revient se planter devant son ami pour lui dire d'un ton presque calme :

— Bassus, je suis plus fort que toi. Je t'assomme, je t'attache. J'attends que tu te réveilles et je viole devant toi ta femme et tes filles. Et toi, pauvre maboul, tu dis c'est un homme comme moi ? Et tu es capable de prier le bon Dieu pour qu'il m'ouvre les portes du paradis !

Cette fois, il s'éloigne davantage et s'en va uriner contre un buisson. Le mousse n'a pas bougé. Il se tient devant le taureau et lui caresse le front. Le pêcheur s'approche de lui et demande :

— Et toi. Tu as frappé aussi ces hommes ?

— Non.

Le grand se retourne pour crier :

— Fous-lui la paix. Il a rien fait. J'l'avais balancé dans les buissons pour pas qu'il prenne un mauvais coup.

Il revient vers eux et, plus calme, posant sa large patte sur le front du taureau, il ajoute :

— Les assassins, c'est nous deux. Moi et mon ami Brutus. Si tu veux nous punir, ma foi, tu peux y ajouter Novellis, parce que, l'autre nuit, il a pas hésité non plus. Faut dire qu'il avait vu griller les amis. Toi, t'as jamais vu ça. Je te souhaite pas de le voir. Mais peut-être que ça te manque un peu. Blandine, elle était comme tes filles.

Il hésite. Il semble ne plus savoir quoi dire et finit par lancer en haussant ses lourdes épaules :

— De toute manière, je te connais, ce que tu nous feras sera pas plus terrible que ce que nous feraient les Romains.

Il éclate de rire pour ajouter :

— T'as pas de chaise en fer et ici, si tu allumes un grand feu, tu vas être repéré tout de suite.

Le pêcheur soupire et s'en va seul sur le chemin où grandit la lumière. Sa femme s'approche du grand naute et, lui serrant le poignet, elle murmure :

– Merci... merci pour mes petites.

Verpati sourit et, montrant le taureau, il dit :

– C'est à lui qu'il faut dire merci.

La femme s'avance et pose sa main sur le flanc de l'animal. Elle dit :

– Merci, Brutus.

Elle appuie son front contre le pelage noir et luisant. Un gros sanglot la secoue. Elle se met à pleurer. Ses deux filles s'avancent. Elles tentent de la consoler. Mais elles aussi se mettent à sangloter en pensant à ce qui, peut-être, les menace encore.

55

Les femmes sortent le sac de peau où se trouvent les poissons qu'elles ont écaillés, vidés et soigneusement lavés et essuyés avant de partir. Barina étend sur l'herbe une autre pièce de cuir bien propre et, toutes les trois, elles y alignent les brèmes, les gardons, les truites et les brochets sans tête. Elles sont à genoux et travaillent le dos courbé. Sur une petite planche, la mère pose les poissons un à un et les ouvre en deux. Les filles les prennent et les salent en les retournant pour bien les frotter des deux côtés avant de les remettre dans le sac. Les hommes sont assis au revers d'une sorte de talus naturel. Ils demeurent silencieux. Le mousse ne quitte pas des yeux le taureau qui broute les pousses tendres des ronciers.

Le soleil a débordé les Alpes qui se devinent au loin dans une sorte de buée vibrante toute bleutée. Plus proche, s'étale un vallonnement où scintillent des petits cours d'eau et des étangs plus ou moins larges. Un vallonnement qui vient jusqu'au Rhône.

La lumière fait du fleuve une vaste crevasse de ciel qui fend la terre sur une grande longueur. Vers le nord, elle cesse peu à peu de flamber pour devenir d'un curieux vert plein de mystère. Vers le sud, elle vire au bleu éclatant.

Les hommes ne soufflent mot. Ils regardent le fleuve. Ils regardent le mousse aussi qui s'est levé pour aller caresser son taureau.

Dès que les femmes ont terminé leur travail, elles bouclent le sac qu'elles remettent dans une des poches du bât. La mère dit :

– On peut aller.

Comme à regret, les hommes se lèvent en secouant la torpeur qui les a enveloppés et ils vont chercher le bât pour le remettre sur l'échine de Brutus dont le mousse tient la grosse tête en parlant à mi-voix.

– T'es un brave taureau, mon Brutus. T'en porterais dix fois plus si on voulait.

L'animal le regarde de ses gros yeux. Il bat des oreilles et secoue un peu la tête pour chasser les mouches que le sang croûté attire. Le mousse lui promet :

– Quand on aura de l'eau, je te laverai...

On dirait que le taureau comprend. Il fait lentement oui de la tête et sa queue bat ses flancs où se posent aussi de nombreux insectes bourdonnants.

Dès que le bât est en place, le grand naute reprend

la tête. Il a coupé une forte canne de noisetier et va
bon train. Le mousse suit avec sa bête, puis les femmes, puis les deux hommes. Au bout d'un moment,
ralentissant légèrement le pas, Novellis oblige le
pêcheur à ralentir aussi. Dès qu'il y a une certaine
distance entre eux et les femmes, il commence de
parler :

— Tu sais, Bassus, je te comprends. Je connais pas
tout ce que dit ta religion, seulement je sais que vous
ne voulez pas tuer... Pas de violence. Mais alors, le
monde va être aux brutes. À ceux qui tuent pour le
plaisir.

Il se tait et le pêcheur fait une dizaine de pas en
silence avant de répondre :

— Ce monde où nous sommes, mon ami, nous
n'y ferons qu'un court séjour. C'est notre vie dans
l'autre monde, qu'il faut préparer. Une vie qui durera
l'éternité.

— Même si tu as raison, tu peux pas demander à
tous les humains de mourir jeunes en acceptant les
tortures sans se défendre jamais.

— S'ils ont une foi solide en une autre vie au
royaume du Père, ils doivent l'accepter.

Il se tourne vers lui et s'arrête. Le naute s'immobilise aussi. Ils sont face à face dans la grande
lumière. À peu près de la même taille, le naute avec
des cheveux plus sombres que ceux du pêcheur et

un regard brun. Ils s'observent ainsi quelques instants puis le pêcheur dit lentement :

– Vitalis l'a accepté... Tu y étais... Tu l'as vu...

Novellis fait oui de la tête et ferme un instant les yeux. Vitalis est là, devant lui. Immobile sur la chaise de fer et enveloppé par la fumée de sa propre chair grillée. Ce souvenir est extrêmement pénible. Il rouvre les yeux et, d'une voix très calme, il demande :

– Réponds-moi franchement, Bassus. Si tu voyais ta femme sur la chaise incandescente. Ta femme toute nue en train de griller...

– Ma femme est préparée aux tortures. Elle...

Il l'interrompt :

– Oui. Mais si on te disait : tes deux filles vont y passer aussi...

– Je dirais : prenez-moi, faites de moi ce que vous voudrez...

Le naute fait non de la tête en souriant :

– Tu fausses tout. On te prendra, mais après. Il ne s'agit pas de te sauver des tortures, mais de sauver tes deux gamines qui te le demandent.

Le pêcheur soupire profondément. Il fait aller sa tête de gauche à droite et finit par dire :

– C'est toi qui me tortures, Novellis.

– Oui, mais c'est rien à côté de ce que tu endureras quand tu verras tes filles nues devant la chaise rouge.

À bout de forces, le pêcheur souffle :

— Viens... Les autres sont loin.

Ils se remettent à marcher. Le sentier plus large leur permet d'aller de front, mais ils progressent sans se regarder. Le pêcheur fixe soit le dos des trois femmes, soit le fleuve quand les buissons bordant le chemin permettent de le voir. À présent, le sentier redescend lentement. Durant un long moment on voit très bien le Rhône où passent des barges.

Bientôt, le chemin entre dans un bois de pins très serrés dont l'ombre sent bon. Des guêpes nombreuses bourdonnent. Ils marchent longtemps sans voir le fleuve. Puis, quand il apparaît de nouveau, c'est un éblouissement.

Il paraît plus large à cause d'une boucle où s'ouvre un bras qui sinue dans la verdure pour en rejoindre un autre encore.

Le voyant ainsi tout plein de soleil et de ciel, le pêcheur pense à tous ses frères assassinés et réduits en cendres dont le Rhône est la dernière demeure. Il se signe et murmure une prière.

Novellis envie un instant cette foi si solide. Il ne dit rien et continue de marcher, prenant un peu d'avance sur son ami pour ne pas le gêner. Lui qui a tant navigué sur ce fleuve, jamais encore il ne l'a vu aussi lumineux. Aussi plein de ciel.

56

Quand les chrétiens contemplent le fleuve, c'est à leurs martyrs qu'ils pensent. Car ce fleuve est leur tombeau. Un tombeau vivant.

Son eau est verte. Elle est claire. Elle n'a pas la couleur des cendres. Elle ne porte ni le goût ni l'odeur du feu. Les bourreaux ont jeté au Rhône les cendres, mais Dieu a déjà appelé à lui les âmes, et les cendres, au cours des nuits, sont montées au ciel avec elles.

Le fleuve n'est pas un dieu. Il ne saurait retenir à lui ceux qui sont morts parce qu'ils croyaient en Jésus. Il est un miroir du ciel. Le regard des disparus plonge en lui. Et quand se lève le vent du couchant, celui qui moissonne les grisailles sur l'immensité des océans, quand les nuées passent sur la vallée, le fleuve garde en ses profondeurs des clartés qui ne peuvent être que le reflet d'un monde sans cesse illuminé par une source de lumière qui n'est pas le soleil.

Au cœur des nuits d'hiver les plus noires, il gardera toujours un reflet.

Et lorsque la froidure le charge de glace, il continue de vivre. Son cours devient secret, sa clarté coule avec lui vers la mer où les vagues lui redonneront vie.

C'est par ce fleuve qu'est venue la religion. C'est en remontant son cours sur des barges ou en longeant ses rives sur les sentiers de halage que sont arrivés ceux qui détiennent la vérité.

Parce que la parole du Christ ne saurait être arrêtée par aucun obstacle elle a remonté le cours de cette eau si impétueuse.

La parole de celui qui est mort sur la croix a emprunté cette voie pour prouver que rien ne saurait l'arrêter. Ceux qui n'ont pas su l'entendre vivront peut-être plus longtemps que les chrétiens qu'ils veulent exterminer, mais leur mort viendra. Et leur mort sera une fin dernière. Leur âme noire sera enterrée avec leur corps dans le sol qui n'a d'autre vie que celle des larves.

Le fleuve est beau en toute saison. Il est beau même dans ses colères. Et si les crues détruisent des maisons et font chavirer des barges, c'est sans doute que la vue de certaines laideurs, l'odeur de certaines haines ont provoqué sa rage.

Regarde le fleuve. Écoute-le dans les nuits calmes et tu entendras le grondement de ses galets. C'est un langage qu'il faut apprendre. Il te dira que la vérité, depuis que Jésus de Nazareth est mort et ressuscité n'a jamais cessé de remonter son cours. Et que rien n'empêchera cette vérité de suivre éternellement le cours du temps.

57

Au milieu du jour, ils font une halte à l'ombre d'un bois pour se reposer un moment et manger des prunes avec un poisson salé.

Ils ont emporté deux cruchons d'eau mais, depuis qu'ils cheminent sur le coteau, ils n'ont pas vu une seule source. Le pêcheur dit :

— Cette nuit, je descendrai pour trouver de l'eau.

— Non, dit Verpati, c'est moi qui irai.

— Tu es trop grand et trop gros. Tu as trop de mal à te cacher. Ils auraient beau jeu de te repérer.

La plus jeune des filles, Aurélia, intervient. Elle ne parle presque jamais. Elle a une voix fluette, à son image :

— La plus petite, c'est moi. J'irai puiser l'eau.

— Non, dit le mousse, c'est moi qui dois y aller.

Tout le monde se récrie :

— Toi, tu peux pas. Ton taureau te suivrait.

— Et alors, il me défendra.

— Tu es fou, à présent, toute la vallée doit savoir que des gens fuient avec un taureau noir.

Il y a une discussion qui dure longtemps car le mousse dit que c'est à cause de lui et de son taureau qu'ils sont tous là et le pêcheur affirme qu'étant chrétien, il est le vrai responsable et le plus apte à affronter les ennemis des croyants.

Quand le moment vient de reprendre la marche, on ne sait pas encore qui ira chercher de l'eau. Le grand grogne :

— Si ça se trouve, on va être arrêtés par un torrent de belle eau claire descendu des hauteurs.

Mais sur ce flanc de montagne, le sol est sec, l'herbe grillée comme s'il n'avait pas plu depuis des mois. Le pêcheur répond :

— C'est un endroit où il ne pousse que des cailloux.

Novellis plaisante :

— Dommage que tu ne saches pas les changer en pain ou en eau pure... ou même en vin.

Le regard affligé de Bassus lui fait tout de suite regretter son propos. Il dit :

— Pardonne-moi... Je voulais pas te peiner.

— Ce qui me peine, c'est que tu es un homme bon, mais un homme bon qui refuse la vérité.

Novellis ne répond pas. Quelque chose est entre eux qui ne peut briser leur amitié, mais qui pèse comme une masse froide en dépit de la chaleur lourde qui coule du ciel.

— On aura de l'orage, prédit le pêcheur.

— Comme ça, dit le grand, on aura de quoi boire.

Ils repartent. Le sentier devient de plus en plus pénible, souvent coupé par des éboulis. Ils passent plusieurs petits vallons où, par temps de pluie, l'eau doit dévaler à flots. Pour l'heure, il n'y a là que des pierres blanches de soleil, des mousses desséchées et quelques creux où croupit une eau que Brutus s'empresse de boire. Car lui aussi semble souffrir de la soif. Dans les montées, son souffle est plus court et il s'arrête souvent. Novellis dit :

— La Camargue, c'est tout plat. Et il y a de l'eau partout. Il doit craindre qu'on le mène dans un pays de fous... Ou peut-être en enfer.

— L'enfer n'est pas pour les bêtes, affirme le pêcheur.

Et le mousse s'empresse de dire :

— Brutus est pas fou. Il sait très bien qu'on le ramène dans son pays.

Comme le sentier s'élargit, Novellis vient à la droite du pêcheur :

— Tu as raison. Je suis un imbécile. Il n'y a pas un animal au monde qui mérite l'enfer autant que certains hommes.

Le pêcheur le regarde l'air étonné :

— Pourquoi dis-tu ça ?

– Je le pense vraiment.

– Mais comment peux-tu croire à l'enfer si tu refuses de croire au paradis ?

Le naute a un geste de désespoir. Il réfléchit quelques instants avant de répondre :

– Faut bien qu'il y ait un lieu où les méchants sont punis.

– Mais quand ?

– Après leur mort.

– Donc tu crois à l'immortalité de l'âme ?

Un moment passe avec seulement le bruit des cailloux que les pas font rouler et dont certains sortent du chemin pour débarouler dans une friche aride et très pentue. Il y a aussi le bourdonnement des mouches et le grésillement de milliers d'insectes invisibles. La stridulation des cigales et des grillons domine parfois ce concert qui agace Brutus.

Les deux hommes se regardent plusieurs fois avant que Novellis ne se décide à répondre :

– De plus en plus souvent, je me dis que je suis sur le chemin d'y croire. Et ce n'est pas la bonté ni la beauté du monde qui me poussent, mais la laideur, la cruauté de certains. Parfois je pense qu'un Dieu tout-puissant ne peut pas laisser souffrir tant d'innocents, à d'autres moments je pense qu'il les attend de l'autre côté pour les récompenser et punir leurs tortionnaires.

Le pêcheur s'apprête à répondre quand le naute se met à rire en ajoutant :

— Je vois le bon Dieu à l'image de Verpati. Et plus costaud encore. Je le vois empoignant les méchants par la peau des fesses pour les expédier en enfer.

— Le moins qu'on puisse dire, c'est qu'il s'agit là d'une image assez originale de Dieu.

À son tour, il se met à rire pour ajouter :

— Est-ce que tu as déjà dit au grand que tu te représentes Dieu à son image ?

— Non... mais il faudra que je lui en parle.

La marche est vraiment pénible en raison de la chaleur. Les hommes s'arrêtent de parler pour ne pas attiser leur soif.

Ils longent un bois de feuillus sous lesquels poussent de nombreux ronciers noirs de mûres. Ils s'arrêtent pour en cueillir et Brutus fait comme eux. Le jus d'un beau violet foncé lui coule des babines. Tout en mangeant, eux aussi, ils emplissent tous les récipients qu'ils ont dans les poches du bât.

— Est-ce qu'on devrait pas rester là ce soir ? demande Aurélia.

— Non, fait le grand, j'ai trop soif. Faut absolument trouver de l'eau. Les mûres, c'est du sucre, ça désaltère pas.

Les autres approuvent et, dès qu'ils ont terminé la cueillette, ils reprennent leur marche.

Le soir commence à descendre, le soleil a plongé

derrière la montagne quand leur parvient une odeur de feu. Une odeur à laquelle se mêle celle du poisson grillé sur la braise.

— Il y a des maisons, là en bas, dit Verpati.

— Oui, dit la femme, probablement une maison de pêcheur.

Le fleuve dont les rives s'assombrissent est encore plein de ciel clair. Les premières étoiles y dansent aussi.

— S'il y a des maisons, observe le grand naute, il y a certainement de l'eau.

Il flaire l'air encore à plusieurs reprises avant de lancer avec un gros rire :

— Et peut-être même du vin.

Le chemin s'élargit. Il descend en pente douce. Bientôt, il se partage en deux. On sent de plus en plus l'odeur du feu et Verpati se réjouit :

— Vous sentez ça ! Ils grillent aussi du mouton.

— Pas pour toi. Tu as mangé des mûres, ça te suffit, lance Novellis.

— Puisque tu veux être vache avec moi, c'est toi qui iras chercher de l'eau. Et tu te débrouilleras pour me rapporter un gigot de mouton. Et pas un petit !

Cette odeur de poisson et de viande grillés, cette présence humaine, cette certitude de trouver de l'eau font naître en eux une belle joie pétillante. Novellis dit :

— C'est d'accord. J'irai. Comme ça, je serai le premier à boire frais et à manger du mouton.

Ils continuent de descendre en essayant de faire le moins de bruit possible. C'est assez facile pour les hommes, mais Brutus fait rouler des cailloux.

Bientôt, le chemin s'incurve et se met à filer horizontalement en passant sous une roche en surplomb. Une autre se trouve en contrebas et domine un important bouquet d'arbres assez hauts. On ne voit pas de maison, mais c'est de là que vient la fumée. Elle monte droit, puis s'incline comme pour venir caresser le flanc de la montagne.

Ils décident de s'arrêter. Novellis annonce tout de suite :

— Je vais à l'eau. Mieux vaut y aller avant la nuit.

Ils se disputent encore à qui ira, mais Novellis fait taire le colosse en lui rappelant qu'il est son patron. Il muselle aussi le pêcheur en lui lançant :

— Tu es chrétien. Moi pas. Tu as trois filles, je n'ai même pas une femme et mes parents sont morts.

Il part avec deux grandes outres de terre vernissée.

58

Novellis descend d'un bon pas. Il connaît très bien la vallée du Rhône, pourtant, mais il ne parvient pas à voir quel peut être le village d'où monte cette fumée. Habitué du fleuve et des rives, comme tous les gens de son métier, il n'a jamais eu le temps de s'en écarter beaucoup. Or, cette bâtisse d'où viennent ces odeurs alléchantes se trouve à flanc de coteau.

Il distingue bientôt les larges pierres plates d'une toiture dont un pan luit de clarté entre les branchages sombres de trois pins. La fumée monte derrière la maison. On doit avoir allumé du feu dans la cour.

– C'est sûrement une ferme, murmure le naute. Ça peut pas être des pêcheurs si loin du fleuve et avec une si grosse maison... Et puis du mouton, les pêcheurs doivent pas en manger souvent.

Le sentier repart vers la gauche et s'enfonce bientôt entre deux haies vives. Sur le sol, il y a de nombreuses crottes de moutons et de chèvres.

Le sentier revient sur la droite puis pique vers le bas par une pente qui s'adoucit. Le naute s'arrête à hauteur des derniers buissons, beaux noisetiers touffus et chargés de noisettes encore vertes. Une fontaine chante clair dans un bassin de pierre où courent des reflets de ciel. La fontaine se trouve à gauche du chemin et le bâtiment juste en face. De la lumière coule d'une fenêtre. À l'angle, il voit danser les lueurs d'un feu contre un autre bâtiment au large portail fermé. On perçoit des bruits de voix mais le naute a beau tendre l'oreille, il ne peut rien saisir que des rires d'hommes et de femmes. Il hésite s'il ira à la ferme ou s'il emplira seulement ses deux cruches pour remonter tout de suite. Ce bruit d'eau et cette odeur fraîche qui coulent jusqu'à lui sont irrésistibles. Il avance en direction de la fontaine. Dès qu'il a atteint l'extrémité du bassin il voit la cour où un feu flambe devant une broche que tourne un cuisinier.

– Une auberge !

Le cuisinier ne regarde pas dans sa direction. Novellis plonge son visage dans l'eau et boit goulûment, comme une bête. Il se redresse et approche du goulot pour emplir une première cruche. L'eau est très fraîche. Il vient de poser par terre sa cruche pleine et commence d'emplir l'autre quand un pas rapide le fait se retourner. Un homme avance qui, tout de suite, demande :

– Qui es-tu toi ?

– Un naute du Rhône.

– Qu'est-ce que tu fais ici ?

– Je suis monté chercher de l'eau parce qu'elle est plus fraîche qu'en bas.

L'homme se met à rire. Comme il se tourne vers le sentier, Novellis voit qu'il porte à sa ceinture une longue dague. Mais ce n'est pas un Romain. Il est vêtu de braies à la gauloise et parle sans accent. Il dit en riant :

– Tu as raison, l'eau est meilleure ici qu'au Rhône, et le vin aussi. Veux-tu le goûter avec nous ?

Le naute hésite. Il a failli dire : « Il faut que je remonte, ils m'attendent », mais il se reprend à temps et répond :

– Tu es gentil, mais je dois descendre. Mes haleurs ont soif.

– Allez, viens, dit l'homme, ils n'ont qu'à boire au fleuve.

La cruche sous la goulette déborde, l'homme la prend et, soudain interloqué, il la soulève pour mieux la voir dans la lumière du feu. Son visage s'est assombri. Il fronce les sourcils et tire sa dague d'un geste rapide en lançant :

– Tu es chrétien !

– Non... pas du tout.

Il désigne la cruche de la pointe de son arme et grogne :

— Et ça ? Qu'est-ce que c'est ?

Un poisson est gravé sur le ventre vernissé de la cruche.

— C'est... c'est un pêcheur qui me l'a donnée.

L'autre éclate d'un rire grinçant.

— Ah, un pêcheur ! Vois-tu ça, un pêcheur qui te l'a donnée.

Il se penche.

— Et l'autre aussi, bien entendu. Tu vas essayer de faire croire ça aux Romains... Allez, viens.

D'instinct, Novellis a un mouvement en direction du bas, mais l'homme veille. Il n'est pas très grand mais jeune et rapide. Son pied part et touche le naute à la jambe le faisant basculer en avant.

— Debout !

La lame pointue pique le dos du naute. Il se relève et, poussé par cette lame qui lui blesse les reins, il s'engage dans la cour. Le cuisinier toujours à sa broche le regarde passer. Sur son visage rouge et ruisselant, Novellis croit lire de la pitié.

Poussé par l'homme à la dague, le naute doit entrer dans une salle assez vaste où quatre hommes et des femmes peu vêtues mangent du poisson grillé et boivent du vin. Dès qu'ils le voient, tous se taisent. Tous le regardent fixement. L'homme à la dague crie :

— J'vous amène du gibier à mettre à la broche !

Les autres se mettent à rire sauf une vieille femme

que Novellis n'avait pas encore vue et qui se tient dans le fond de la pièce, près d'un banc de pierre où s'alignent des écuelles et un chaudron. L'homme laisse passer les rires avant de reprendre :

— Un chrétien.

— Non, fait le naute.

— Allez à la fontaine. Ses cruches y sont avec le signe du poisson. Ça va nous faire une belle prime à toucher.

Un homme est sorti qui revient bientôt avec les deux cruches. Il les a vidées et les lève dans la lumière des lampes à huile pour regarder leur ventre vernissé où est gravé le poisson. Celui qui a amené le naute explique :

— Il voudrait nous faire croire que c'est un pêcheur qui lui a donné...

Un homme plus âgé que les autres s'avance et examine Novellis avec beaucoup d'attention.

— Un naute... un naute... et si c'était un de ceux qui ont coulé la barge des Romains ? Si c'est ça, mes amis, la prime est plus forte.

Il y a des cris de joie et des rires. Et une femme lance :

— Et s'il nous dit où est son complice, la prime sera double.

Plusieurs voix lancent :

— Il va le dire... Il le dira.

Un homme trapu au visage rouge et bouffi s'avance et, frappant Novellis au visage, éructe :

329

— Où il est ?

— Je sais pas de qui tu parles.

La dague pique plus fort son dos et un autre coup au visage lui fait éclater la lèvre.

— Où il est ?

— Je sais pas de qui...

Il ne peut achever. Un autre coup d'une extrême violence au creux de l'estomac le courbe en avant, le souffle coupé.

— On le grille ? crie une voix.

— Avant, on devrait le clouer.

— On peut faire une croix, ce serait drôle.

— Oui, une croix.

— On a du bois ?

— Pas la peine, amenez-le. On a la porte de la grange.

— C'est vrai, la grange.

— Et c'est tout près du feu.

— Trouvez des fers à chauffer.

Novellis s'est effondré. Ils tentent en vain de l'obliger à se relever en le frappant. Ne pouvant y parvenir, ils le saisissent par les pieds et le traînent, le dos sur le sol de cailloux.

Le cuisinier vient de retirer le mouton de la broche pour le poser à côté du foyer, sur la pierre à découper. Quand il les voit arriver, il lâche son couteau et se sauve, effrayé, pour aller se blottir dans un angle de la cour.

59

La nuit est venue. Verpati, le mousse, le pêcheur et les siens sont assis au bord du chemin et tendent l'oreille vers le bas.

– Qu'est-ce qu'il fait ?

– Peut-être qu'il a été obligé de se cacher et d'attendre.

– Faudrait pas qu'il y ait des Romains près de cette fontaine.

– Il peut pas y avoir des soldats partout.

– Oui, mais s'ils nous cherchent ?

– Ils nous chercheraient sur le Rhône, dit le grand.

Il parle ainsi pour rassurer les autres, peut-être même pour se rassurer lui-même, mais il demeure inquiet. L'angoisse lui noue la gorge et la vision de Vitalis torturé ne le quitte guère.

– Restez là, dit-il, je vais descendre voir.

– Non, dit le pêcheur, pas toi. Tu es trop reconnaissable.

Ils se chamaillent encore et c'est finalement Barina

qui s'impose en disant qu'il n'y a rien de plus banal qu'une femme qui va à la fontaine.

— Tu as raison, dit le pêcheur, mais à la fontaine pour quoi faire ? Tu n'as même plus une cruche pour aller chercher de l'eau.

Elle n'est pas embarrassée pour si peu. Se tournant vers la plus jeune de ses filles, elle dit :

— Donne-moi ton casaquin, tu te couvriras d'un fichu, il y en a un dans le bât. J'ai bien le droit d'aller laver du linge que ma fille a sali, dit-elle. Et avec ce que nous avons transpiré, c'est vrai qu'il a besoin d'être lavé.

— Tu y verras à peine clair.

— Tant mieux. On me verra moins aussi.

Les autres n'osent plus s'interposer. La peur est là qui pèse sur eux tous et qui les oblige à parler à voix basse. Même Brutus demeure immobile, sans brouter les buissons, se bornant à se fouetter les flancs de sa queue de temps en temps. On dirait que l'angoisse le gagne lui aussi à mesure que la nuit monte du fond de la vallée. Des voix viennent jusqu'à eux, des rires, quelques cris, mais tout semble sortir de l'intérieur de la maison et rien n'est compréhensible.

Barina part sans bruit. Ses pieds nus tâtent le sol pour chercher des prises solides et éviter les pierres qui risquent de rouler.

Elle descend pourtant assez vite et, quand elle est

à quelques pas au-dessus de la bâtisse, elle s'arrête. Les cris viennent de la cour où dansent les lueurs d'un foyer. Mais comme ils sont plusieurs qui parlent en même temps, rien n'est vraiment clair. Elle sent pourtant qu'il y a de la violence dans tout cela.

Elle avance de quelques pas encore pour découvrir la fontaine. Personne ne s'y trouve. Ses cruches non plus n'y sont pas.

Et, comme ça, d'un coup, elle pense aux poissons dessinés dans la terre vernissée. À cet instant-là, elle sait de manière certaine que le naute est en danger. Elle est saisie d'une peur terrible mais elle trouve en elle assez de force pour la surmonter et marcher jusqu'à découvrir la partie de la cour éclairée par le feu. Et là, elle doit mettre sa main devant sa bouche pour étouffer un cri.

Trois hommes hissent Novellis devant le large portail d'une grange. L'un d'eux lui écarte le bras gauche. Un quatrième arrive qui tient un marteau et un gros clou. On ouvre la main du naute et l'homme au marteau plante le clou dans la paume.

Barina reste immobile, incapable d'un geste. La main toujours sur la bouche, mais plus un cri n'est en elle. Plus rien ne l'habite que l'horreur.

Comme on allonge l'autre bras du malheureux, des femmes jeunes arrivent. L'une porte une jatte. Elle lance l'eau de la jatte au visage du naute qui réagit en secouant la tête et qui pousse un hurlement rauque. Barina a l'impression qu'il regarde du côté de sa main clouée. Elle ne peut en voir davantage. Tremblant, le corps soudain glacé, le souffle court, elle reprend le sentier et monte le plus vite possible. Les pierres roulent sous ses pieds. Une ronce lui saisit la cheville droite. Elle tombe de tout son long mais ne sent même pas qu'elle s'est blessé les mains et un genou. Elle se relève et reprend sa course. Dès qu'elle est à quelques pas des autres, elle crie :

— Vite... Vite !

À bout de souffle, elle se laisse tomber sur le flanc. Les autres se précipitent :

— Quoi ?

— Qu'est-ce qu'il y a ?

Elle parvient à bredouiller :

— Ils l'ont pris... Cloué...

Elle se tient sur une main mais son bras cède et son corps roule sur le côté. Barina si forte vient de perdre connaissance.

60

Les chrétiens venus d'Orient avaient amené avec eux cette grande soif de paix qu'ils portaient au fond du cœur. Ils avaient amené la lumière divine.

Un homme qu'ils disaient être le fils du Dieu unique était mort pour eux. Mort pour que la paix du ciel descende sur le monde des hommes. Pour qu'elle baigne enfin la terre.

Était-il le fils de Dieu ou simplement un prêcheur parmi d'autres ? Un prêcheur dont la parole devait être plus forte, plus lumineuse que le discours des autres puisqu'il était parvenu à remuer le monde.

Sa parole plus forte que lui.

Il a parlé. Il est mort. Il continue de parler par-delà la mort.

Et pour ceux qui refusent de l'entendre, sa parole est inadmissible. Pour ceux qu'enivre la violence, pour les amoureux de la guerre. Pour ceux qui s'enrichissent ou qui tirent leur pouvoir et leur gloire de la mort des autres, cette parole de lumière est insupportable.

Son écho les fait bondir.

À l'amour qui ruisselle du cœur des chrétiens, à l'amour qui monte de leurs chants et de leurs prières, ils ne peuvent répondre que par la haine et par la violence.

Et ce sont les chrétiens qui leur ont offert l'instrument de torture dont ils avaient besoin : une croix.

La crucifixion est devenue le supplice à la mode.

Pas de bois, pas de poutre pour fabriquer une croix ? Tu peux t'en passer. Tu trouveras toujours une porte de grange assez large pour y clouer un homme. On y cloue bien une chouette, une buse, un hibou pour effrayer les autres oiseaux dont on dit qu'ils portent malheur. Un chrétien aussi peut porter malheur à qui trouve plaisir ou intérêt dans la violence et dans la mort.

Alors n'hésite pas : cloue le chrétien où tu pourras. C'est lui qui t'a enseigné le signe de la croix. Ne te gêne pas pour le tuer, il ne croit pas à la mort. Cogne sur les clous et tu verras bien s'il continue de rire en refusant de croire à la mort. Une fois cloué, qu'il appelle donc son Dieu si puissant, si ce Dieu n'est pas sourd, peut-être qu'il viendra le déclouer et le tirer vers le ciel.

Tu n'aimes pas les chrétiens ? Tu les redoutes ? Tu

as raison, c'est une graine de mauvaise herbe. L'herbe qui risque d'empêcher les assassins de danser en rond. Tu as raison, cette graine-là ne veut ni arme ni violence, est-ce que tu oserais imaginer un monde sans soldats et sans guerre ?

C'est impossible. Alors, tape avec joie sur les clous, et fais couler le sang des chrétiens. Il faut bien que les corbeaux se nourrissent de quelque chose !

Et pour être certain que tu les reconnaisses, les chrétiens dessinent des croix. Et pour se reconnaître entre eux sans que tu saches qui ils sont, ils gravent le poisson. Dans la langue des Grecs, le poisson se dit *Ichtos : Iesus Cristos Soter* – Jésus-Christ Sauveur. Et ces naïfs se figurent que les Romains n'ont pas percé leur secret ! Mais les Romains et ceux qui travaillent pour eux n'ont pas besoin de voir une croix pour savoir où sont les chrétiens. Le poisson leur suffit.

61

Tandis que le pêcheur et ses filles s'efforcent de
ranimer Barina, le colosse dit :
— Je descends.
— Fais attention, dit le pêcheur.
— J'y vais aussi, dit le mousse.
— Non, toi tu restes là. Si tu viens, Brutus va te
suivre.

Le grand naute part seul. Des pierres roulent mais
il n'y prête pas attention.

Il débouche à l'endroit où le sentier domine la
fontaine et l'entrée de la cour quand il entend des
cris. Des hommes et des femmes sortent très vite de
la cour et partent en courant et en criant vers le bas.
Il s'est arrêté et accroupi derrière un buisson, mais
personne ne regarde vers le haut. La bande disparaît
très vite et Verpati reprend sa marche en s'efforçant
de ne pas faire de bruit. Dès qu'il est à hauteur de
la fontaine, il se tourne vers la cour.
— Une auberge !

Il avance tout doucement en essayant de rester dans l'ombre de la maison. Quand il touche le mur de grosses pierres, il incline la tête et regarde le feu. Ce n'est qu'un gros tas de braises rouges où ne vivent plus que quelques petites flammes trop faibles pour éclairer vraiment la cour. Le grand naute sent l'odeur de mouton grillé mais il lui semble que s'y mêle une autre odeur de chair brûlée. Il demeure un moment à contempler le mouton posé sur la dalle à découper. Rien ne vit dans cette cour. Il fait un pas vers l'intérieur. La clarté des lampes danse derrière une fenêtre et dans l'embrasure d'une porte largement ouverte. Il progresse encore et une forme remue dans un angle. Une femme avance de quelques pas. D'une voix à peine perceptible et qui tremble, elle demande :

– Qui c'est ?

Verpati fait encore quelques pas dans sa direction et dit :

– Verpati. J'suis un naute.

– Sauve-toi, dit la femme.

Verpati avance encore et voit qu'elle est vieille. Elle répète :

– Sauve-toi.

Puis, levant la main :

– Regarde.

Le grand se retourne pour regarder ce qu'elle désigne d'une main qui tremble. La lueur des braises est encore suffisante pour qu'il puisse reconnaître Novellis cloué à la porte de grange. Il se précipite. Il touche son ami.

En avançant, la vieille jette sur les braises une poignée de brindilles très sèches qui, tout de suite, s'enflamment et donnent de la lumière. La tête de Novellis tombe sur sa poitrine. Le grand touche ce corps tiède. La vieille dit :

— Ils l'ont cloué... Ils l'ont brûlé avec ce fer... Ils disaient : Où est ton ami ?... Où est le grand ?... Il a dit : Au Rhône. Alors ils lui ont percé le cœur avec une dague et ils sont tous partis comme des fous...

Elle regarde Verpati et dit :

— Le grand, c'est toi ?

— C'est moi.

— Cours vite te cacher. Vite... Ne va pas vers le fleuve.

— Je peux pas le laisser.

Comme il s'avance pour prendre le corps, la vieille se précipite et se pend à son bras.

— Non... je t'en supplie... Laisse-le. Si tu le prends ils nous tueront... Ils sont fous.

— Romains ?

— Non... Vendus aux Romains.

Le naute ne sait plus quoi faire. De l'angle le plus obscur de la cour sort soudain un garçon. Il titube... Il vient se jeter contre le naute. Regard complètement perdu. Il a beaucoup de mal à parler...

340

– Tout... J'ai tout vu... Pars... Vite... S'ils savent
que tu es venu ils nous tueront.

Un sanglot énorme soulève le colosse qui crie
presque :

– Comme mon frère... Je peux pas le laisser.

– Je t'en conjure, dit la vieille. On fera ce qu'il
faut faire pour un mort... Je le jure. Ils vont revenir...
Pars vite... Vite... Ils peuvent venir avec des chiens.
Et avec des cavaliers romains.

Les larmes ruissellent sur le visage du colosse. Sa
vuc est brouillée. Il embrasse son ami. Le cuisinier
tremble tellement qu'il ne peut plus articuler un
mot. La vieille pleure aussi. Elle souffle encore :

– Vite... Vite... En haut.

Le colosse part en courant et se jette tout de suite
dans le sentier. Il ne sent plus ni sa faim ni même
sa soif. Il passe à côté de la fontaine sans seulement
prêter attention au glouglou frais de l'eau claire qui
chante dans le bassin de pierre long comme un tombeau.

62

Quand le colosse rejoint les autres, la femme du pêcheur revenue à elle leur a raconté en détail ce qu'elle a vu. Ce naute si fort qui s'est si souvent battu avec le Rhône et avec des hommes se laisse tomber sur le revers du sentier. Son corps s'est vidé de sa force. Son souffle est court. Il ne sent pas les épines d'un buisson qui lui labourent le dos. Les deux filles du pêcheur et le mousse pleurent en silence.

La nuit s'est épaissie. Ils sont tous effondrés depuis un long moment quand ils entendent des cris et des rires. Les tortionnaires de leur ami ont dû revenir manger le mouton.

— Qu'est-ce qu'ils vont faire de lui ? demande le mousse.

— Ils le donneront aux Romains pour toucher la prime promise. Les Romains le brûleront et jetteront ses cendres au Rhône.

Le pêcheur murmure :

— Pauvre Novellis, il était sur la voie pour nous rejoindre.

Puis il demande à sa femme, à sa fille et au mousse de prier avec lui pour le repos de cette âme.

Le colosse s'est levé. Il s'éloigne dans l'obscurité de plus en plus épaisse en poussant le taureau sur le chemin montant.

Du bas, viennent toujours des rires et des cris.

Verpati sent de nouveau sa soif et même un peu sa faim.

Dès que les autres ont fini de prier, il se retourne pour dire :

— Il faut trouver de l'eau ailleurs.

— Sûr qu'on ne va pas retourner à cette fontaine, dit Barina qui tremble encore.

— Mon pauvre Novellis, soupire Verpati.

— On ne peut rien que se faire prendre aussi, dit le pêcheur.

— Il ne l'aurait pas voulu, dit le grand. Je le connaissais bien. Non, il n'aurait pas voulu.

Comme il dit cela, un souffle de vent tiède balaie le flanc de la montagne. C'est un vent qui remonte la vallée. Il sent fort. Il apporte jusqu'ici des odeurs de garrigue et de sel. Le taureau en respire une large goulée puis pousse un beuglement qui paraît énorme dans le silence presque parfait de la vallée. Un silence où il n'y a que le chant très doux des buissons et quelques appels de nocturnes. Beaucoup plus haut, dans la montagne, un loup se met à hurler. D'autres lui répondent et le naute demande :

— Est-ce qu'ils peuvent sentir la mort d'aussi loin ?

Personne ne dit rien. Mais Brutus meugle plus sourdement.

— Peut-être qu'il sent la mort lui aussi, dit Barina.

Les deux filles ne soufflent mot. Elles sont terrorisées.

Le vent prend de la gueule et, vers le sud, des éclairs muets illuminent le ciel.

— L'orage va monter, prédit Verpati. Faudrait trouver un abri.

— Mais surtout pas des grands arbres, dit le pêcheur.

— Je sais.

— On aura de l'eau.

— Faudra sortir une toile pour en recueillir.

Cette approche de l'orage est en même temps, pour eux, une menace et un espoir. Elle les éloigne un peu du drame qu'ils viennent de vivre.

Brutus semble de plus en plus excité par ce vent où il retrouve l'air salin de son pays. Ce vent dont la force augmente très vite. Il malmène les arbres et les buissons. Il arrache au coteau des cailloux minuscules qui piquent les visages comme des aiguilles. Le mousse a de plus en plus de mal à tenir Brutus que son instinct appelle vers le fond de la vallée.

Pourtant, dans cette obscurité insondable, on sent

un remuement dont la voix est plus grave que celle du coteau. Les grands arbres du bord du Rhône et la vorgine grondent comme un torrent furieux.

Verpati pense à Novellis cloué sur cette porte de grange, mais il pense aussi à leur fleuve qui doit écumer. Il revoit les lourdes barges amarrées serrées contre la rive et malmenées par le vent et les vagues. Une forte envie de fleuve le saisit. Elle lui serre la poitrine. Il aspire au Rhône comme Brutus se saoule du vent qui a couru sur la Camargue avant de venir brosser les coteaux. Verpati pense aussi à Novellis et se dit : « On aurait été sur le Rhône, rien ne lui serait arrivé. Le fleuve l'aurait protégé. »

Est-ce que les Romains vont vraiment le brûler et jeter ses cendres au fleuve ? Va-t-il rejoindre Vitalis ? Vont-ils tous les deux retrouver ceux qu'ils ont noyés ?

Un instant, le grand naute est saisi d'une terrible envie de bondir vers le bas et se lancer à travers les broussailles pour aller plonger dans son fleuve. La soif le rend fou. Le vent brûlant attise encore le feu qui habite sa gorge et ses bronches.

À plusieurs reprises, Brutus tente de prendre le trot. Le naute grogne :

– Lui aussi, il a soif.

Un éclair plus proche illumine toute la vallée et la foudre roule, encore lointaine, mais tout de même inquiétante pour Brutus qui émet une sorte de plainte qui n'est plus un vrai meuglement.

— Est-ce qu'il a peur ? demande le mousse.

— Il a pourtant déjà dû voir des orages. En Camargue, je peux te dire qu'il y en a des beaux et tu le sais bien, dit Verpati.

À présent, le vent est tel qu'ils ont peine à lui tenir tête. Ils avancent courbés en avant et plus personne ne souffle mot.

Soudain, un éclair terrible les éblouit. Presque aussitôt la foudre claque et le mousse pousse un appel déchirant :

— Brutus !... Brutus !

Le taureau vient de partir vers l'aval. Un autre éclair leur permet de le voir qui bondit par-dessus les buissons. Le garçon n'hésite pas. Il bondit lui aussi en criant toujours :

— Brutus !... Brutus !

Le grand naute a plongé en avant pour tenter de saisir le mousse, mais il s'est étalé en vain et il peine pour se relever. Il crie :

— Florent ! Florent !

Mais le garçon n'entend pas. Il ne veut pas entendre. Un éclair le montre dévalant à la poursuite de son taureau.

Les autres s'arrêtent.

— Faut se coucher par terre, dit le grand.

— On voulait tendre une bâche, dit Barina. On n'a plus rien. Tout est dans le bât.

— Tout sera perdu.

— Pourvu que le petit ne soit pas perdu aussi.

— C'est qu'il y a des Romains, en bas. Et des salauds qui travaillent pour eux.

Ils se sont tous allongés. Le colosse se tourne sur le dos dès que les grosses gouttes se mettent à crépiter et il ouvre la bouche. Tous en font autant. Les trois femmes sont blotties l'une contre l'autre. La foudre roule presque à l'instant où claque l'éclair. C'est assourdissant.

S'étant soulevé sur un coude, le pêcheur regarde vers le fond de la vallée. Un peuplier touché par la foudre flambe comme une énorme torche. Il demeure ainsi à scruter le coteau et le fond de la vallée pour tenter de voir le mousse ou Brutus, mais les éclairs ne découvrent plus que des arbres, des terres nues et des ronciers. Ils montrent aussi le fleuve où rien ne vit plus que de grosses vagues à contre-courant.

— Tu ne vois rien ? demande Barina.

— Non.

— Nous n'avons plus rien et cet enfant va être pris.

— Je ne crois pas, dit Verpati. Il est malin. Et le taureau est malin aussi. Celui qui voudrait l'arrêter aurait bien du mal.

L'orage s'éloigne. Les énormes gouttes laissent place à une pluie plus fine, toujours lardée de vent, mais qui claque avec moins de violence.

63

Le mousse a couru comme un fou. Chaque éclair lui permettait de voir Brutus qui galopait en contournant les arbres et les buissons. À trois reprises le mousse est tombé. Il s'est relevé très vite, complètement insensible à la douleur, pour repartir de plus belle, bondissant par-dessus les touffes de ronces. Il ne criait plus.

Le taureau a traversé la route et foncé en direction du fleuve. La vorgine est touffue mais il semblait y trouver aisément un passage. Seulement, comme le sol n'était plus en pente, le mousse ne pouvait plus le suivre des yeux.

Et il n'osait pas crier. Il savait que tant que l'orage durerait, Brutus ne se calmerait pas.

La foudre s'éloigne, la pluie crépite toujours. À présent, le mousse avance sous de hauts peupliers trembles et le bruit des feuillages habités de vent et d'averses est presque assourdissant. Les éclairs plus lointains allongent des ombres où le garçon croit toujours voir passer son taureau. Il parvient au bord d'une lône et hésite en se demandant s'il doit la contourner par l'amont ou par l'aval. Il redoute de trop s'éloigner et de ne pas voir Brutus s'il revient en direction de la route.

Comme l'averse crépite un peu moins fort, sans crier, il appelle :

– Brutus... Brutus... C'est moi.

Il tend l'oreille mais les seuls bruits de feuillage sont dus au vent encore assez fort et à la pluie. De grosses gouttes tombent des peupliers et claquent à la surface de la lône.

Le mousse s'immobilise un moment, toujours tous les sens en alerte.

Il appelle encore, sans oser crier, puis il se décide à contourner la lône par l'aval. Il doit revenir sur ses pas et attendre une lueur pour s'engager dans ce qui est sans doute un sentier menant au fleuve. Il va lentement, s'arrêtant souvent pour écouter. Une pluie plus faible et moins lardée de vent semble s'être installée pour durer.

Alors qu'il vient de s'arrêter, le garçon se met à respirer à petits coups répétés. Il y a là une odeur tiède qu'il reconnaît et qui n'est pas celle de la vorgine. Il se baisse et se met à flairer le sol comme un chien.

Il tâte avec ses deux mains à plat. Il avance. L'odeur devient plus forte et une tiédeur monte.

– C'est lui... Il est passé par là.

Une bouse encore chaude se trouve au beau milieu du sentier.

Le mousse se relève et avance du plus vite qu'il peut. Il appelle :

— Brutus... Brutus.

Mais il a l'impression que ce rideau de pluie colle ses appels au sol.

— Si t'es là, je te trouverai, mon Brutus... Je te trouverai.

La seule véritable peur qui est en lui, c'est que son taureau se fasse prendre ou qu'il parte au fil du Rhône. Comme la lueur des éclairs diminue d'intensité, le mousse doit tâtonner entre les buissons pour suivre le sentier qui sinue. Au bruit de la pluie et un peu à l'odeur aussi, il se rend compte que la lône est toujours sur sa gauche. À plusieurs reprises, il entend des clapotis qui ne peuvent venir ni du vent, ni de la pluie, ni des gouttes tombant des grands arbres. Des rats. Des grenouilles sans doute. Le vent doit s'être élevé un peu car on l'entend surtout miauler dans les cimes. Des branches craquent. Le mousse a l'impression que le vent change de direction. Il vire au couchant et devient moins brutal à cause des collines qui l'arrêtent un peu.

— Brutus... Brutus !

Il appelle plus fort car, avec ce vent-là, il risque moins d'être entendu de la route.

Il continue d'avancer. Les bruits et les odeurs lui

apprennent que le fleuve est proche. Bientôt, il distingue cette lueur qu'il connaît bien. Celle de l'eau qui garde toujours, au plus sombre des nuits, un peu de la clarté du jour.

Il progresse encore. Un point d'or danse à la surface tourmentée du fleuve. Le mousse regarde en haut : une étoile scintille entre les nuages.

D'instinct, il lui adresse une prière comme si ce point lumineux était l'œil de Dieu.

— Je vous en supplie, Père tout-puissant, faites que je retrouve mon Brutus qui refuse de tuer les chrétiens !

Il continue son chemin jusqu'à entrer dans l'eau. La berge est en pente douce avec du sable et des galets. Il essaie de regarder vers l'amont et comprend que la lône doit être reliée au fleuve. Il se tourne vers l'aval. Il fait une dizaine de pas et s'arrête soudain. On marche dans l'eau. Son cœur bondit dans sa poitrine. Sans hésiter, il dit :

— Brutus... Brutus !

Le pas s'accélère et un meuglement part au ras du fleuve.

— Mon Brutus, c'est moi.

Le mousse veut courir et trébuche sur une pierre. Il tombe dans l'eau de tout son long. Il se met à rire.

— Je peux pas être plus mouillé que par la pluie.

Il rejoint le taureau et se met à le caresser. Il le

prend par l'encolure et le serre contre sa tête. Le poil trempé sent fort.

— Brutus, pourquoi t'es parti ?

Comme pour lui répondre, le taureau se dégage et se met à boire au fleuve. Le mousse éclate de rire.

— T'avais soif. Ben moi aussi. Et tu vois comme je suis. Je te cherchais tellement que j'ai même pas pensé à boire.

Il s'allonge sur la rive et se met à boire comme Brutus. Et c'est bon, cette eau de son fleuve. Il se relève plusieurs fois et, chaque fois, il dit :

— C'est bon, Brutus.

Le taureau fait comme lui. Il boit un moment puis s'arrête. Quand le garçon n'a plus soif, il se redresse et dit :

— À présent, faut t'en venir, mon vieux. Faut remonter vers les autres. S'agit pas d'attendre qu'il fasse grand jour pour traverser la route. Allez, viens !

Il s'engage dans le sentier et Brutus le suit. La pluie a presque cessé et plusieurs trouées s'ouvrent dans les nuées. D'autres étoiles viennent de se montrer.

— Viens vite, mon gros, faut pas traîner. Si la lune se dévoile, on sera embêtés pour traverser la route... Tu te rends pas compte, mais c'est pourri de Romains et de mouchards à leur solde, par ici !

Le taureau suit. Ils sont bientôt à la route que l'on voit fort mal mais qui est certainement déserte. Sur la droite, mais très loin, on distingue quelques lueurs. Après avoir amorcé la montée, le mousse se retourne. L'arbre foudroyé se consume toujours.

— Tu sais, Brutus, ils ont tué ce pauvre Novellis... Ils l'ont cloué sur une porte de grange.

Ils montent encore. À présent, ils sont loin de la route. Soudain, le mousse s'arrête. Le taureau vient s'arrêter à sa hauteur.

— Dis donc, ton bât... t'as perdu ton bât... Et tout ce qu'il y avait dedans... Mon Dieu, Brutus, la pauvre Barina, qu'est-ce qu'elle va dire ?... Qu'est-ce qu'on va manger ? T'as dû le perdre au départ... T'es parti comme un fou. Au jour, faudra chercher.

Ils montent à peu près droit mais le mousse se demande s'il va bien dans la direction où les autres sont restés. Et sont-ils encore où il les a laissés ?

Il monte en obliquant légèrement sur la droite car il a le sentiment d'avoir, au cours de sa descente, piqué un peu vers l'aval. Il continue de parler à Brutus qui, à un certain moment, pousse un beuglement. La voix du colosse sort de la nuit :

— Oui, on est là... Tu l'as retrouvé ! T'as de la chance. Seulement, on a plus rien. Il a tout perdu. Tout. Tous les ustensiles à Barina.

— C'est triste, fait Barina, mais tout de même, ils sont revenus tous les deux. Tu avais assez peur.

— C'est vrai, avoue le naute. J'aurais bien donné tout ton ménage pour les revoir.

64

Tout le monde s'est précipité pour embrasser le mousse et caresser le taureau.

— Tu as eu de la chance avec cet orage, remarque le pêcheur. Partir en gueulant comme ça, tu te serais sûrement jeté dans la gueule du loup.

D'une voix douce, le garçon observe :

— S'il n'y avait pas eu d'orage, Brutus serait pas parti.

— Tu as bu au Rhône ? demande la plus jeune des filles.

— Oui. Brutus aussi.

— C'était bon ?

— Oui.

— Nous on a bu la pluie. Mais moi, j'ai encore soif.

— À présent, dit son père, on va trouver de l'eau dans des creux.

— Mais on a rien pour puiser.

— Je vois à peu près où nous sommes, assure Verpati. Un peu en aval, il y a des vieux nautes qui ont un petit terrain avec une maison de bois. On pourra leur emprunter des choses.

Ils attendent que le soleil pousse une première lueur derrière la montagne avant de commencer à explorer le terrain pour tenter de retrouver le bât.

Un moutonnement de belles brumes submerge le Rhône et les terres basses qui partent de sa rive gauche. On voit émerger les cimes bleues et violettes des Alpes lointaines. Le ciel est d'un curieux rose qui vire vite au vert puis à un bleu où demeure encore un peu de nuit.

— On y voit assez.

— On devrait trouver ses traces.

— Dans les cailloux, tu peux toujours chercher.

C'est Barina qui, la première, découvre des cailloux retournés et une empreinte de sabot en plein dans une énorme fourmilière que les insectes n'ont pas eu le temps de reformer :

— Venez, c'est là qu'il a sauté au départ. Regardez. C'est bien son sabot.

— C'est vrai, constate le mousse qui a couru la rejoindre. C'est bien son pied.

— Ici, peut pas y en avoir d'autre. Y monte que des chèvres.

Ils se rapprochent les uns des autres et se mettent à descendre lentement entre les ronciers et les buissons d'aubépine et d'épine noire. Le pêcheur remarque :

— Je sais pas comment tu as fait pour ne pas t'esquinter davantage.

— C'est déjà pas mal réussi, observe Barina qui a examiné les écorchures que le mousse porte sur le visage, le corps et surtout les membres.

Elle n'a pu que lui retirer de la peau quelques épines en demandant si elle lui faisait mal C'est le grand qui a répondu :

— Novellis, c'est des clous qu'ils lui ont plantés dans les mains.

— On devrait tout de même essayer de voir s'il est toujours là-bas, propose l'aînée des filles.

— C'est trop risqué, dit le pêcheur.

Sa femme intervient :

— Oui, c'est un gros risque pour rien. En admettant qu'il y soit encore, qu'est-ce qu'on pourrait faire ? Vous pensez bien que les assassins vont pas nous le laisser prendre. Pour eux, c'est un cadavre qui vaut des sous !

Ils sentent de nouveau leur tristesse grandir et leur colère gronder.

Verpati grogne de sa grosse voix un peu rauque :

— Quand je pense que vous voudriez qu'on soit pas violent avec de la vermine pareille !

Le ton monte un peu.

— Une vipère, tu la tuerais !

— Non, dit le pêcheur, si je ne la touche pas, elle me fera pas de mal.

Le grand a un geste de désespoir et admet pourtant en soupirant :

— C'est vrai, une vipère rouge vaut mieux que ces gens-là !

Ils se remettent à chercher. Le taureau les suit en broutant çà et là, choisissant les herbes les plus savoureuses ou les plus tendres.

— Moi aussi, j'ai faim, dit Verpati en se baissant.

Il cucille une poignée de feuilles de pissenlit qu'il se met à manger. Les autres l'imitent.

Le pêcheur lance soudain :

— Là... Regardez. Un des sacs.

Au pied d'un mûrier, une des poches du bât et la courroie.

— L'autre doit pas être loin.

— Elle est là, crie l'aînée des filles. Tout est éparpillé !

Ils se mettent à ramasser ce qui n'est pas brisé.

Le soleil sort enfin, un flot de lumière blonde ruisselle sur le coteau et poudre d'or les vapeurs qui montent du fleuve et de la plaine. Verpati se redresse et dit :

— Faudrait pas trop rester à découvert. On pourra bientôt nous voir de la route.

Comme s'il n'avait attendu que cette annonce, un coup de vent d'est vient malaxer les brumes. De longues déchirures s'ouvrent, certaines se creusent jusqu'à montrer la route où passe un char tiré par des bœufs.

— Allez, ordonne le grand naute, faut filer se mettre à couvert.

Et il désigne un petit bois qui luit au soleil.

65

Ils continuent à cheminer en se tenant le plus loin possible de la route mais en s'efforçant de ne pas perdre de vue le Rhône trop longtemps.

Les orages ont dû être très importants en amont et sur la vallée de la Saône, car les eaux ont monté. On les voit d'ici plus boueuses. Elles charrient des branchages et des herbes en paquets.

— Le vent chaud a dû faire fondre les glaciers, dit le grand naute. Toute l'eau des montagnes s'ajoute à celle des orages.

Les barges à la décize filent. On voit d'ici les nautes pesant de toutes leurs forces sur les avirons de gouverne pour maintenir leur embarcation en ligne et loin des rives dangereuses.

— C'est le bon temps pour décizer, dit Verpati avec envie.

Il y a aussi deux lourdes barges à la remonte. Les haleurs pourtant nombreux semblent peiner beaucoup. On a l'impression qu'ils piétinent sur place tant l'avance est lente. Contre la proue des bateaux, le flot se rebiffe en écumant. À l'avant de chaque barge, se trouvent des Romains dont les casques étincellent au soleil.

— Dire que je pourrai même pas me tremper, regrette le colosse qui transpire abondamment.

— L'eau est pas propre, observe Barina.

— Pas propre, tu dis ? Tu rigoles ! Le Rhône est jamais sale. C'est du sable et de la terre, qu'il charrie. Au contraire de te salir, ça te décrasse. Tu sens ça qui te gratte la peau quand tu nages, c'est formidable.

Le pêcheur approuve et ajoute :

— Cette fois, les Romains se méfient vraiment. Seigneur ! Nos pauvres frères qui seront pris...

Il n'achève pas mais Verpati sent une nuance de reproche dans ces propos.

Deux sentiers s'ouvrent. Ils prennent celui qui tire vers le haut, mais la faim, et bientôt de nouveau la soif recommencent à les tenailler. Le soleil est déjà haut et tous transpirent beaucoup. Le naute souffle plus fort que Brutus. Ils mangent en passant des mûres et d'autres fruits sauvages, mais pour une carcasse de cette taille, ce n'est rien.

— Faut absolument manger et boire frais, grogne-t-il, sinon, moi je vais dévorer une des filles.

Plus personne n'a envie de rire car tout le monde souffre. À plusieurs reprises ils traversent de petits ruisseaux auxquels l'orage de la nuit a redonné vie, mais l'eau est boueuse et ne désaltère pas beaucoup.

Le grand observe le fleuve et, reconnaissant une boucle, il dit :

— Là en bas, je connais. C'est pas un village. Juste trois maisons. Y en a une qui est habitée par la mère d'un ami à moi. Je me suis souvent arrêté là en bas du temps où je naviguais avec son garçon. Elle nous donnait des œufs. Elle a des voisins qui nous vendaient du vin et des lapins. Je vais y aller.

— Tu es fou, c'est trop près de la route.

— J'arrive par-derrière, personne me voit.

— Et si elle est pas là ?

— Elle est là, ça fume.

— Et si elle est pas seule ? s'inquiète le pêcheur.

— Je m'en vais.

Il va s'éloigner quand Barina dit :

— Si elle pouvait te donner un vase et une écuelle.

— J'y pense.

Il s'éloigne à grandes enjambées. Le pêcheur dit :

— Pourvu que sa faim ne le pousse pas à être imprudent.

Verpati va en bougonnant :

— Jamais eu pareille dent... La tête m'en tourne !

Derrière la maison de cette vieille femme, le sentier longe un mur de pierres sèches sur lequel des mousses et des lichens se sont installés. Il y pousse aussi des touffes de chélidoine que l'averse de la nuit

361

a couchées et qui se relèvent à peine. Leurs fleurs ont laissé sur la mousse des pétales d'or et des traînées de pollen.

Le grand naute s'accroupit et reste un moment l'œil au ras du mur et l'oreille tendue. Comme rien ne remue, il enjambe cette clôture et traverse le jardin qui semble avoir été piétiné. Il se colle quelques instants au pignon de la maison. Il a ramassé un manche de pioche que sa main serre très fort. Un bruit. On tisonne le feu. Il avance en silence jusqu'à la porte qui est entrouverte. Il presse lentement le battant qui émet une espèce de petit grognement. La femme penchée vers l'âtre se redresse en se retournant. Elle laisse tomber le tisonnier qu'elle tenait et porte ses mains à sa poitrine en criant :

– Ha !

Le naute croit un instant qu'elle va s'écrouler, mais elle se reprend très vite et dit :

– C'est toi... C'est toi... Tu m'as fait peur.

– Pourquoi ?

– Finis d'entrer. Je vais te dire.

Cette petite vieille maigre semble si frêle qu'un courant d'air pourrait facilement la précipiter dans son foyer. Verpati l'a toujours connue vieille et frêle, mais avec une force nerveuse qui l'emplissait de vie. Ce matin, elle semble à bout de souffle. Elle va s'asseoir sur un plot pas très loin de son feu. Le naute avise une seille de bois.

— J'ai soif.

— Bois.

Il soulève la seille quand la vieille dit :

— Plus de vin.

Le ton est las. Désespéré. Pendant qu'il boit, elle ajoute :

— Tout. Ils ont tout pris.

— Qui donc ?

Le grand repose la seille.

— Ceux qui travaillent pour les Romains.

— Qu'est-ce qu'ils font ?

— Ils cherchent deux nautes. Un grand comme...

Elle se tait soudain. Se lève. Ébauche un mouvement de recul puis vient se planter devant lui et lui prend les bras...

— C'est toi... C'est toi...

Ce n'est pas une question. Les larmes jaillissent de ses yeux et coulent dans les rides de sa peau cuivrée.

— Mon fils. Il est parti... Caché dans la montagne. Ils ont dit : si on trouve pas les deux qui ont fait le coup, on en prendra d'autres... Il y a de l'argent à gagner, tu comprends. Faut que tu partes tout de suite.

Elle se tourne vers le mur du fond et reprend :

— Le fils de ma voisine, il cherche aussi... Il est là. Il dort. Ils se sont saoulés. Les autres sont partis. Lui : ivre mort.

— Il y a longtemps ?

— Juste à la pique du jour. Tout mon vin, ils m'ont pris.

Le naute a toujours aussi faim, mais il l'oublie soudain. Son cerveau se met à travailler très vite. Il dit :

— Tu peux me prêter un pot ?

— Bien sûr. Je te le donne.

— Et de la corde ?

— De la corde à pêche.

Il prend le pot et la corde.

— Merci... Tu m'as pas vu.

Il sort, observe les alentours où rien ne bouge. Il se glisse contre le mur et traverse très vite l'espace nu entre la maison de la vieille et la grange voisine. Le portail est ouvert. Il entre. Laisse son œil s'habituer à la pénombre. Un ronflement sonore monte du tas de foin.

Le grand naute pose sa cruche et s'avance sans faire plus de bruit qu'un chat. L'homme qui dort a une large face rouge très ronde. Son ronflement pue la vieille barrique. Le naute le prend de la main gauche par sa longue tignasse et soulève sa tête. L'autre a un hoquet et grogne :

— Quoi ?

— Ça !

Et le tranchant de sa main droite tombe sur la nuque du joufflu dont le ronflement devient une sorte de râle très faible. Le grand ramasse sa corde et sa cruche, enlève l'homme comme une plume et le charge en travers de sa nuque. Sans se presser, il sort de la grange, regarde autour de lui. Rien. Il reprend le sentier qu'il a emprunté pour venir.

Le soleil est haut et darde dur dans l'air lavé par l'orage. Très vite, le naute se met à transpirer. Il monte depuis un moment quand l'homme qu'il emporte remue et pousse une sorte de rugissement rauque. Il le fait basculer par-dessus sa tête, l'empoigne de nouveau par les cheveux et lui applique une autre claque derrière la tête.

– Dors encore un petit moment. Je te réveillerai en arrivant.

66

Quand le pêcheur voit monter le grand naute avec son chargement, il est effrayé :

— Qu'est-ce que c'est ?

— Un jeune homme qui me cherchait. Et c'est moi qui l'ai trouvé.

D'un coup de reins, il fait une fois de plus passer son prisonnier par-dessus sa tête. Le corps tombe lourdement en travers du sentier, la tête sur un roncier.

Le pêcheur semble désemparé :

— Tu... tu l'as... tué.

— Pas encore. Faut qu'on bavarde un petit moment. Après, on avisera.

— Y bouge pas.

— Saoul comme trente bourriques.

Barina approche. Il lui tend la cruche :

— Je t'ai pas oubliée, mais j'ai pas eu le temps d'aller la remplir. On fera ça plus loin.

Tous se sont assemblés autour du dormeur toujours immobile et ronflant.

— Si on veut pouvoir bavarder, faudrait que je trouve un moyen de le réveiller.

— On aurait de l'eau, dit le mousse.

— On la boirait, ajoute le pêcheur.

— Je peux toujours essayer ça, dit le grand.

Et il se dirige vers une grosse touffe d'orties. Il en prend une bonne poignée et vient vers le dormeur qu'il renverse sur son dos d'un coup de pied dans les côtes. Se baissant, il se met à frictionner énergiquement la large face ronde, le cou, les oreilles. Le garçon ouvre l'œil et se secoue en grognant :

— Que... Qu'est-ce que c'est ?

— C'est pour te dessaouler, mon gars !

Tout à fait réveillé, l'autre écarte du geste les orties et hurle :

— T'es fou, toi... Je te connais pas.

— Tu me connais pas. Paraît pourtant que tu me cherchais pour toucher la prime.

Il s'interrompt pour éclater d'un gros rire. Puis il ajoute :

— Tu me cherchais et c'est moi qui t'ai trouvé. Y paraît même que vous êtes nombreux à me chercher.

L'autre se frotte le visage avec ses mains. Il pleurniche :

— T'es fou... Ça pique... Ça brûle...

— Tes copains romains, ils ont d'autres trucs qui brûlent encore plus.

— Mais... mais... J'suis... J'vais...

Il tente de se lever. Une gifle d'un certain poids l'oblige à se rasseoir.

— Pour commencer, tu la fermes. Et tu m'écoutes. T'étais certainement dans le coup pour clouer mon copain contre la porte de grange.

Le visage du gros se vide de son sang. Son regard noir hurle l'effroi.

— Non... J'suis pas...

— T'es pas courageux. Ça, je le vois.

À cause de la friction d'orties, sa face a pâli et se couvre de petites cloques rouges. Ses paupières et ses lèvres enflent. Il se gratte de plus en plus.

— J'ai rien fait de mal, pleurniche-t-il.

— Tourne-toi.

Il ne bouge pas.

— Tourne-toi ou je cogne.

— Comment ?

— Couche-toi à plat ventre les mains au dos.

Le joufflu obéit. Le grand naute prend la corde qu'il a apportée et attache solidement les poignets de l'homme. Il reste encore une bonne longueur de corde. L'homme dit :

— On va me chercher.

Le grand se met à rire.

— Ben, j'espère bien. Je vais te donner le programme des réjouissances.

— Laisse-moi. Je jure que je dirai rien.

— Je te crois, mon gros... Donc, je vais te ficeler à un arbre. Je vais t'arracher les couilles et les donner aux corbeaux. Et si tes copains viennent te chercher avant que tu sois mort, tu leur expliqueras ce qui les attend s'ils continuent de me cavaler au cul. Les couilles comme les Romains ont fait à mon ami, à Lugdunum.

Le gros se met à gémir :

— Je t'en supplie... Fais pas ça... Je serai avec toi, Verpati, je te jure.

— Tiens, tu sais même mon nom ?

— Tout le monde le sait.

Il se tourne vers le haut du chemin et désigne du regard le mousse et Brutus.

— Ça aussi, tout le monde le sait. Un petit gars avec un taureau noir... Tous chrétiens.

— Même le taureau ? lance le naute.

— Paraît qu'il a pas voulu tuer les chrétiens.

De grosses larmes coulent sur les joues du garçon. Jusque-là, le pêcheur n'a rien dit. Il s'approche de Verpati pour lui parler doucement :

— Faut le laisser.

— Le laisser aller ? Tu es fou. Il nous donnerait tout de suite pour une cruche de vin.

— Tu veux tout de même pas le tuer ?

— Tu vois une autre solution, toi ?

Le pêcheur fait aller sa tête de droite à gauche et de gauche à droite. D'une pauvre voix, il regrette :

— Seigneur, il faut donc que tout soit toujours dans la violence !

— Mais enfin, on va pas tout recommencer, non ! Tu veux le voir vendre tes filles et ta femme aux Romains ? C'est ça que tu veux ?

— Et si on l'attache à un arbre solide. Avec un bâillon, on aura le temps d'être loin avant qu'ils le trouvent ?

Très calme, le naute fait non de la tête et dit :

— Pas question. Il pourrait te vendre, il le ferait tout de suite.

Il est interrompu par un hurlement de bête écorchée.

— À moi ! À moi !

Sa lourde main s'abat sur la bouche du braillard qui ravale son cri. Le sang gicle du nez et des lèvres fendues. Il ne crie plus. Il gémit :

— Je vous en supplie... me tuez pas... Je veux devenir chrétien moi aussi.

Le grand éclate de rire.

— Tu vois ! Belle recrue. Avec ça pour le servir, ton Dieu est pas fauché.

Le pêcheur semble écœuré. Les femmes restées à l'écart ont entendu le joufflu proposer de se convertir. Elles s'avancent. Barina va se planter devant lui et, d'une voix ferme mais très calme, elle dit :

– Tu vois, j'avais pitié de toi. Je me sentais prête à me mettre devant toi pour te défendre. Pour empêcher cet homme de te tuer... Mais là, tu en as trop fait. Tu serais prêt à te soumettre à un Dieu auquel tu ne crois pas pour te sauver. Te sauver et nous trahir plus tard.

Le joufflu qui l'a jusque-là écoutée en la regardant laisse tomber sa tête en avant. Il ferme les yeux et se met à pleurer en murmurant :

– Pitié... Pitié... Pitié...

Le pêcheur s'avance à son tour :

– Moi aussi, je voulais te défendre. Mais je sais à présent que tu nous vendrais pour un pichet de vin.

– Non... Non... je vous jure.

– Je suis triste. Mais je veux sauver ma femme et mes enfants. Je te laisse à cet homme que tu voulais voir livré aux fauves.

Il se tourne vers le colosse :

– Nous partons. Tu nous rejoindras. Évite de le faire souffrir.

– Je le tuerai proprement, promet Verpati. Et sans plaisir. Comme on écrase ces araignées noires dont la piqûre est mortelle... Vraiment sans plaisir.

Tous les autres prennent ce qu'ils ont retrouvé plus la cruche donnée par la vieille. Et ils s'engagent sur le sentier où Brutus et le mousse ouvrent la marche.

Le soleil est au plus haut. L'air chaud vibre dans les lointains. C'est un temps qui appelle au bonheur. À la joie de vivre.

Un temps pour décizer sur le fleuve où l'on voit passer des barques qui semblent avancer sur un chemin de lumière.

67

Verpati les regarde s'éloigner puis il oblige le joufflu à se lever.

— Allez, grimpe !

Il y a, tout en haut de cette première colline, une
forêt de feuillus qui doit être assez profonde. Verpati,
qui a sorti son couteau, fait monter le prisonnier en
lui piquant de loin en loin une fesse. Un peu de
sang perle qui tache le tissu grège de ses braies.
L'homme marche sans cesser de pleurnicher.

Quand ils atteignent les premiers gros chênes, le
sol devient plat puis déverse en direction d'une petite
vallée qu'on devine par des trouées dans le branchage. L'homme sanglote de plus en plus.

— Allez, avance. T'as raison de pleurer, personne
te regrettera.

Entre deux sanglots, le garçon gémit :

— Ma mère.

— Et ton père, il va te regretter aussi ?

— Il est mort.

Ils marchent un moment sans rien dire, puis Verpati demande :

— Qu'est-ce qu'elle fait, ta mère ?

— Rien.

— Elle travaille pas ?

— Non.

— De quoi elle vit ?

— Elle est aveugle.

Un sanglot lui étrangle la voix.

— Arrête-toi.

Le joufflu s'arrête.

— Regarde-moi en face.

Il lève ses yeux noyés de larmes. La sueur ruisselle sur son front et sur tout son visage. Son souffle est court.

— Qu'est-ce que tu fais, toi ?

— La terre.

— Tu fais vivre ta mère ?

— Bien sûr.

Un sanglot encore.

— T'as des frères ?

— Non.

— Des sœurs ?

— Oui.

— Qu'est-ce qu'elles font ?

— Une est morte. L'autre la terre aussi.

— Elle a des enfants ?

— Oui.

— Combien ?

— Sept.

Verpati le fait descendre plus loin. Avisant un chêne pas trop gros de tronc, il lui dit :

— Tu te colles là-contre.

L'autre obéit, toujours secoué par des sanglots. Le naute passe derrière et fait deux fois le tour avec la corde en le serrant à hauteur de la ceinture et de la poitrine. Puis, se plantant devant lui, il dit calmement :

— Mon ami Vitalis, ils lui ont brûlé les couilles avec un fer rouge. Moi, je vais juste te les couper... Ça fait moins mal... Tu te vides de ton sang. Puis tu crèves au bout !

L'homme est livide. Déjà vide de sang. Il claque des dents et tente de dire :

— Non... Vous en supplie... Pas ça... Pas ça...

Verpati, d'un geste brusque arrache le devant des braies. Le sexe apparaît, minuscule. Recroquevillé. L'homme tente de croiser ses cuisses. Il bredouille·

— Maman... maman...

Des larmes ruissellent, de la bave coule de sa bouche. Verpati passe sa lame sur la paume de sa main comme pour l'affûter.

L'homme ferme les yeux. Un cri de bête venu du fond de sa poitrine tord sa bouche. Il se tortille dans ses liens.

Verpati émet un gros rire :

— C'est le cas de dire que tu bandes pas. Ce sera moins dur à couper qu'un os. Mais ça en fera pas lourd pour les corbeaux.

Sa lame se pose sur le bas-ventre.

— Non... Non...

Un hurlement guttural qui n'a plus rien d'humain.

La naute retire sa lame et ordonne :

— Regarde-moi.

L'autre ouvre ses yeux injectés de sang et noyés de larmes.

— Depuis quand elle est aveugle, ta mère ?

— Plus de dix ans.

— Quel âge tu as ?

— Dix-neuf.

— Ton père est mort quand ?

— Il y a à peu près six ans.

Verpati remet sa dague au fourreau et demande :

— Tu préfères que je te saigne au cœur ?

L'autre a un énorme soupir et fait :

— Oui... Oh oui.

Il y a presque une lueur de joie sur son visage et dans ses yeux.

— T'as raison, ça fait moins mal. Ça va plus vite.

Le grand naute reprend son arme et respire profondément. L'autre a rouvert les yeux. Il le fixe presque avec courage.

Un bref moment de silence coule entre eux, sur-
volé par les chants nombreux des oiseaux.

— Admettons que je te laisse la vie. Tu me jures
de pas gueuler avant demain matin. Et quand on
viendra, tu diras que j'étais seul... Venu et reparti en
barque, par le fleuve.

Les yeux du garçon roulent comme des billes.

— Attends. C'est pas pour toi que je fais ça... C'est
pour ta mère.

Un temps passe :

— Tu comprends bien ? C'est pour ta mère et pour
ta sœur.

— Oui... Oui...

— Mais attention. Si tu nous vendais, je le saurais.
Je te retrouverais. Alors là, je te jure que je te les
arracherais... T'as compris ?

— Oui... Oui...

— T'as de la chance d'avoir une mère aveugle.

Le naute fait deux pas puis se retourne :

— Attention, pas avant demain matin.

L'autre fait oui de la tête et murmure :

— Merci... Pardon.

Le colosse se hâte de regagner la crête où passe le
sentier. Il voit une bouse toute fraîche où bourdonnent de nombreuses mouches bleues. Il est rassuré.
Il hâte le pas et met peu de temps à rejoindre les
autres qui vont toujours dans le même ordre, avec
le pêcheur pour fermer la marche. Quand il le

rejoint, le pêcheur tourne vers lui un visage douloureux et soupire profondément. Le naute lui sourit.

— On dirait presque que tu es heureux.

Le grand dit :

— Oui. Assez content.

— Mon Dieu, soupire le pêcheur en levant les yeux
au ciel.

Il laisse passer un moment avant de demander :

— Est-ce qu'il a souffert ?

— Pas mal, oui.

— Tu m'avais promis de le tuer sans le faire trop
souffrir.

— Mais qui te dit que je l'ai tué ?

Le pêcheur s'arrête. Le naute aussi et lui fait face.

— Qu'est-ce que tu dis ?

— Je l'ai pas tué.

Le visage de Bassus s'illumine.

— Qu'est-ce que tu lui as fait ?

— Je lui ai fait peur. Mais le tuer, j'ai pas pu.

Et le colosse se met à raconter. Il parle de la mère
veuve et aveugle. Des sœurs. De la peur du joufflu.
Il précise même :

— Je t'assure que ça sentait très mauvais. Il avait
fait.

— Il y a de quoi.

Le pêcheur s'arrête et, prenant Verpati par le bras,
il l'oblige à lui faire face. Se levant sur la pointe des
pieds, il dit :

– Faut que je t'embrasse.

Ils s'étreignent.

– J'espère qu'il ne me fera pas regretter ma faiblesse, remarque le grand.

– Pas une faiblesse, une grande force. Une force grande et belle comme toi.

Des larmes de bonheur roulent sur ses joues hâlées. D'une voix claire, il ajoute :

– Un jour, tu seras chrétien et je serai fier d'être ton frère.

68

Cette nuit-là, ils couchent dans une clairière assez éloignée du sentier. Ils y ont été conduits par un filet d'eau ruisselant de la montagne. Ils ont pu boire et manger des prunes sauvages et des noisettes encore presque en lait. Le pêcheur a tendu deux lacets et pris deux lapins. Ils se sentent trop près pour allumer du feu, mais ils ont tout de même mangé le foie, les poumons et les rognons des deux lapins. C'est peu, mais ils se promettent de trouver, pour passer la nuit prochaine, un endroit où allumer un feu pour cuire cette viande qui leur fait envie.

Ils repartent dès la pique du jour. Le ciel est de nouveau menaçant et la chaleur écrasante promet de l'orage.

Ils marchent depuis un bon moment quand ils entendent des appels derrière eux. La peur les saisit. Ils se trouvent dans une légère déclivité. Le mousse accélère le pas et Brutus se met à trotter. Le colosse et le pêcheur, qui marchent tous deux une trique à la main et en arrière-garde, se sont retournés. Un homme dévale en courant. Il porte au dos une hotte d'osier. Il est seul.

— Qu'est-ce que c'est ?

— Tout seul, c'est pas pour attaquer.

L'homme à la hotte gesticule. Le grand naute met sa main en visière devant son front et dit :

— Mais... Mais... C'est... On dirait que c'est mon joufflu.

C'est lui, en effet. Tellement à bout de souffle qu'il ne peut que se laisser tomber sur le revers du sentier sans prononcer un mot. Les hommes l'aident à se décharger de sa hotte plus que pleine et vraiment très lourde. Il fait un grand effort pour souffler :

— Pour vous...

Ils enlèvent une sorte de beau carré de tissu blanc tenu en haut par des aiguilles de bois passées dans la vannerie. Le garçon dit :

— Tout pour vous...

Ils sont émerveillés. Les femmes découvrent du lard fumé, des saucisses, deux énormes miches de pain d'épeautre, des galettes de seigle, du miel, des bouteilles de vin, des prunes, des fromages de chèvre, une motte de beurre dans de larges feuilles de rhubarbe.

Le garçon moins essoufflé lève souvent les yeux en direction du naute qui finit par lui demander :

— Qui t'a délivré ? Tu n'as pas attendu ce matin pour appeler ?

— J'ai pas appelé... Personne aurait pu m'entendre.

— Ah !

— Je me suis délivré.

Le grand naute fronce ses épais sourcils.

— Tout seul ?

L'autre fait oui de la tête. Presque craintif. Puis il se lève, comme un peu honteux.

— Raconte, ordonne Verpati.

— Ben, je me suis laissé tomber. J'ai pu arriver à avoir une corde à hauteur de la bouche. Alors, j'ai mordu.

— Et tu as pu la couper ?

— Oui. C'était long.

— Je veux bien croire.

— J'avais soif.

— Et alors ?

— Ben une fois libre, j'suis descendu chez ma mère en courant. J'ai pris tout ce que j'ai trouvé, j'ai tout foutu dans la hotte et je suis parti en disant à ma sœur : je t'expliquerai... Elle faisait une drôle de tête.

Il se met à rire un peu nerveusement puis, regardant le grand, il dit d'une voix douce :

— Merci... J'ai de la chance que vous soyez chrétien.

Verpati ne dément pas. Il échange un regard complice avec le pêcheur.

— Quand je vois tout ce que tu nous apportes, y a de quoi croire au miracle.

Le joufflu qui a réussi à reprendre complètement sa respiration se met à rire puis, redevenant sérieux, il hoche gravement la tête pour dire :

— Le miracle, c'est que je sois vivant. Et pour tout ce que je vous donne, ma mère a des bons voisins.

Le grand demande :

— T'es certain que personne pouvait t'entendre, là où tu étais ?

— Certain. Personne va au bois à cette saison.

Le grand naute hoche la tête.

— T'as dû y penser, quand je t'ai attaché.

L'homme rougit et baisse la tête.

— J'étais vivant, dit-il.

Le mousse resté à l'écart s'avance pour demander :

— Comment tu savais qu'on avait pris ce chemin ?

Le garçon regarde Brutus qui broute plus loin et, le désignant de la main :

— Lui, il en sème tout le long.

— Tu veux pas venir avec nous ? propose le mousse.

Le regard du joufflu s'éclaire. Il hoche la tête et dit :

— J'aimerais bien. Mais il y a ma mère et ma sœur.

Il les regarde tous et dit :

— Je vais vous laisser continuer.

— Et ta hotte ?

— Gardez-la, vous n'avez rien. (Il sourit.) Le grand peut la porter, il est très fort.

— Oh oui, même avec toi dedans, je la porterais.

D'un ton de grande ferveur, le garçon dit en fixant Verpati au fond des yeux :

— Merci... merci...

Puis il ajoute plus bas, presque gêné :

— Moi aussi, je crois que je vais être chrétien.

Et une larme coule sur ses joues tandis que le grand le soulève de terre pour l'embrasser.

69

Ce soir, entre les lapins piégés hier par le pêcheur et ce que contient la hotte, ils ont un vrai repas. Le joufflu a même pensé à mettre un pot de sel.

— Un repas de fête, observe Bassus qui a prié avant d'entamer le pain.

— Oui, dit sa femme. Quel curieux garçon !

— Un être égaré, dit le naute.

Le pêcheur les observe tous quelques instants d'un regard qui impose silence, puis il dit gravement :

— Je parle d'un repas de fête parce que je crois que nous avons, sans prêcher, amené à notre Église une âme de plus. Une âme qui sera droite et pure parce qu'elle est celle d'un être qui a compris où se trouve le péché et qu'il faut le fuir.

Il se tourne du côté du grand et ajoute en souriant :

— Tu vois qu'il n'y a pas que les prêcheurs pour mettre les gens dans le droit chemin.

Ils sont derrière un petit bois de feuillus épais,

adossé à une roche. Au pied de cette falaise, ils ont allumé un feu entre deux pierres. Les lapins embrochés sur une baguette de noisetier vert cuisent. La graisse et la sang bouillonnent. Il en tombe des gouttes sur la braise et leur odeur emplit les bouches de salive. Les filles ont coupé de larges tranches de miche et chacun attend, tenant cette tranche sans en manger une miette, que Barina y dépose un morceau de lapin. La nuit n'est pas encore là, mais, à cause des rochers et des arbres dont la cime s'y appuie pour former une sorte de voûte, là où ils se trouvent, la clarté dansante de leur petit foyer est plus forte que les lueurs du crépuscule. Depuis très longtemps, ils ne se sont pas sentis aussi bien. Le mousse se tient en retrait avec Brutus qui n'aime pas le feu et broute calmement au bord du sentier. Ils sont assez détendus, presque heureux. Personne n'éprouve le besoin de parler. Un rossignol chante juste au-dessus d'eux, comme si le rougeoiement des braises l'attirait.

Une chouette chevêche lance un cri, puis s'envole pour aller appeler un peu plus loin. C'est ensuite une hulotte qui pousse un *kiouic* strident suivi, après quelques instants de silence, par un interminable *ou-ou-ou* qui vibre longtemps, comme prolongé par son écho. Du haut de la roche, tombent de minuscules cailloux.

— Qu'est-ce que c'est ? demande une des filles.

— Sans doute un animal, peut-être un oiseau de nuit qui creuse la roche pour nicher, dit le pêcheur.

Le silence s'installe. Un silence très habité de froissements, de frôlements et de minuscules couinements. En arrivant, le pêcheur a tendu trois collets non loin du sentier. Alors que le bois semble vraiment endormi, arrive un couinement déchirant, puis des bruits de feuilles mortes grattées. Encore un couinement plus faible, puis plus rien. Le pêcheur promet :

— Nous aurons déjà au moins un lapin demain. Et quand on se rapprochera du fleuve, nous aurons du poisson.

— Mais tu n'as plus de nasses, elles sont restés dans les barques.

— Ne t'inquiète pas, on peut pêcher autrement qu'avec des nasses.

— Comment ?

— Tu verras. Et des nasses, je sais en faire.

Ils se taisent, et, le feu étant éteint, la nuit fraîche prend peu à peu possession du bois où déjà les deux filles se sont endormies.

70

Ils ont encore marché beaucoup. Longtemps. Des jours et des jours. Et même des nuits. Des nuits en des endroits où ils ont dû passer tout près du danger parce qu'il n'y a pas d'autre chemin. Des gens de courage et de dévouement les ont aidés. Plusieurs leur ont dit :

— Si vous n'aviez pas ce taureau, ce serait plus facile. Mais avec lui, pour vous cacher...

— Sans compter qu'il peut faire du bruit à tout moment. Beugler, pisser, laisser tomber une bouse. Et ses sabots, c'est pas des pieds nus. Et dans l'eau, il fait du bruit aussi.

Certains sont allés jusqu'à leur dire :

— Laissez-le. Il a pas l'air trop méchant. Il pourrait rester avec nos vaches. Quand la folie de meurtre sera passée, vous viendrez le chercher.

Alors, le visage du mousse s'assombrissait. D'une pauvre voix qui inspirait pitié, il disait :

— Non. J'aime mieux aller tout seul avec lui.

Une vieille femme lui a proposé :

— Reste avec lui. Tu m'aideras au champ.

— Je voudrais bien... Mais je veux voir ma mère.
Elle est vieille. Elle est malade. Elle m'attend. S'il y
a trop de risque, je peux aller seul avec lui, je vous
assure.

Chaque fois, les autres se sont récriés :

— Non, on se sépare pas. On va avec toi et Brutus
jusque chez ta mère.

— Sa pauvre mère, faut comprendre, elle n'a que
lui.

Ils ont frôlé le danger cent fois. Mais partout, ils
ont rencontré des gens de bonne volonté pour les
aider. Même un pêcheur qui leur a dit un soir de
nuit noire :

— Si votre bête peut suivre à la nage, moi je vous
prend tous dans ma barque. On peut y aller. Mais
pour lui, y aura pas de place.

— Et dans une barque qui bouge tant, il montera
pas. Il nous fera chavirer.

— On a déjà tout perdu deux fois. Ça suffit bien !

— Méfiez-vous, depuis que ce général romain a été
noyé, ils sont fous. Ils payent des bandes d'espions
pour les aider à retrouver les nautes qui ont fracassé
la barge.

La folie de meurtre est partout. Du fleuve jusque
dans les collines. Dans la moindre ferme comme

dans les villes qu'il faut contourner largement par des sentiers impossibles, souvent la nuit.

Le grand peste contre tout et surtout contre lui :

— Au lieu de m'enseigner seulement le Rhône, si on m'avait appris à connaître les rives et les alentours, ça irait mieux.

Ils ont fini par déborder Fourques. Et là, le mousse connaît bien le pays. Il leur fait emprunter des sentiers à peine tracés tout noyés de lumière crue et de senteurs fortes. La garrigue alterne avec des vastes plantations d'oliviers énormes. Il y a toujours un arbre pour se cacher en cas de danger. Oliviers ou cyprès, micocouliers ou plaqueminiers et des bouquets de pins qui chantent d'une voix plus grave que celle des arbres isolés. Car le vent du nord s'est levé.

En dépit de la peur d'une mauvaise rencontre qui les habite toujours, une joie est née en eux qui les pousse autant que le mistral.

Pour traverser le petit Rhône, ils ont trouvé un pêcheur qui a bien voulu les prendre sur sa barque en pleine nuit. Une nuit claire mais ils sont partis avant que la lune ne se lève, Barina, Bassus, leurs deux filles, la hotte du joufflu et le bât. Ils ont chargé tout ce monde et ce fourniment et poussé sur les harpies à longues tirées. Puis sur les rames.

Sur la rive, le mousse, le grand et Brutus les ont regardés s'éloigner vers le large et l'aval dans cette lumière glauque qui coule des premières étoiles en attendant que la lune sorte de terre. Quand la barque a atteint à peu près le tiers de la traversée, le grand naute a dit :

— C'est bon.

Et il est entré dans l'eau. Le mousse a caressé l'encolure de Brutus en disant :

— Viens, de l'autre côté, c'est déjà ton pays.

Il est entré dans l'eau et, sans hésiter, le taureau l'a suivi. Le grand se retourne souvent et ronchonne :

— Tout de même... Pas croyable... Il en fait ce qu'il veut de cette bête-là !

Le mousse nage sur le côté sans perdre de vue la grosse tête noire qui avance en soufflant très fort au ras de l'eau sombre. Ils ont dérivé mais la traversée n'a pas été longue.

Comme ils remercient le pêcheur, grand vieillard tout en os, il demande au mousse :

— La maison de ta mère, elle est bien derrière Trinquetaille ?

— Oui, avec trois autres.

— Près d'un grand cyprès avec, devant, des micocouliers et des mûriers ?

— Oui, c'est exactement ça, réplique le mousse tout heureux qu'on connaisse la maison de sa mère.

Alors, le pêcheur les regarde tous l'un après l'autre pour revenir au mousse dont le visage s'est tendu soudain. D'une voix qui tremble, il demande :

— Et alors ?

– Plus rien.

– Comment, plus rien ?

– Ils ont tout brûlé.

– Et ma mère ?

– Je sais pas.

Il hésite avant d'ajouter d'une voix mal assurée :

– Des gens ont pu se sauver, peut-être avec ta mère.

Soudain, le mousse devient comme fou.

– Faut que j'aille tout de suite... tout de suite.

Et, laissant les autres, il part en courant. Brutus le suit des yeux quelques instants puis il prend le galop et le rattrape très vite.

À présent, ils courent tous les deux. Pour la bête, c'est un jeu. Un jeu avec les odeurs fortes de son pays. Pour le garçon, c'est une course folle avec un pays de lumière crue qui tremble au gré de son élan devant ses yeux brouillés de larmes.

Les maisons grossissent très vite. Les arbres aussi qui se démènent dans le vent du nord. Mais si les arbres sont pleins de vie, les maisons ne sont plus que ruines mortes. Que pierres noircies et poutres écroulées.

Rien. Pas de vie. Plus une âme. Quatre corbeaux freux s'envolent à leur approche en croassant.

Le garçon hors d'haleine demeure figé devant ce tas de pierres et de bois noircis qui fut la maison de sa mère. Le lieu où il a vécu heureux jusqu'à son embarquement. Il murmure :

— Maman... Maman...

Il se tord les mains.

Le taureau s'est arrêté à côté de lui. Il pose son bras sur ce lourd cou luisant et soulevé de souffle. Il y appuie son front et pleure. Brutus ne bouge pas. Son souffle est un peu rauque. On pourrait presque se demander s'il ne s'est pas mis à pleurer lui aussi.

Le garçon et la bête sont là depuis un moment lorsque Brutus tourne la tête et mugit. Un pas approche. Florent se retourne aussi. Une vieille femme avance en s'appuyant sur une canne. Le mousse a un élan qui se brise tout de suite. Non, ce n'est pas sa mère. C'est une femme qui habite un peu plus près du village. Elle s'avance avec peine. Le mousse fait quelques pas vers elle. Le vieux visage ridé et brun se met à trembler, les lèvres remuent à peine.

— Ta pauvre maison... Ta pauvre maman.

— Ils l'ont tuée ?

Il a crié d'une voix qui se brise.

La vieille fait non de la tête et dit :

— Elle était déjà morte bien avant.

— Morte ? Mais de quoi ?

La vieille hésite. Sa bouche édentée s'entrouvre à peine :

— Chagrin, souffle-t-elle.

— Chagrin ?

Les deux mains décharnées s'accrochent au bras du mousse.

— Elle te croyait mort... Tué par les Romains. Des nautes à la décize lui avaient raconté les tortures. Elle a encore attendu quelques jours en priant pour toi. Et puis, une nuit, elle s'est éteinte... Elle n'avait plus de vie.

Le mousse est redevenu soudain un enfant. Il se jette contre la vieille et pleure à gros sanglots. On le pousse dans le dos. C'est Brutus qui s'étonne et veut le consoler. La vieille dit :

— Tout de même, ce taureau... C'est à toi ?

Entre deux sanglots, Florent répond :

— C'est Brutus... À présent, j'ai plus que lui.

— On t'aidera, propose la vieille.

Mais le mousse s'est déjà séparé d'elle. À présent, il pleure contre le col de Brutus qui demeure parfaitement immobile et semble retenir des sanglots.

71

Les Romains continuent de tuer, de piller et
d'incendier. Ils tuent parce qu'ils sont soldats et
qu'on leur a appris à tuer. Ils pillent et ils incendient
parce qu'ils sont des hommes.

Et avec eux, leurs auxiliaires, leurs complices qui
espionnent et qui se saoulent de violence, eux aussi
pour le plaisir. Par cupidité. Par vice. Parce qu'ils veulent leur part de butin. C'est la lie de l'humanité. Les
traîtres. Ceux qui ont à se venger d'être plus pauvres
que les autres. Ceux qui n'ont jamais rien fait sont
jaloux de ceux qui travaillent. Jaloux de leurs frères.

Alors, partout le sang coule. Le sang des innocents. Ils s'en prennent aux chrétiens, bien entendu,
ici comme ailleurs parce que les chrétiens sont des
fous qui proclament que tous les hommes sont frères, qu'ils doivent s'aimer les uns les autres. S'entrai-
der, se montrer secourable. Refuser de se battre. De
porter des armes. De torturer.

Est-ce que le monde des hommes peut vivre sans

violence ? Les peuples prospérer sans armées ? Est-ce que les forgerons peuvent vivre sans forger des épées et des haches de guerre ?

Bien sûr que non !

Qui donc serait assez fou pour imaginer un monde où plus personne ne tuerait son frère ?

Les soldats des cohortes de Rome ont entendu dire que des leurs avaient été noyés dans le Rhône. Le Rhône est devenu leur ennemi. Mais les soldats ne vont pas se mettre à frapper la surface du fleuve de leurs glaives. Alors, ils s'en prennent à tout ce qui vit sur les rives. Aux nautes, pour commencer. Ils vont de maison en maison et cherchent tous les poissons gravés dans le bois des portes ou la pierre des murs. Car le poisson est le signe de reconnaissance des chrétiens et ce sont surtout les chrétiens qu'il faut exterminer.

D'ailleurs, les chrétiens ne se défendent pas. C'est donc qu'ils se sentent coupables ? Responsables de tous les péchés du monde, ils portent le poids de toutes les fautes. La preuve, c'est qu'ils marchent au supplice et à la mort en priant et souvent avec le sourire aux lèvres.

Les chrétiens ne souffrent pas quand on les torture. Ce sont des êtres d'une nature différente.

Des enfants, des femmes et des hommes qui ont été mis sur terre pour être la proie des fauves et de ceux des hommes qui sont plus féroces que le plus féroce des fauves.

72

Les autres l'ont rejoint. Ils se sont installés sous le gros mûrier et, durant deux longues journées, ils se sont reposés des fatigues du voyage tandis que le mousse fouillait les décombres des maisons. Il ne pleure plus. Il a accepté. Il sait qu'il devra vivre sans sa mère.

Ce soir, ils sont près d'un petit feu qu'ils ont allumé dans les ruines pour cuire de la viande que des gens des maisons voisines leur ont apportée. Ces gens ont dit à Florent :

— Si ta mère n'était pas morte avant, ils l'auraient martyrisée et tuée comme ils ont tué ceux des autres maisons. Ici, vous étiez tous chrétiens. Ils n'avaient qu'à regarder les portes pour le savoir. Vous avez peut-être trop affiché votre foi.

Ils ont mangé. Les gens du bord du fleuve ont dit au pêcheur qu'il pouvait s'installer sur la rive. Ils l'aideront à construire et il pêchera là. Le naute lui a promis de lui redescendre ses barques.

Ils sont là, autour du feu mourant. La lune est à son premier quartier. Elle vient à peine de se montrer. Une clarté très douce coule des étoiles. Le vent a faibli. On l'entend à peine ronronner dans les ruines et caresser les arbres qui frissonnent. Les braises du foyer palpitent.

Brutus broute à deux pas du mousse. On se demande ce qu'il peut trouver dans cette caillasse. Il regarde souvent vers le large de la Camargue. Et il flaire dans cette direction. Surtout depuis que le vent qui a tourné lui apporte l'odeur forte des salicornes, et sans doute celle de quelques manades.

Le pêcheur s'adresse à Verpati :

— Toi, tu vas bientôt reprendre ton métier. En attendant, tu peux rester avec nous. En faisant très attention, pêchant seulement la nuit, on devrait pouvoir s'en tirer. Il paraît qu'il y a déjà moins de Romains par ici. Mais, si tu veux...

Un silence. On n'entend que la respiration de la nuit claire. Le grand naute demande :

— Oui, qu'est-ce que tu voulais dire ?

— Je t'ai senti tout proche de nous. Surtout depuis que tu as fait grâce à ce garçon qui nous a donné des vivres. Garde sa hotte. C'est un beau souvenir.

— Oui. C'est vrai. Je crois que j'ai eu raison de l'épargner.

— Ce geste grandit celui qui l'accomplit.

— Tu as certainement raison.

Le pêcheur hésite encore un moment avant de parler :

— Les chrétiens ont besoin d'hommes tels que toi.

Le naute ne dit rien. Assis sur une roche, les coudes sur les genoux, les mains jointes sous son menton, il ne bronche pas. Le pêcheur reprend :

— Oui, nous avons besoin de toi autant que tu as besoin de Dieu.

Les épaules du colosse se soulèvent lentement. Sa poitrine se gonfle. Il lève la tête et les regarde tous avant de revenir au pêcheur. Posément, comme s'il cherchait chaque mot, il finit par dire :

— Vous tous, chrétiens, je vous admire beaucoup. Ma force n'est rien comparée à celle qui vous habite, je ne suis pas encore assez fort pour accepter la torture sans me révolter. Je ne pourrais pas retenir mon poing si on m'attaquait.

Nul ne réplique. Le vent qui chantait ne s'est pas mis à pleurer. Il chante toujours. Un long moment passe avant que le grand ne se résigne à ajouter :

— Vous voyez, nous aurons fait tout ce chemin pour rien... En tout cas, pour ce qui me concerne.

Plus personne n'a rien à dire. Rien. Chacun semble rentrer dans sa coquille. Un long moment de nuit coule encore. Des chauves-souris volent très bas et frôlent parfois les têtes.

Et c'est encore Verpati qui reprend la parole :

— Toi, Florent, je veux faire de toi un vrai naute.

Un bon pilote de barge. Je sens que tu seras doué. Tu sais flairer le Rhône et je crois qu'il t'aime bien.

Silence. Le grand demande :

— Qu'est-ce que tu en penses ?

— Non.

— Comment non ?

— Je ne veux plus être naute.

— Mais pourquoi ?

Très bas, le garçon murmure :

— Brutus.

— Il y aura toujours quelqu'un pour s'en charger. Et tu iras le voir souvent. Il a retrouvé son pays. Il ne t'oubliera pas, va !

— Non.

— Alors, qu'est-ce que tu vas faire ?

Le garçon n'hésite pas. Il se redresse et lance d'une belle voix forte :

— Gardian !... Je veux être gardian !

— Gardian pour un seul taureau. Et sans cheval ?

— Je me débrouillerai.

— Ça alors, lance le grand, tu me déçois, je te voyais tellement faire un très bon patron de barge.

Le garçon ne répond pas. Il se contente de faire non de la tête. Un moment passe et, d'une voix presque enjouée, le pêcheur lance :

— Moi, Verpati, je te voyais vraiment faire un très bon chrétien.

Il y a de petits rires, mais quelque chose pèse sur

eux qui n'est pas seulement le poids de la fatigue et du sommeil.

– Pour l'heure, dit le pêcheur, il faut dormir.

Sauf le naute qui s'allonge tout de suite, comme chaque soir, les autres s'agenouillent et se mettent à prier à voix basse en contemplant les étoiles qui scintillent au vent de Camargue.

73

La nuit a été calme. Le vent est presque tombé complètement, mais il se lève avec l'aube. Avant que les autres ne se réveillent, Bassus est parti relever une nasse qu'un pêcheur d'ici lui a prêtée. Elle est très lourde. Il revient avec sa pêche et se hâte de nettoyer du poisson tandis que sa femme allume le feu. Et c'est la bonne odeur de poisson grillé qui réveille les autres.

Brutus qui s'est éloigné pour brouter revient comme s'il voulait sa part du festin. Le mousse va le caresser et lui dire à l'oreille :

— Te voilà chez toi.

Puis le mousse revient s'asseoir près des autres et se met à manger. Ils ont pris de l'eau au passage car, ici, celle du fleuve est déjà saumâtre.

Au moment où, son poisson terminé, le mousse se lève, Verpati va lui poser la main sur la nuque et, le secouant avec amitié, il demande :

— Tu as bien réfléchi ?

– Oui... Mais on se reverra souvent quand tu déci-
zeras.

– J'espère.

Le mousse dit adieu à tous en les embrassant. Le
pêcheur lui lance d'une voix que l'émotion fait trembler :

– Que Dieu te garde !

– Que Dieu vous garde tous !

Il y a des larmes dans tous les yeux, mais aussi
des sourires sur les lèvres. Le garçon crie gaiement :

– Allez, Brutus, en route.

Et il pique droit vers l'immensité de la Camargue
où miroitent les marécages. Debout près des ruines,
les autres le regardent s'en aller, une main posée sur
le flanc de Brutus. Très vite, ils ne sont plus que
deux insectes sur une immensité. Deux points dan-
sants qui se brouillent pour tous ces yeux embués
de larmes.

Épilogue

D'autres chrétiens ont été torturés et sont morts victimes des hommes qui refusaient qu'un Dieu différent de ceux qu'ils adoraient puisse exister.

Bassus, le pêcheur, qui a voulu trop vite remonter jusqu'à Condate, a été pris avec sa femme et ses deux filles. Leur fin a été atroce. C'est par un naute qui décizait que Verpati l'a appris. Il est allé le dire au mousse qui s'est mis à prier avec ferveur. Le colosse s'est caché longtemps, vivant de petites besognes.

Puis, pris par d'autres batailles, par leurs problèmes intérieurs, les Romains se sont enfin calmés. Il n'était toujours pas prudent de graver un poisson ou une croix sur une maison ou sur le bordage d'une barge, mais la vie, petit à petit, redevenait possible sur le fleuve où tant de cendres avaient été jetées.

Un jour, Brutus est mort. Une fin terrible.

Mal accepté par d'autres taureaux, sans doute amoureux d'une vache que plusieurs mâles convoitaient, attaqué par eux, Brutus s'est défendu. La nuit était épaisse. Le mousse dormait dans la cabane avec d'autres gardians.

Le drame s'est déroulé assez loin. À l'aube, lorsqu'il est sorti et qu'il n'a pas vu son ami qui d'habitude l'attendait, Florent a tout de suite été saisi par l'angoisse. D'une voix qui tremblait déjà, il a appelé :

— Brutus !... Brutus !...

Les autres bêtes de la manade sont venues au petit trot. Pas de Brutus. Mais plusieurs taureaux avaient les cornes et le front ensanglantés. Plusieurs étaient blessés.

Le mousse s'est mis à courir vers un marécage où se devinait une masse noire.

Brutus était là. Couché sur le flanc droit, perdant son sang par vingt blessures au moins, il respirait encore. Le garçon s'est jeté sur le sol détrempé et a pris dans les bras la grosse tête noire. Des naseaux, du sang ruisselait aussi. Des bulles rouges moussaient sur les lèvres.

— Brutus ! Brutus mon ami ! Non, non, je veux pas que tu me quittes... J'ai que toi... Je t'aime, mon Brutus !

Sa voix s'est étranglée. Il a embrassé cette tête qui se soulevait dans un dernier effort. La tête est retombée. L'œil s'est révulsé.

Brutus avait cessé de respirer.

Trois autres taureaux étaient morts : Brutus s'était bien battu.

Le mousse est resté longtemps allongé dans la boue mêlée de sang. Il pleurait et ses larmes coulaient sur le poil noir de Brutus, le beau taureau si fier et si courageux.

Le mousse ne pouvait plus vivre en Camargue. Brutus mort, cette terre lui devenait étrangère. Il a regagné la rive du fleuve où il s'est mis à regarder accoster les barges. Pour gagner sa vie, il aidait au chargement et au déchargement des marchandises. Il l'a fait jusqu'au jour où est arrivée une barge patronnée par Verpati, le bon géant. Florent a pleuré de nouveau en racontant à son ami la mort de Brutus. Et le colosse a essuyé une larme avant de dire :

– Tu vas embarquer avec moi. Je ferai de toi un naute de première force !

Et Florent est devenu un excellent prouvier. Au repos, les deux hommes parlaient souvent de leurs amis morts. Et ils parlaient aussi de la croix sculptée par Vitalis. À présent, Florent était seul à savoir où elle se trouvait.

Après des années, quand la chasse aux chrétiens eut fini d'ensanglanter cette vallée de la Gaule, ils sont allés un jour, tous les deux, dans la broussaille où ils ont erré longtemps avant de découvrir la cavité où le pêcheur l'avait cachée.

Ils ont emporté religieusement cette croix de naute sans savoir qu'elle deviendrait un modèle. Qu'elle allait engendrer la plus belle des traditions.

La Croix de Naute sculptée par Vitalis a disparu mais demeurent de nombreuses croix de mariniers du Rhône.

Témoignages bouleversants de l'amour, de la foi, de la grandeur d'une race à part.

Et si vous ne me croyez pas, allez à Lyon, au musée de Gadagne ; à Tournon au musée de la Batellerie ; à Serrières où une chapelle romane recèle tout un trésor. Une chapelle dont la charpente n'est autre qu'une nef de bateau renversée. Ici, Mademoiselle Marthouret, fille et petite-fille de mariniers, a consacré sa vie au souvenir du temps de la batellerie en bois.

Ici, c'est le musée de la vie simple et du travail. Un lieu de recueillement comme il en existe peu au monde. Les croix sculptées qui sont là portent la marque de l'amour. L'amour de ces mains énormes et rugueuses qui savaient se faire douces et infiniment habiles pour exprimer la foi de la pointe d'un couteau longuement affûté sur un galet du Rhône.

Vufflens-le-Château, 1999 –
Saint-Cyr-sur-Loire, décembre 2000.

DU MÊME AUTEUR

Aux Éditions Albin Michel

ROMANS

LE ROYAUME DU NORD :
1. Harricana ;
2. L'Or de la terre ;
3. Miséréré ;
4. Amarok ;
5. L'Angélus du soir ;
6. Maudits Sauvages.
Quand j'étais capitaine.
Meurtre sur le Grandvaux.
La Révolte à deux sous.
Cargo pour l'enfer.
Les Roses de Verdun.
L'Homme du Labrador.
La Guinguette.
Le Soleil des morts.
Les Petits Bonheurs.
Le Cavalier du Baïkal.

JEUNESSE
Histoires de chien
L'Arbre qui chante.
Le Roi des poissons.
Achille le singe.
Le Commencement du monde

Chez d'autres éditeurs

ROMANS

Aux Éditions J'ai lu
Tiennot.

Aux Éditions Robert Laffont
L'Ouvrier de la nuit.
Pirates du Rhône.
Qui m'emporte.
L'Espagnol.
Malataverne.
Le Voyage du père.
L'Hercule sur la place.
Le Tambour du bief.
Le Seigneur du fleuve.
Le Silence des armes.
LA GRANDE PATIENCE :
1. La Maison des autres ;
2. Celui qui voulait voir la mer ;
3. Le Cœur des vivants ;
4. Les Fruits de l'hiver.
LES COLONNES DU CIEL :
1. La Saison des loups ;
2. La Lumière du lac ;
3. La Femme de guerre ;
4. Marie Bon Pain ;
5. Compagnons du Nouveau-Monde.
L'Espion aux yeux verts (nouvelles).
Le Carcajou.

ALBUMS, ESSAIS

Je te cherche, vieux Rhône, *Actes Sud.*
Arbres, *Berger-Levrault*
(photos J.-M. Curien).
Léonard de Vinci, *Bordas.*
Le Massacre des innocents, *Robert Laffont.*
Lettre à un képi blanc, *Robert Laffont.*
Victoire au Mans, *Robert Laffont.*
Jésus le fils du charpentier, *Robert Laffont.*
Fleur de sel (photos Paul Morin), *Le Chêne.*

Contes espagnols, *Choucas*
(illustrations August Puig).
Terres de mémoire, *Delarge*
(avec un portrait par G. Renoy, photos J.-M. Curien).
L'Ami Pierre, *Duculot*
(photos J.-Ph. Jourdin).
Bonlieu, H.-R. *Dufour*
(dessins J.-F. Reymond).
Le Royaume du Nord, album
(photos J.-M. Chourgnoz).
Célébration du bois, *Norman C.L.D.*
Écrit sur la neige, *Stock.*
Paul Gauguin, *Sud-Est.*
Les Vendanges, *Hoëbeke*
(photos Janine Niepce)

JEUNESSE

A. Kénogami, *La Farandole.*
L'Autobus des écoliers, *La Farandole.*
Le Rallye du désert, *La Farandole.*
Le Hibou qui avait avalé la lune, *Clancier-Guénaud.*
Odile et le vent du large, *Rouge et Or.*
Félicien le fantôme, *Delarge*
(en coll. avec Josette Pratte).
Rouge Pomme, *l'École.*
Poèmes et comptines, *École des Loisirs.*
Le Voyage de la boule de neige, *Laffont.*
Le Mouton noir et le Loup blanc, *Flammarion.*
L'Oie qui avait perdu le Nord, *Flammarion.*
Au cochon qui danse, *Flammarion.*
Légende des lacs et rivières, *Le Livre de Poche Jeunesse.*
Légendes de la mer, *Le Livre de Poche Jeunesse.*
Légendes des montagnes et des forêts,
Le Livre de Poche Jeunesse.
Légendes du Léman, *Le Livre de Poche Jeunesse.*
Contes et Légendes du Bordelais, *J'ai lu.*

La Saison des loups, *Claude Lefranc*
(bande dessinée par Malik).
Le Grand Voyage de Quick Beaver, *Nathan.*
Les Portraits de Guillaume, *Nathan.*
La Cane de Barbarie, *Seuil.*
Akita, *Pocket Jeunesse.*
Wang chat tigre, *Pocket Jeunesse.*
La Chienne Tempête, *Pocket Jeunesse.*

SUR BERNARD CLAVEL

Portrait, Marie-Claire de Coninck, *Éditions de Méyère.*
Bernard Clavel, Michel Ragon,
« Écrivains d'hier et d'aujourd'hui », *Éditions Seghers.*
Bernard Clavel, qui êtes-vous ?, Adeline Rivard, *Éditions Pocket.*
Bernard Clavel, un homme, une œuvre, André-Noël Boichat,
Cêtre, Besançon.

La plupart des ouvrages de Bernard Clavel ont été repris
par des clubs et en format de poche.

La composition de cet ouvrage
a été réalisée par
I.G.S. - Charente Photogravure, à l'Isle-d'Espagnac,
l'impression et le brochage ont été effectués
sur presse Cameron
dans les ateliers de Bussière Camedan Imprimeries
à Saint-Amand-Montrond (Cher),
pour le compte des Éditions Albin Michel.

Achevé d'imprimer en février 2001.
N° d'édition : 19528. N° d'impression : 010573/4.
Dépôt légal : mars 2001.